Wege des Wortes

Apostelgeschichte

Bibelauslegung für die Praxis 20

Herausgegeben von der
Deutschen Bibelgesellschaft
(Evangelisches Bibelwerk)
und vom Katholischen Bibelwerk

Wege des Wortes

Apostelgeschichte

Bearbeitet von
Klaus Haacker
Anneliese Hecht
Günter Hegele
Rudolf Hoppe
Peter Neumann
Werner Ullrich

Verlag
Katholisches Bibelwerk GmbH
Stuttgart

Dieser Band ist gewidmet dem Andenken unseres langjährigen Mitarbeiters Wolfgang Schöpping

Auslegung: Klaus Haacker
Praxis-Texte:
Anneliese Hecht Nr. 3, 7, 13, 16, 17
Günter Hegele Nr. 1, 5, 14, 21
Rudolf Hoppe Nr. 10, 12
Peter Neumann Nr. 4, 6, 8, 19, 20
Werner Ullrich Nr. 2, 9, 11, 15, 18

CIP-Kurztitelaufnahme der Deutschen Bibliothek

Wege des Wortes: Apostelgeschichte /
bearb. von Klaus Haacker . . .
[Auslegung: Klaus Haacker.
Praxis-Texte: Anneliese Hecht . . .]. –
Stuttgart: Verlag Katholisches Bibelwerk, 1984.
(Bibelauslegung für die Praxis; 20)
ISBN 3-460-25201-4

NE: Haacker, Klaus [Mitverf.]; GT

ISBN 3-460-25201-4

Gesamtherstellung: W. Kohlhammer Druckerei, Stuttgart

Inhalt

Hinweis für den Benutzer

Bei den Vorschlägen zur praktischen Arbeit mit den Texten bezeichnen Buchstaben (A, B, C; a, b, c) *alternative Möglichkeiten*, aus denen eine zu wählen ist; Ziffern (1, 2, 3) bezeichnen *aufeinander aufbauende Schritte* innerhalb eines bestimmten Verlaufs.

Einleitung

Ein Buch im Spannungsfeld zwischen Jerusalem und Rom

Die Apostelgeschichte ist die Fortsetzung des dritten Evangeliums (vgl. Apg 1,1 mit Lk 1,1–4). Als Verfasser dieses Doppelwerkes gilt seit dem 2. Jahrhundert der zeitweilige Paulusbegleiter Lukas (vgl. Kol 4,14; 2 Tim 4,11) – eine Meinung, die von heutiger Forschung nicht bestätigt, aber auch nicht zwingend ausgeschlossen werden kann. Ungeachtet der Unsicherheiten in dieser Frage spricht man allgemein von Lukas und dem Lukanischen Werk, wenn es um das 3. Evangelium oder die Apostelgeschichte geht. Der Lukas des Neuen Testaments wird auf Grund von Kol 4,11.14 meistens als Heidenchrist betrachtet und war von Beruf Arzt. Vom Gesamtcharakter des Lukanischen Werkes her käme auch ein Judenchrist mit griechischer Bildung als Verfasser in Frage. Über den Abfassungsort des Werkes gibt es nur Vermutungen (Cäsarea? Antiochia? Griechenland? Rom?). Zeitlich ist mit größter Wahrscheinlichkeit an die letzten beiden Jahrzehnte des 1. Jahrhunderts zu denken, d.h. an die Zeit nach dem vergeblichen jüdischen Aufstand gegen die Römer (66–73 n. Chr.), genauer an die Regierungszeit des Kaisers Domitian (81–96 n. Chr.).

Während das 3. Evangelium als Sammlung von Jesustraditionen viele Stoffe mit den anderen Evangelien (besonders mit Matthäus und Markus) gemeinsam hat, ist die Apostelgeschichte die einzige Schrift ihrer Art im Neuen Testament. Nicht ohne Grund hat man Lukas als den ersten christlichen Historiker und die Apostelgeschichte als Anfang der Kirchengeschichtsschreibung bezeichnet. Das Vorwort an den Leser in Lk 1,1–4 läßt deutlich erkennen, daß Lukas die literarischen Gepflogenheiten des antiken Buchwesens kennt und für sich in Anspruch nimmt, den Normen solider Geschichtsforschung Genüge getan zu haben.

Von besonderem Interesse ist die Widmung an den uns unbekannten »hochverehrten Theophilus« (Lk 1,3; Apg 1,1). Die hier gebrauchte Anrede verwendet Lukas sonst nur noch in der Anrede von Statthaltern (Apg 23,26; 24,3; 26,25), so daß wir annehmen dürfen, daß eine hochgestellte Persönlichkeit angesprochen ist (möglicherweise unter einem Decknamen: Theophilos bedeutet »Gottesfreund«). Wenn ein antiker Autor ein Werk mit einer Widmung versah, so war das kein bloßer Ausdruck von Freundschaft oder Verehrung, sondern der Empfänger der Widmung wurde damit mit seinem Ansehen und seinen materiellen Mitteln in den Dienst der Verbreitung des Buches gestellt. Theophilus war also vermutlich nicht nur der erste Leser, sondern zugleich so etwas wie der Herausgeber oder Verleger des Lukanischen Werkes.

Es spricht viel dafür, daß Lukas der erste christliche Schriftsteller war, der nicht nur für Mitchristen schrieb, sondern eine breitere interessierte Öffentlichkeit ansprechen wollte. In Lk 1,4 wird zwar auf Vorkenntnisse bei Theophilus angespielt (der gewissermaßen die Leserschaft verkörpert), aber das Fehlen jeglicher kirchlicher »Fachsprache« in diesem Vorwort läßt vermuten, daß auch Außenstehende angesprochen sind, die noch keine christliche Unterweisung genossen haben. (Allenfalls der Ausdruck »Diener des Wortes« ist im profanen Griechisch ungebräuchlich und deutet auf das hin, was die Hauptsache in der von Lukas erzählten Geschichte ist, nämlich die Verkündigung von Jesus Christus.)

Läßt sich das Publikum, für das Lukas schrieb, näher bestimmen? In einer Hinsicht auf jeden Fall: Die Welt der Literatur war die Welt der Gebildeten, und gebildet waren in aller Regel nur die Angehörigen der Oberschicht. Das bestätigt sich, wenn man die Art und die Häufigkeit betrachtet, mit der Lukas auf die Gefahren und Verpflichtungen eingeht, die sich aus dem Wohlstand ergeben (Lk 6,24f; 12,13–21.33f; 14,12–14; 16,9–13.14f.19–31; 18,18–30; 19,1–10; Apg 2,44f; 4,32–37; 5,1–11; 11,27–30; 16,16ff; 19,21ff).

Wohlstand wiederum setzt in der Regel ein Einverständnis mit den politischen Verhältnissen voraus, in denen man lebt. Für Lukas und seine Leser ist das das Römische Reich. Verglichen mit dem übrigen Neuen Testament kommt im Lukanischen Werk eine erstaunliche Anzahl von Amtsträgern und Instanzen des Römischen Reiches vor: Nur Lukas nennt römische Kaiser mit Namen (Augustus in Lk 2,1; Tiberius in Lk 3,1; Klaudius in Apg 11,28; 18,2); neben Pontius Pilatus erscheinen noch fünf weitere römische Statthalter (Lk 2,1; Apg 13,7; 18,12; 23,24; 24,27) sowie einige höhere Offiziere der römischen Armee namentlich (Apg 10,1; 23,26; 27,3). Auch daß Paulus das römische Bürgerrecht besaß, wissen wir nur von Lukas (Apg 16,37f; 22,25–29) und gehört in diesen Zusammenhang. Als Funktionsträger der römischen Oberhoheit sind auch die Herrscher aus der Dynastie des Herodes zu betrachten, die im Lukanischen Werk in vier Generationen vertreten ist, von Herodes dem Großen bis zu Agrippa II. (Lk 1,5; 3,1; 13,31; 23,6–12; Apg 12,1; 25,13).

Die Bedeutung Roms für das Milieu des Lukas läßt sich auch daran ermessen, daß das letzte Drittel der Apostelgeschichte von den Verwicklungen handelt, die den Apostel Paulus nach Rom gelangen ließen, womit sich dessen eigener Wunsch (Apg 19,21) und eine ihm gegebene Verheißung (Apg 23,11) erfüllten. Nicht umsonst schließt das Lukanische Werk mit der Feststellung, daß Paulus – zwar unter staatlicher Aufsicht, aber ungehindert – zwei Jahre lang in Rom missionarisch wirken konnte (Apg 28,30f).

Lukas konnte seinem Publikum freilich nicht verheimlichen, daß der Begründer des Christentums als vermeintlicher Staatsfeind hingerichtet worden war. Daß auch Paulus zum Märtyrer wurde, wird zwar nicht mehr berichtet, aber wohl als bekannt vorausgesetzt (Apg 20,38; 21,13). Die Frage stand also im Raum, ob die Jesusbewegung nicht etwa eine Gefahr für die römische Ordnung darstellte, wenn einige ihrer führenden Vertreter in Konflikt mit der Staatsmacht geraten waren. Die Skepsis der Öffentlichkeit gegenüber den Christen war bekanntlich so groß, daß Nero sie nach dem Brand Roms im Jahre 64 n. Chr. als Brandstifter hinstellen und verfolgen konnte.

Viele Beobachtungen sprechen dafür, daß Lukas bewußt auf diese Problematik achtet und bestrebt ist, die Haltlosigkeit der Vorwürfe zu erweisen. So wird im 3. Evangelium besonders kräftig unterstrichen, daß Pilatus eigentlich von der Unschuld Jesu überzeugt war und nur aus Charakterschwäche die Kreuzigung Jesu zuließ (vgl. Lk 23,4.14f.22 sowie Apg 3,13; 13,28). In ähnlichem Licht erscheint dann der Prozeß gegen Paulus, der nach Apg 25,25; 26,31f auf einen Freispruch hinausgelaufen wäre, wenn sich Paulus nicht im Interesse seiner Sicherheit auf den Kaiser berufen hätte. Von besonderem Gewicht ist wohl die Szene vor dem Tribunal des Prokonsuls Gallio in Korinth (Apg 18,12–17): Paulus wird von jüdischen Gegnern angeklagt, aber der Statthalter weigert sich, ein Verfahren wegen religiöser Streitfragen überhaupt zu eröffnen. Diese Rechtsauffassung soll wohl auch durch den Schlußsatz der Apostelgeschichte über die ungehinderte Missionspredigt des Paulus unterstrichen werden. Für die faktisch doch immer wieder aufgetretenen Konflikte mit den Behörden werden fragwürdige Motive wie Neid oder Gewinnsucht als Ursachen angegeben (z. B. Apg 13,45; 16,19; 19,23 ff). Besonders wichtig ist die Klarstellung, daß die Jesusbewegung nichts mit der jüdischen Widerstandsbewegung zu tun hat, die von den Römern nur mit einem großen Truppenaufgebot niedergerungen werden konnte (z. B. Apg 21,38).

Der Preis für diese apologetische Tendenz des Lukanischen Werkes ist freilich, daß die Initiative zur Verurteilung Jesu oder zu behördlichen Maßnahmen gegen die Christen immer wieder betont den jüdischen Gegnern zugeschrieben wird. Das hat sich später verhängnisvoll ausgewirkt, als die Kirche nicht mehr eine verfolgte Minderheit, sondern eine einflußreiche Stütze der Staatsmacht geworden war: Judenfeindschaft und -verfolgung konnten unter Hinweis auf die frühe Feindschaft der Juden gegen die Christen scheinbar gerechtfertigt werden. Das widersprach nicht nur dem Geist Jesu, sondern auch der Sichtweise des Lukas, die für Rachegedanken keinen Raum läßt (Lk 23,34; Apg 7,60).

Wenn man bedenkt, daß die Juden zur Abfassungszeit der Apostelgeschichte ein besiegtes Volk waren, mit einer besonderen Steuer belastet und zu Tausenden in die Sklaverei verkauft, und wenn man dann die Haltung des Lukas zum Judentum betrachtet, so kommt man zu einem viel positiveren Ergebnis, als die Konfliktszenen erwarten lassen. Lukas betont zwar die Loyalität der Christen gegenüber dem Römischen Reich, läßt aber zugleich keinen Zweifel an seiner bleibenden Solidarität mit dem Judentum. Besonders die jüdische Metropole Jerusalem ist für Lukas immer noch die Heilige Stadt. Hier, nämlich im Tempel, beginnt die Handlung des Evangeliums mit der Engelerscheinung vor dem Priester Zacharias, und nach Lk 2,41–52 gehört die Familie Jesu zu den Galiläern, die sich treu an die Ordnung der jüdischen Wallfahrtsfeste halten. Auch die Urgemeinde nimmt weiterhin am Tempelgottesdienst teil (Apg 3,1), und nicht einmal Paulus, der überragende Heidenmissionar, nimmt davon Abstand (Apg 21,18 ff; 22,17). Alle Erscheinungen des Auferstandenen spielen sich nach Lukas in oder bei Jerusalem ab, und daß dies auch der Ort der Geistverleihung sein mußte, wird besonders hervorgehoben (Lk 24,49; Apg 1,4 f). Von Jerusalem aus soll das Zeugnis von Jesus seinen Lauf durch die Welt antreten (Apg 1,8), und die Jerusalemer Gemeinde behält zumindest für einige Zeit die Verantwortung für neu entstandene Tochtergemeinden (Apg 8,14ff; 9,32ff; 11,22ff). Als in Antiochia ein Streit um die Heidenmission ausbricht, wird eine Delegation nach Jerusalem geschickt und dort eine Regelung beschlossen, die als Beschluß des Heiligen Geistes gilt (Apg 15). Im Tempel von Jerusalem will Paulus den ausdrücklichen Auftrag zur Heidenmission empfangen haben (Apg 22,17–20). Diese Liste von Beispielen ist keineswegs vollständig, und die Fülle der vergleichbaren Beobachtungen läßt fragen, ob wir nicht Lukas als einen »christlichen Zionisten« bezeichnen können.

Die politischen Assoziationen, die das Wort Zionismus hat, sind dabei nicht einmal ganz auszuschalten. Lukas hat zwar sicher wie Paulus den Weg des bewaffneten Kampfes zur Befreiung Israels abgelehnt, aber er erwartet doch von *Gott* die Erlösung seines Volkes von allen Bedrückern: Das Magnifikat singt davon, daß Gott Herrscher vom Thron stürzt, um seinem Volk Israel zu helfen (Lk 1,51ff); das Benediktus preist die Errettung aus der Hand von Feinden als Erweis von Gottes Bundestreue gegenüber Abraham und als Erfüllung der Verheißungen an David (Lk 1,68ff); die Engel in der Weihnachtsgeschichte verkünden eine Freude, die »dem ganzen Volk« zuteil werden soll (Lk 2,10); der greise Simeon erkennt in dem Jesuskind das Heil Gottes, das zur Verherrlichung des Volkes Israel führen soll (Lk 2,32), und die Prophetin Hanna bringt Jesus mit der Erlösung Jerusalems in Verbindung (Lk 2,38).

Daß nach Lukas auch die Jünger Jesu seine Sendung in den Kategorien der jüdischen Erlösungshoffnungen gesehen haben, geht aus Lk 24,21 und Apg 1,6 hervor: »Wir aber hofften, daß er der sei, der Israel erlösen wird«, sagen die Jünger auf dem Weg nach Emmaus, als sie den Auferstandenen noch nicht erkannt haben; und noch in der letzten Begegnung mit ihm vor seiner Entrükkung fragen sie ihn: »Herr, stellst du in dieser Zeit (d.h. in Kürze) das Reich für Israel wieder her?« Gewiß waren die Erwartungen der Jünger und des Volkes nicht darauf eingestellt, daß der Messias leiden und auferweckt werden müßte, und sie werden in dieser Hinsicht korrigiert. Aber die Erwartung einer Heilszeit für Israel wird nicht kritisiert, sondern im Gegenteil bekräftigt, indem sie mit der Erwartung der Wiederkunft Jesu verbunden wird (Apg 3,20f). Gerade nach Lukas ist die Sendung Jesu die Erfüllung der Verheißungen, die einst David gegeben worden waren (Apg 2,25–36; 4,25–28; 13,22–41; 15,16f).

Es verdient Beachtung, daß diese Bekenntnisse zur messianischen Hoffnung nicht auf die ersten Kapitel der Apostelgeschichte beschränkt bleiben, wo die Verkündigung sich an ein vorwiegend jüdisches Publikum wendet und Lukas möglicherweise nur ältere Tradition weitergibt. Noch in den letzten Kapiteln, sogar vor dem Tribunal des römischen Statthalters, bekennt sich Paulus zur Hoffnung Israels (Apg 23,6–9; 26,6f; 28,20). Lukas steht zwischen Jerusalem und Rom – im Herzen näher bei Jerusalem, mit der Vernunft vielleicht näher bei Rom. Auf keinen Fall hat er sich opportunistisch auf die Seite des heidnischen Weltreichs geschlagen. Er stellt sich vielmehr in dieser Nachkriegszeit des ersten Jahrhunderts an die Seite des gedemütigten alten Gottesvolkes und erweist den politischen Herren der Welt nicht mehr als den nötigen Respekt – der auch seine Grenzen hat (Apg 4,25–28; 12,19b–23).

In diesem Spannungsfeld zwischen Jerusalem und Rom ist die entscheidende Handlung, von der Lukas zu berichten hat, die Verkündigung des Wortes (Lk 1,2; Apg 28,31 u.ö.). Die überlieferte Überschrift »Taten der Apostel« stellt schon zu sehr die menschlichen Diener des Wortes in den Mittelpunkt und vernachlässigt im übrigen die Missionare, die nicht zum Apostelkreis gehörten. Das Wort ist die Hauptsache, und darum kann Lukas, wo er von Missionserfolgen und Gemeindewachstum zu berichten hat, (für uns vielleicht befremdlich) sagen: »*Das Wort* wuchs« (Apg 6,7; 12,24; 19,20).

Man hat oft den Missionsbefehl von Apg 1,8 mit seinen konzentrischen Zielangaben: Jerusalem – Judäa und Samaria – die Grenzen der Erde, als Thema-Angabe der Apostelgeschichte bezeichnet. Natürlich weist dieses Programm über die Handlung dieses Buches hinaus, die im wesentlichen auf die westwärts gerichtete Mission der Urkirche beschränkt bleibt und auch dabei nicht bis zur Grenze der damals bekannten Welt (Spanien) vorstößt. Lukas bietet uns keine umfassende Geschichte der Urkirche in den von ihm behandelten drei ersten Jahrzehnten nach Ostern. Aber er läßt uns durch eine Fülle sehr verschiedener Szenen die Dynamik und die Probleme der urchristlichen Mission erkennen. Damit liefert er einen für uns unentbehrlichen Rahmen zum Verständnis der übrigen Schriften des Neuen Testaments.

Abschied und Auftrag

Apostelgeschichte 1,1–11

Der erste Abschnitt der Apostelgeschichte läßt sich in drei Teile gliedern: 1. Überleitung vom Evangelium zum zweiten Buch des Lukanischen Werkes (V. 1–3). 2. Abschiedsgespräch zwischen den Jüngern und Jesus (V. 4–8). 3. Entrückung Jesu und Verheißung seiner Wiederkunft (V. 9–11). Die Zusammengehörigkeit der drei Teile ist daran erkennbar, daß die Themen Entrückung, Heiliger Geist und Reich schon in V. 1–3 anklingen und in der Fortsetzung dann verdeutlicht werden.

Überleitung (V. 1–3)

Die Überleitung macht deutlich, daß die Kirchengeschichte, deren Anfänge Lukas beschreibt, nur verständlich ist als Fortsetzung der Geschichte Jesu. Diese hat vier wesentliche Aspekte: die Taten Jesu (insbesondere seine helfenden Wunder; vgl. 10,38), seine Verkündigung (vgl. 10,36), sein Leidensschicksal durch die Hände der Menschen und seine Auferweckung durch Gott, in der sich Gott zu ihm bekannt hat. Der Ertrag dieser Geschichte ist, daß es einen neuen, tragfähigen Grund für die Hoffnung auf das Reich Gottes gibt (V. 3), also für die Zuversicht, daß Gott sich seiner Geschöpfe erbarmen und die Weltgeschichte zum Guten wenden wird.

Abschiedsgespräch (V. 4–8)

Als ein Vorspiel dieser weltweiten Erlösung soll die Gemeinde der Jünger den Heiligen Geist empfangen (wörtlich: »getauft«, d.h. überschüttet, reich beschenkt und überwältigt werden mit dem Heiligen Geist).

Daß diese Geistverleihung hier (V. 4) und in Lk 24,49 als »Verheißung des Vaters« eingeführt wird, hat seinen Grund in alttestamentlichen Weissagungen einer Geistausgießung auf das Volk (im Unterschied zur Geistbegabung einzelner Erwählter, die man aus der Geschichte kannte); vgl. Jes 44,3; Ez 11,19; 36,27; 39,29; Joël 3; Sach 12,9f. Es liegt auf der Linie dieser Weissagungen, wenn die Jünger nach V. 6 die erhoffte Erlösung Israels mit dieser bevorstehenden Geistausgießung in Verbindung bringen, so daß ihre messianischen Erwartungen im Blick auf Jesus neuen Auftrieb bekommen (V. 6). Wenn dabei vom Reich »für Israel« die Rede ist anstelle des vorher und sonst gebrauchten Bergiffs »Reich Gottes«, so ist das von den biblischen Voraussetzungen her keine tiefgreifende Sinnverschiebung (vgl. Mi 4,7f).

Die Antwort Jesu (V. 7) wird oft als Kritik an der »politischen« Heilserwartung der Jünger gewertet (vgl. Lk 24,21). Zu Unrecht, denn abgelehnt wird nur der Wunsch, über Gottes Zeitplan genau Bescheid zu wissen (vgl. 1 Thess 5,1f; Mt 24,36; Mk 13,32). Ungeduld und Berechnungsversuche waren zu allen Zeiten der Kirchengeschichte, besonders in Notzeiten, ein verständlicher Zug des Hoffens auf Gottes Hilfe. Der Respekt vor den Geheimnissen der Geschichtslenkung Gottes gehört jedoch zur Ehrfurcht vor der Hoheit und Freiheit des Schöpfers notwendig hinzu. Der Glaube steht nicht über den Rätseln der Geschichte, sondern er erträgt sie im Vertrauen auf Gottes Walten.

V. 8 präzisiert die Geistesgabe als Ausrüstung zu einer Aufgabe, womit wenigstens eine Teilantwort auf die Frage von V. 7 gegeben wird: Für die skizzierte weltweite Mission der Jünger braucht es Zeit; also ist die Weltgeschichte noch nicht unmittelbar vor ihrem Ziel angelangt. Gott hat einen Plan mit der ganzen Welt, nicht nur mit Israel, und in diesem Plan ist Raum für eine »Zeit der Kirche«, die unter dem Vorzeichen des nahenden Reiches steht, aber dennoch ihre zeitliche Erstreckung hat. Das ist eine Korrektur gegenüber dem Geschichtsbild der jüdischen Apokalyptik und damit auch den Erwartungen der Jünger.
Die Überschrift, die Lukas über diese Zeit der Kirche setzt, lautet: »Ihr werdet meine Zeugen sein« (V. 8). Nicht die Ausbreitung einer Religion wird hier als das Wesen der Mission angesehen, aber auch nicht die Rettung der Verlorenen, wie man von anderen Bibelworten her erwarten könnte. Die Aufgabe der Kirche wird vielmehr streng christologisch bestimmt, als ein bestimmter Dienst an und für Jesus. Der Begriff des Zeugen stammt aus dem Rechtsleben und meint das Eintreten für eine Person, für ihre Ehre und Rechte. Die Jünger Jesu sollen gewissermaßen den Prozeß Jesu noch einmal aufrollen, nicht nur vor den Jerusalemern, die Jesus verurteilt haben, sondern vor dem Forum der ganzen Welt.
Aus dieser Wesensbestimmung der christlichen Verkündigung ergibt sich ihre charakteristische Struktur: In ihrem Zentrum steht Jesus; ihr Ziel ist es, die Hörer zu einem eigenen Urteil, einer

Entscheidung aufzurufen; ihre sprachliche Form ist primär die Erzählung von Ereignissen (weshalb der Hauptbegriff für die Botschaft – Evangelium – zugleich zur Überschrift für die Erzählbücher von Jesus werden konnte). Zugleich ist damit gegeben, daß die historische Wahrheit einen hohen Stellenwert bekommt, so daß man Glauben und Geschichte nicht gegeneinander ausspielen darf. Lukas hat das freilich mehr als andere Autoren im Neuen Testament unterstrichen und mit seinem Werk versucht, dem Rechnung zu tragen (Lk 1,1–4).

Daß der Heilige Geist der Kirche primär für ihren Zeugendienst verliehen wird, entspricht einem vorösterlichen Trostwort an den Jüngerkreis (Mt 10,20; Mk 13,11; Lk 12,11f) und bestätigt sich nach Lukas gerade in Situationen des Konflikts um Jesus (Apg 4,8; 7,55). Das Zeugnis von Jesus wird damit dem inspirierten Wort der Propheten gleichgestellt (Apg 2,17f; 11,28; 21,10f). Nicht auszuschließen ist die Möglichkeit, daß bei der vom Geist geschenkten »Kraft« auch an Wunder und an das Zeugnis der guten Tat gedacht ist (vgl. Apg 4,33 im Kontext und 3,12; 6,8; 10,38). Faktisch setzt sich die Doppelheit von »Wirken und Lehren« (Apg 1,1) aus der Geschichte Jesu in der Zeit der Kirche fort.

Entrückung Jesu und Verheißung der Wiederkunft (V. 9–11)

Die letzten drei Verse dieses Abschnitts stehen für uns traditionell unter der Überschrift »Himmelfahrt«. Dieser Begriff weckt heute in zu starkem Maße die Vorstellung einer Himmels*reise* (bei der die Wolke von V. 9 die Funktion des Fahr-Zeugs hätte), während ursprünglich im Text nur von einem Eingang oder Weggang in den Himmel die Rede ist oder der theologische Fachausdruck »aufnehmen« oder »entrücken« gebraucht ist (vgl. auch V. 2). Auch der Begriff »Himmel-Fahrt« meint wohl ursprünglich nichts anderes, weil »fahren« früher einen weiteren Sinn hatte als heute (vgl. die Wendungen »fahren lassen« für loslassen, »fahr hin« für lebe wohl). Entscheidend ist, daß der ganze Vorgang aus der Perspektive der Zurückbleibenden geschildert wird, als *ihr Abschiedserlebnis*. Dabei sehen die Jünger nicht so etwas wie einen Raketenstart, sondern Jesus wird von einer Wolke umhüllt und ihren Blicken entzogen, so daß sie ihn nicht mehr sehen, sondern nur noch in den Himmel starren können.

Im Rahmen der biblischen Überlieferung wird damit nichts Einmaliges beschrieben, denn auch Henoch und Elija sollen einen vergleichbaren Abschied vom irdischen Dasein gehabt haben (vgl. Gen 5,24; 2 Kön 2). Diesen biblischen Texten und formal vergleichbaren außerbiblischen Erzählungen ist gemeinsam, daß damit die Bedeutung der Person unterstrichen wird, um deren Abschied es geht. Eine christologische Aussage hat Apg 1,9–11 darum eigentlich nur, weil es um die letzte Erscheinung des *Auferstandenen* vor seinen Jüngern geht – und weil seine Wiederkunft angekündigt wird (V. 11). Dies beides zusammen sprengt den Rahmen der Entrückungstraditionen, die man in der Antike kannte.

Man sollte diese Abschiedsszene nicht allzu schnell und eng mit der Botschaft von der »Erhöhung« Jesu verknüpfen; mit diesem Ausdruck ist nämlich kein raumhaftes Geschehen gemeint, sondern die Einsetzung Christi zum Herrn durch Gott–nach seiner Erniedrigung und Verwerfung durch die Menschen (Apg 2,32–36 und 5,30f). Hier in Apg 1 dagegen geht es um seinen Weggang von den Jüngern als Not der Jünger und um die Gewißheit seiner Wiederkehr als Trost. Das »In-den-Himmel-Starren« von V. 11a drückt Trauer und Ratlosigkeit aus (und auch die zweite Erzählung dieses Kapitels, V. 15–26, handelt von tastenden, fast unbeholfenen Versuchen der Jünger, sich in der Situation ohne Jesus zu orientieren und neu zu formieren). Erst die Pfingstgeschichte läßt die Jünger zum Lob Gottes und zum entschlossenen Handeln finden, nachdem die verheißene Geistesgabe Wirklichkeit geworden ist.

Apg 1,1–11 setzt aufs Ganze gesehen ein nüchternes Vorzeichen vor die Kirchengeschichte: Das Reich Gottes steht noch aus, und Jesus ist nicht mehr leibhaftig konkret bei seinen Jüngern. Doch sie sollen seine Sache in der Welt nicht mit eigener Kraft vertreten, sondern können auf die Hilfe des Heiligen Geistes vertrauen und dürfen erwartungsvoll Ausschau halten nach dem Herrn, der einst wiederkommt. Die Spannung zwischen dem Jetzt und dem Einst muß ausgehalten werden, aber die Kraft dazu ist der Kirche gegeben, seit die Ankündigung von Apg 1,5.8 sich an Pfingsten erfüllt hat.

Praxis

Thema A: Vorblick auf die Apostelgeschichte

Ein Gespräch über Apg 1,1–11 sollte nicht nur dessen Inhalt erarbeiten, sondern auch Verständnishilfe für die folgenden Kapitel geben. Um das Verständnis zu überprüfen und zu vertiefen, kann die Einleitung der Apostelgeschichte mit einer der hier angebotenen Methoden auch am Ende einer Zeit der Beschäftigung mit dem Buch besprochen werden.

Die folgenden Vorschläge können nacheinander oder gleichzeitig von mehreren Teilnehmern bzw. Untergruppen oder (je nach Interesse) arbeitsteilig durchgeführt werden.

1. Eine *Überschrift* für die »Apostelgeschichte« finden: Das in deutschen Bibeln Apostelgeschichte genannte Buch heißt nach dem griechischen Text genauer: »Taten der Apostel«. Diese Bezeichnung trifft insofern nicht ganz zu, weil darin nicht nur über die Apostel berichtet wird, sondern z.B. auch über Stephanus, Philippus und viele andere.
Welche andere Überschrift wäre möglich?
Die Teilnehmer sollen (nach Lektüre von Apg 1,1–11) zunächst allein und dann zu zweit Vorschläge formulieren, die im Plenum besprochen werden. (Evtl. feststellen, welche Vorschläge am meisten Zustimmung finden.)

2. Nach dem Durchlesen des Abschnitts 1,1–3 (und Lukas 1,1–4) werden die Teilnehmer gebeten, Stichworte und Einfälle für eine eigene *Einleitung* zu nennen (oder aufzuschreiben).
Daraus kann dann in Gruppen oder im Plenum eine gemeinsame eigene Einleitung geschrieben und diese mit der des Lukas verglichen werden.

3. Enthält der Abschnitt eine *Inhaltsangabe* zur Apostelgeschichte? Hierzu kann als mögliche Zuordnung angegeben werden:

Zeugen Jesu sein	
– in Jerusalem	Apg 2,1–8,3
– in Judäa und Samaria	Apg 8,4–12,25
– bis an die Grenzen der Erde	Apg 13,1–28,31

4. Gruppenarbeit zur Frage: Welche Absichten des Verfassers erkennen wir in der Apostelgeschichte? Und: Was ist *mir* daran wichtig geworden?
Als Anregung oder Ergänzung können genannt werden:

– Geschichtliche Information
– Ausbreitung des Christentums zeigen
– . . . trotz großer Gefahren und Widerstände
– Die Gründung der Kirche beschreiben
– Das Christentum abgrenzen (von Judentum, röm. Staat, Heiden . . .)
– An konkreten, geschichtlichen Beispielen die wichtigsten Lehren des christlichen Glaubens erläutern, z.B. Bedeutung Jesu, Heiliger Geist, Kirche als menschliche Gemeinschaft, Freiheit vom Gesetz
– Hoffnung geben
– . . . .
– . . . .

Thema B: Erwartungen

1. Zu V. 1–3 und V. 4–8: Was konnten die ersten Christen nach Jesu Tod erwarten – was erwarten wir heute?
Wir kennen heute schon die Apostelgeschichte und den Verlauf der Kirchengeschichte.

Erwartungen und Reaktionen der Jünger	*Anweisungen und Versprechen Jesu*
– Weg von Jerusalem!	– Bleibt in Jerusalem!
– Erinnerung an die Zeit mit Jesus	– Warten auf Neues
– Wiederherstellung des Volkes Israel als »Reich«	– Gottes Geist kommt
– Wann wird das sein?	– Keine Festlegung
– Wie nach dem Tod Jesu weiterleben?	– Befähigung, Zeugen zu sein
– Schön, was wir jetzt erleben	– Das ist nur der Anfang
Was erwarten *wir* heute?	Was ist *uns* versprochen?

Wann rechnen wir mit dem Eintreffen dessen, was wir erwarten/was uns versprochen ist?
- Ist es besser, das offen zu lassen, oder genauer darüber nachzudenken?
- Erwarten wir, daß sich die Weltgeschichte trotz allem zum Guten wenden wird?

2. Im Blick auf die Situation der Jünger (nach V. 4–8) kann auch versucht werden, (a) aus der Perspektive der Jünger, (b) aus der eigenen, Fragen und Reaktionen zu formulieren.
Hierzu wird der Text auf die linke Seite eines Blattes geschrieben, die rechte Seite ist frei für Eintragungen der Teilnehmer.
Als Beispiele können genannt (oder später eingegeben) werden:

- Warum in Jerusalem bleiben?
- Was erwarten die Jünger als »Heiligen Geist«? (Endgericht, Anleitung, Einsicht, Kraft, Gemeinschaft, ...)
- Schafft Jesus – nun als Auferstandener – doch noch, was wir schon zu seinen Lebzeiten von ihm erwartet haben?
- Was meint er wohl mit »Geist Gottes«, mit dem wir »getauft« werden sollen?
- Was heißt, seine »Zeugen« sein? (d.h.: überall, in den verschiedensten Bereichen als seine Zeugen auftreten)

Thema C: Was ist »Himmelfahrt«?

1. Für die Bearbeitung dieses Abschnitts wird den Teilnehmern auf einem DIN-A4-Blatt (mit freiem Rand rechts) entweder die (evtl. etwas gekürzte) Exegese (ohne den letzten Absatz) oder nachstehender Text mit der Frage vorgelegt, ob sie die darin enthaltene Erklärung für zutreffend halten.

Himmelfahrt
Der in Apostelgeschichte 1,8–11 entsprechend damaligem Denken anschaulich als Auffahrt in den Himmel geschilderte Abschied Jesu von seinen Jüngern darf nicht als Raumfahrt verstanden werden. Vielmehr ist damit das gleiche gemeint, was an anderen Stellen des Neuen Testamentes mit »Erhöhung« bezeichnet wird: Sein Sterben am Kreuz ist vor Gott kein Scheitern, sondern Opfer für alle und Überwindung des Todes. Er zeigt sich darin als Gottes Sohn und ist als Auferstandener »im Himmel« unabhängig von Raum und Zeit für alle da, die an ihn glauben. Der Himmel muß jetzt nicht mehr als unzugängliches Jenseits verstanden werden, sondern als neuer Lebensraum. Christus ist letztlich für immer unangreifbar, und unzerstörbar bleibt das, was er gebracht hat. Von ihm kann noch mehr erwartet werden, als bisher erlebt und geglaubt wurde.
Dieser Glaubensinhalt wird seit dem 4. Jahrhundert 40 Tage nach Ostern am Himmelfahrtstag bedacht und gefeiert und im Glaubensbekenntnis gegen die oft vorherrschende Enge und Trostlosigkeit ausgesprochen. (Aus *Günter Hegele*, Grundwissen für Christen. 420 Stichworte zum Gespräch über Glaube, Kirche und Gesellschaft. Kreuz-Verlag, Stuttgart 1983, S. 140)

2. In einem zweiten Teil der Gruppenarbeit gehen wir von der Frage aus: Wo ist Jesus heute?

- Ist er auch uns (plötzlich) ferner gerückt als früher? In welcher Hinsicht?
- Wohin starren wir ihm nach, ohne ihn dort noch zu sehen?
- Wie erwarten wir sein Wiederkommen?

(Zum »Weggehen« Jesu gehört übrigens nicht nur seine Himmelfahrt, sondern auch sein Leiden und sein Kreuzestod. Kommt er auch im Leiden wieder auf uns zu?)
Wir erinnern uns daran, daß die Jünger (nach dem Schluß des Lukasevangeliums »voller Freude« nach Jerusalem zurückgekehrt sind. »Dort brachten sie die ganze Zeit im Tempel zu und lobten Gott.« Die kurze Erwähnung der »Himmelfahrt« in Lk 24,50–53 kann mit dem Text der Apostelgeschichte verglichen werden.

Das Pfingstwunder

Apostelgeschichte 2,1–47

Apg 2 bietet eine geschlossene Erzähleinheit in drei Teilen: 1. Erzählung vom Pfingstwunder (V. 1–13). – 2. Rede des Petrus (V. 14–36). – 3. Die Wirkung der Rede (Nachgespräch, Massenbekehrung, Schilderung des Gemeindelebens: V. 37–47).

Das Pfingstwunder (V. 1–13)

»Pfingsten« bedeutet ursprünglich »der fünfzigste« (gr. pentäkostä), nämlich der 50. Tag nach dem Pessach-Fest (Pascha, Passa), im Alten Testament als »Erntefest« (Ex 23,16) oder »Wochenfest« (Ex 34,22) bezeichnet. Pfingsten war eines der drei Wallfahrtsfeste Israels; deren Feier war auch der Urkirche wichtig (vgl. Lk 2,41; Apg 20,5f.16).

Da der Personenkreis in V. 1 nicht neu bestimmt wird, ist an eine Versammlung der 120 Jünger zu denken, die sich nach 1,15–26 unter der Führung des Petrus neu formiert und einen Ersatzmann für Judas in den Zwölferkreis aufgenommen hatten.

Das Wunder, das diesem Kreis widerfährt, beginnt mit seltsamen Naturerscheinungen: einem Geräusch »wie von einer steifen Brise« und Lichterscheinungen über den Köpfen der Anwesenden (vgl. Ex 3 und 1 Kön 19). Diese Begleiterscheinungen treten jedoch zurück hinter dem aufsehenerregenden Sprachenwunder (V. 4, 6–11). (Der Begriff »Zungenrede« ist unpassend, weil wir nicht mehr »Zunge« im Sinn von »Sprache« gebrauchen.) Um ein Sprachenwunder und nicht ein Hörwunder handelt es sich: gerade das Nebeneinander vieler Sprachen erregt Aufsehen.

Um was für ein Reden es nach Lukas geht, wird durch die Parallele Apg 10,46 (die durch 15,8 als Parallele erwiesen ist!) deutlich: Es ist ein Loben Gottes – und nicht etwa Verkündigung, wie viele Übersetzer seit Luther gemeint haben. Gepredigt wird in dieser Geschichte erst ab V. 14! Zum Vorgang des Lobens (in einer soeben mit dem Geist beschenkten Gemeinde!) paßt auch die spöttische Unterstellung von V. 13. Jedoch gibt der Text keinen Anlaß, von Ekstase zu sprechen, auch nicht die Erörterung der Sprachenrede bei Paulus in 1 Kor 14 (wo V. 7f keine *Schilde-*

rung dieser Erscheinung vorliegt, sondern nur ein *Vergleich* mit verstimmten Instrumenten gezogen wird).
Das Phänomen dieser Sprachengabe ist auch aus modernen charismatischen Gruppen bekannt. Paulus kennt dieses Charisma aus eigener Erfahrung und Praxis, will es aber nur dann im Gottesdienst der Gemeinde ausgeübt sehen, wenn die Sprachenrede in die Sprache der Anwesenden übersetzt wird (1 Kor 14,10–25).

Die Petrus-Rede (V. 14–36)

Das Sprachenwunder gibt Anlaß zu einer Rede, weil es – wie die Reaktionen der Zuhörer zeigen – auf Auslegung angewiesen ist. Wunder allein, ohne deutende Worte, können nie den Glauben im biblischen Sinne wecken. Aber sie haben eine Hinweisfunktion und liefern oft den Zündstoff, der die Hörer für die Predigt aufgeschlossen macht (vgl. Apg 3; Joh 5; 6; 9f).

Die Rede des Petrus hat zwei Teile, die durch ein gemeinsames Stichwort am jeweiligen Zielpunkt zusammengehalten werden. In V. 15–21 wird das rätselhafte Geschehen, dessen Zeugen die Anwesenden geworden sind, identifiziert als die vom Propheten Joël einst geweissagte Geistausgießung (Joël 3,1–5). Im zweiten Anlauf rekapituliert Petrus die Geschichte Jesu – einschließlich der Auferweckung (V. 24) – und erweist sie als die Erfüllung der biblischen Weissagungen von einem Sohn Davids, den Gott nicht dem Tode und der Verwesung preisgeben werde (V. 22–36). Dieser Schriftbeweis stützt sich vor allem auf Ps 16,8–10 und die sog. Natanverheißung nach 2 Sam 7,12ff und Ps 132,11. Das abschließende Zitat aus Ps 110,1 enthält ebenso wie Joël 3,5 (vgl. V. 21) das Stichwort »Herr«, das die beiden Teile der Rede zusammenhält und im Schlußwort des Petrus (V. 36) neben den Messiastitel gestellt wird.
Anrede (V. 14) und Schlußwort (V. 36) erweisen die Rede als an Juden gerichtet, und aus V. 23 und V. 36 geht hervor, daß Petrus die Anwesenden für mitschuldig hält an der Kreuzigung Jesu. Da die Hörer nach V. 5–11 durchaus nicht nur Mitglieder des Hohen Rates sind, der Jesus verurteilt hatte, dürfte darauf angespielt sein, daß die »Stimme des Volkes« vor Pilatus die Kreuzigung Jesu gefordert hatte (Lk 23,13ff; Apg 3,13; 13,27f), wobei es offenbar keine öffentliche Gegenstimme gab (ein Vorwurf, der natürlich die Jünger ebenso trifft).

Der erste Teil der Rede zielt mit dem Schluß des Joëlzitats auf ein Angebot der Rettung für die, die den Namen des »Herrn« anrufen. Der zweite Teil erweist den gekreuzigten und auferweckten Jesus als diesen Herrn – und endet damit in einer Herausforderung der angesprochenen Hörer. *Sie* müssen sich ja als *die Feinde* erkennen, die Gott dem Messias zu Füßen legen, also unterwerfen und demütigen will. Das liefert den Stoff für das »Nachgespräch zur Predigt« in V. 37–40.

Die Wirkung der Rede (V. 37–47)

Die ratlose Frage der Hörer »Was sollen wir tun?« verrät, daß sie sich eines Versagens bewußt sind und die Gerichtsdrohung ernst nehmen, auf die die Petrusrede hinausgelaufen war. Umkehrruf und Vergebungsangebot sind darum auch primär auf die eben angesprochene konkrete Schuld zu beziehen. Zugleich aber werden die Hörer eingeladen, sich in die schon mit Johannes dem Täufer begonnene (V. 38 mit Lk 3,3; Lk 16,16) und durch Jesus intensivierte (Lk 24,47) Bußbewegung hineinzustellen, deren Zeichen die Wassertaufe ist und in der nun die Geistbegabung erfahren wird. Der Anschluß an diese Bewegung verlangt zwar einen bewußten Bruch mit dem Geist der Zeit und mit der abseits stehenden Mehrheit der Volksgenossen (V. 40), steht aber unter der Verheißung Gottes und führt in eine weltweite Bruderschaft derer, die dem Ruf Gottes folgen (V. 39).

Wenn Lukas berichtet, daß auf diese Verkündigung des Petrus hin ca. 3000 Menschen zur Gemeinde hinzustießen (V. 41), so ist dabei nicht nur an Bürger Jerusalems zu denken, sondern auch an die vorher erwähnten Festpilger, die sich gerade in Jerusalem aufhielten.

In V. 42ff schließt Lukas an den Bericht von der Massenbekehrung an Pfingsten eine Schilderung des Gemeindelebens an, die vermutlich für einen längeren Zeitraum steht, in dem die Gemeinde wuchs und ihre Lebensformen entwickelte.

In den vier Begriffen von V. 42 sehen manche Forscher die Grundelemente des Gottesdienstes der Urgemeinde; doch ist nicht ausgemacht, daß es sich um feste Bestandteile jeder gottesdienstlichen Versammlung handelt. Mit der »Lehre der Apostel« dürfte die Weitergabe und Einprägung der Hauptstücke der Verkündigung Jesu gemeint sein – also die Anfänge der mündlichen Überlieferung, aus der später unsere Evangelienschriften entstanden sind. »Gemeinschaft« meint wohl den von besonderen Amtsträgern unabhängigen Austausch untereinander, wobei offen bleibt, ob hier schon der in V. 44f erwähnte spezielle Brauch der Konsumgemeinschaft gemeint ist. »Brotbrechen« ist ein abgekürzter Ausdruck für die Mahlgemeinschaft und kann sowohl das schlichte gemeinsame Essen meinen als auch das in diesem Zusammenhang sonst nicht erwähnte Abendmahl. Wenn vom »Festhalten an den Gebeten« die Rede ist, so müssen bestimmte Gebete und eine gewisse Regelmäßigkeit gemeint sein, zum Beispiel ein tägliches Beten des Vaterunsers. Da in V. 46 auch vom regelmäßigen Tempelbesuch die Rede ist, spricht nichts dagegen, bei den Gebeten an die grundlegenden Stücke des jüdischen Gebetslebens zu denken, wie z.B. das Schemá Jisrael (»Höre Israel«), das 18-Bitten-Gebet und das Kaddisch bzw. deren Vorstufen in neutestamentlicher Zeit.

Auf die »Gütergemeinschaft« der Urgemeinde soll in der Besprechung von 4,32ff näher eingegangen werden. Hier sei noch unterstrichen, wie Lukas die verschiedenen Dimensionen des geistlichen Wirkens und Lebens aufs engste verknüpft: Wortverkündigung (V. 42) und wunderbares Tatzeugnis (V. 43), Gottesdienst (V. 42.46f) und Menschendienst (V. 44f). Die abschließende Notiz über das Wachstum der Gemeinde (V. 47) folgt unmittelbar auf die Schilderung des innigen Zusammenlebens. Man darf daraus wohl schließen, daß Lukas diesem gemeindlichen Lebensstil missionarische Bedeutung zuschreibt. Allerdings nicht im Sinne einer »Methode«, mit der man Gemeindewachstum erzwingen kann; missionarischer Erfolg ist das Werk und Geschenk des Herrn (V. 47b).

Praxis

Thema A: Ein Geschehen ohne Beispiel (V. 1–13)

1. Was geschah? Jeder liest die Verse 1–13 und schreibt in Stichworten untereinander, so daß der Verlauf besser erkennbar wird, was sich ereignet hat.
Jeder vergleicht die Aufschrift mit der des Nachbarn und überarbeitet sie dann noch einmal.
Wir kreuzen an, was vom Geschehen uns unbekannt, was fremd, was ohne Beispiel in der eigenen Lebensgeschichte ist, und versuchen, uns in den Text einzufühlen. In Gruppen von ca. 7 Personen sprechen wir aus, was ohne Beispiel ist, und lassen daraus ein offenes Gespräch entstehen. Was ohne Beispiel zu sein scheint, kann uns dennoch die Möglichkeit der Einfühlung geben, z.B. das Brausen vom Himmel, das das ganze Haus erfüllt, oder die Feuerzungen, die sich auf Menschen setzen. Wir begegnen einer Bildsprache, nehmen uns Zeit, gehen in uns und sprechen aus, was uns einfällt.
2. Überraschung, Verwunderung, Ratlosigkeit. Was empfinde ich, wenn Menschen anfangen, in der Öffentlichkeit laut zu reden, auf mich einzureden, um begeistert eine Botschaft, eine Überzeugung, eine Gewißheit mir mitzuteilen? Wie reagiere ich darauf? Ich versuche, es mir klarzumachen, schreibe es in

Stichworten auf, nehme einen Partner, frage ihn, wie er reagiert, sage ihm, wie ich reagiere, und versuche dahinterzukommen, warum das so ist. Das Ergebnis dieser Überlegungen halte ich in Stichworten auf einem Zettel fest.

Thema B: Ein neuer Geist (V. 14–36)

1. Kein Grund zur Begeisterung, zur Aufregung und Bestürzung, wohl aber zur Einsicht. Die Reaktionen verraten Angst, Unbehagen, Verwirrung. Das starke Erlebnis bedarf der Erklärung.
Wir lesen in der Gruppe die Rede des Petrus reihum oder lassen sie von zwei oder drei Personen vortragen. Sie besteht aus zwei Teilen. In Selbstbeschäftigung kennzeichnen wir die beiden Teile und markieren die wesentlichen Aussagen.
Zur Selbstbeschäftigung: Kenne ich den Zusammenhang zwischen Ankündigung und Eintritt eines Ereignisses? Erkenne ich solche Zusammenhänge in meiner Lebensgeschichte, im Werden des inneren Menschen, auf dem Weg zu meinem Christsein? Die Ergebnisse dieser Überlegungen können in ein Zweiergespräch eingebracht werden.
2. Es werden Zeichen genannt und diese in Zusammenhang gebracht mit dem »Tag des Herrn« (V. 20), dem letzten Tag. Im Plenum versuchen wir, folgende Fragen zu beantworten:

- Haben diese Begriffe für mich noch Bedeutung und Inhalt? Was fange ich mit den Zeichen an? Sind sie mir schon begegnet? Wie habe ich auf sie reagiert? Gibt es neue Zeichen für die Erfüllung biblischer Ankündigungen?
- Die Zeichen haben Sinn. Wer den Namen des Herrn anruft, soll gerettet werden. Mit dem Wort Rettung verbinden wir die Vorstellung einer Situation, aus der oder in der ich Rettung erhoffe. In oder aus welcher Situation erhoffe ich mir persönlich Rettung? Aus oder in welcher Situation erhoffe ich Rettung für meine Kirche, mein Volk, unsere Welt?
- Tötung Jesu: Geschieht das heute noch? Wann, wo? Bin ich daran beteiligt? Wenn das so ist, was bedeutet dann die Aussage: »den hat Gott auferweckt«?
- Geist denkt, redet, versteht, sieht! Wenn ein neuer Geist bei uns einzieht (ist das Bild noch brauchbar?), dann denke, rede, sehe ich anders. Wir suchen nach Erfahrungen neuen Geistes, erkennbar an neuem Denken, Reden, Verstehen und Sehen. Wann und wo war ich Zeuge? Wann, wie und wodurch habe ich es an mir erlebt?

3. Die Botschaft von der Auferstehung Jesu und der ihr folgenden Auferstehung der Toten hat einen Geistwechsel ausgelöst.

Sie hat die Welt verändert. Verändert sie auch mich? Welche Begegnungen haben dabei eine Rolle gespielt?
Jeder denkt darüber nach, sammelt Antworten, läßt daraus einen Text entstehen, vielleicht wird es ein Brief an eine Freundin oder einen Freund, an einen heranwachsenden Sohn oder eine verheiratete Tochter, ein Gedicht oder ein Gebet.

Thema C: Gemeinde entsteht (V. 41–47)

1. Jeder überlegt sich, wie das, was er seinen Glauben nennt und als Fundament seiner Existenz empfindet, entstanden ist. Welche Bedeutung es bekam für seine Gemeinschaftsfähigkeit und seine Gemeinschaftserfahrungen.
Wir führen darüber ein offenes Gruppengespräch.
2. Ein Thema für ein Zweiergespräch, von dem im Plenum berichtet werden kann, wenn es nicht zu groß ist, sonst in Gruppen, in der Form, daß jeder kurz wiedergibt, was er darüber von seinem Gesprächspartner erfahren hat:
Wie erlebe ich Gemeinde, und welche Gemeinschaft erlebe und erfahre ich in der Gemeinde und durch sie?
3. Vier Stücke werden genannt, aus denen sich Gemeinde aufbaut: Apostellehre, Gemeinschaft, Brotbrechen, Gebet.
Welchem dieser Stücke bin ich in meiner Entwicklung zuerst begegnet? Welches folgte? Welchem bin ich noch nicht begegnet? Welche Erfahrungen habe ich mit ihnen im Laufe meines Lebens gemacht? Welche waren die stärksten, welche die schwächsten?
Wir erarbeiten die Antworten in Gruppen und schreiben sie spaltenweise auf Bögen. Wir überdenken das Ergebnis und werten es im Hinblick auf unsere Gemeindepraxis aus.

Thema D: Eigentumsverhältnisse (V. 44–45)

Der Glaube nach Ostern hat zusammen- und zum Gemeinbesitz aller Dinge geführt (V. 44). Der Glaube an Christus nimmt Einfluß auf Eigentumsverhältnisse, Eigentumsbildung und Eigentumsinteressen.
1. Wir sammeln biblische Aussagen zum Eigentum. Was galt als Eigentum? Gab es Eigentumsgrenzen? Wie wurde es erworben? (Dtn 15,4; Jes 5,8; Mt 19,21; Lk 12,33; 14,33; Apg 5,4; 12,12.)

Wir ordnen die biblischen Aussagen und fragen nach unserem Verhältnis zum Eigentum. Wann erwachten meine Eigentumsinteressen, wodurch wurden sie geweckt, worauf richteten sie sich? Veränderten sie sich? Welche Eigentumseinschränkungen und -verzichte könnte ich hinnehmen? Wir führen darüber ein offenes Gruppengespräch.

2. Erich Fromm deckt in seinem Buch »Haben und Sein« auf, daß unsere christliche Kultur auf das Haben und Haben-wollen hin orientiert ist. Das hat Bildung von Eigentum und Reichtümern, hat das Festhalten des Erworbenen zur Folge, gesichert durch Gesetze. Loslassen und Geben fallen schwer.

Bisher waren Kriege und Katastrophen nötig, um Eigentumsverhältnisse zu verändern. Da Kriege heute zur Selbstvernichtung der Menschheit auszuarten drohen, stellt sich dringend die Frage nach anderen Wegen, um Eigentumsverhältnisse zu verändern, damit alle Menschen auf dieser Erde leben – und menschenwürdig leben – können.

Der Film »Schäfereigenossenschaft Finkhof«, 9 Min. Laufzeit, führt in den Alltag der im Allgäu betriebenen Genossenschaft und vor die Frage, ob diese Genossenschaft und was in dieser Genossenschaft für mich zukunftweisend sein könnte.

3. In der Weltperspektive fallen Christen nicht durch Frömmigkeit auf, sondern dadurch, daß sie im Wohlstand leben. Sie sind fleißige und geschickte Eigentumsbildner. Wer Christ wurde oder sich in der Kirche engagierte, verband das oft und nicht zu Unrecht mit der Erwartung sozialen Aufstiegs. Die kirchliche Anstellung versprach wirtschaftliche Besserstellung. Wir überprüfen diese Aussagen, denken über die Ursachen und die Auswirkung der Tatsachen auf die Kirche (unsere Gemeinde), das Christsein und die Vermittlung der Botschaft nach.

4. Der Heilige Geist arbeitet auf Änderung hin. Es fängt damit an, daß wir diese Tatsachen sehen, nicht mehr zudecken und die nicht verfolgen, die sie aufdecken. Selig sind tatsächlich zuerst die Armen. Damit sind die gemeint, denen das für das tägliche Leben Wichtige fehlt, nicht diejenigen, die davon reden, daß Geld – und sie haben meistens nicht wenig – doch nicht glücklich macht. Jesus wußte, wer seine Schwestern und Brüder waren. Wer sind die Armen in unserer Gemeinde? Wer hat Zugang zu ihnen? Haben sie Zugang zu uns? Wie kann er geschaffen werden? Wer hat Erfahrung im Umgang mit Armen? Wer hat in armen Ländern gelebt und kann erzählen?

Konflikt mit dem Hohen Rat

Apostelgeschichte 3,1–4,31; 5,12–42

Apg 3 und 4 bilden eine geschlossene Erzählung (die sich in 5,12–42 noch einmal fortsetzt); sie handelt vom Konflikt zwischen den Uraposteln, vertreten durch Petrus und Johannes, und dem Hohen Rat, wobei die Gegenspieler als Angehörige des sadduzäischen Priesteradels charakterisiert werden. Der Konflikt entzündet sich an einer Krankenheilung (3,1–10) und ihrer Deutung durch die anschließende Predigt des Petrus (3,11–26). Die Verhandlung vor dem Hohen Rat (4,1–22) endet mit einer bloßen Verwarnung; aus der anschließenden Gebetsversammlung (4,23–31) geht hervor, daß die Gemeinde sich jedoch nicht einschüchtern läßt, sondern weiterhin zum Zeugnis von Jesus entschlossen ist.

Der Anlaß des Konflikts (3,1–10)

Die erste Szene spielt wahrscheinlich an einem der Tore, durch die man von Süden (oder Südwesten) her zum Tempel hinaufsteigen konnte. Die von Lukas gebrauchte Bezeichnung »Das schöne Tor« ist in der sonstigen Literatur nicht überliefert und erlaubt daher keine sichere Lokalisierung. Wichtig ist die Nachricht, daß die Apostel zur regelmäßigen Gebetszeit den Tempel aufsuchten. »Um die neunte Stunde«, d. h. ca. 15 Uhr, wurde im Tempel das Nachmittagsgebet (die »Minchah«) gesprochen, verbunden mit einer Opferhandlung. Die Urgemeinde hat sich also keineswegs von sich aus vom jüdischen Gottesdienst und seinem Zentrum im Tempel distanziert (Apg 21,26; 22,17).

Ein Bettler konnte damit rechnen, daß Tempelbesucher Geld bei sich trugen (Mk 11,15–19; 12,41–44) und zu milden Gaben grundsätzlich bereit sein würden, weil das Almosengeben – besonders von den pharisäischen Lehrern – als verdienstvolles Werk der Frömmigkeit empfohlen wurde (Mt 6,2–4). Selbstverständlich hat die Urkirche ebenfalls großen Wert auf Mildtätigkeit gelegt (vgl. z. B. Lk 12,33). Hier in V. 6 wird jedoch berichtet, daß Petrus und Johannes keinerlei Münzen bei sich haben.

Das könnte mit Anweisungen Jesu an den Jüngerkreis in der vorösterlichen Zeit zusammenhängen (Mt 10,9; Lk 10,4; 22,35). Diese Anweisungen stehen im Kontext einer Aussendung zur Verkündigung des Reiches Gottes, wobei den Jüngern auch die Vollmacht zu Heilungen erteilt wird. Die Heilungsgeschichte von Apg 3,1–10 handelt also von der nachösterlichen Wiederbelebung dieses Mandats (2,43; 5,12–16). Die augenblickliche Mittellosigkeit der Apostel ist demnach nicht Zufall, sondern für das Charismatikertum der Urkirche bezeichnend: Geistliche Vollmacht ist nicht die Krönung und Vollendung irdischer Macht – gerade die hilflosen Helfer werden zu Werkzeugen der Hilfe, die von Gott kommt. Taten des Glaubens geschehen bei denen, deren eigene Existenz ganz auf einem Glaubenswagnis beruht (Mt 6,25–34).
Die Heilung geschieht durch ein Befehlswort und eine Geste im Namen Jesu Christi »des Nazoräers« (= Nazareners). Trotzdem ist die unmittelbare Wirkung des Wunders nicht ein Bekenntnis zu Jesus, sondern – vom Erzähler gleich zweimal (V. 8 und 9) erwähnt – ein Loben *Gottes* (vgl. auch 4,21). Die Heilsbedeutung Jesu, die in den Heilungen zum Ausdruck kommt, läßt Jesus nicht mit Gott konkurrieren; sie verdeckt nicht den Blick auf Gott, sondern stellt die Beziehung zu Gott gerade wieder her. Das ist durch manche Formen christlicher Frömmigkeit verdunkelt worden. Das Neue Testament ist in dieser Hinsicht jedoch eindeutig, indem immer wieder christologische Aussagen durch ein Wort des Gotteslobs ihre Abrundung und Krönung bekommen (Phil 2,11; Gal 1,4 u.ö.). Dieser theozentrische Zug setzt sich auch in der anschließenden Predigt des Petrus fort, indem zu Beginn und am Ende betont von Gottes Handeln durch seinen Knecht Jesus und an ihm gesprochen wird (V.13 und 26).

Die Predigt des Petrus (3,11–26)

Die Rede läßt sich in zwei Teile gliedern. Der erste (V. 12–16) knüpft an die vorangehende Heilung an und wertet sie für die Verkündigung aus (ähnlich wie in 2,14ff). Das gipfelt in der Herausstellung des Namens Jesu in V. 16, wobei als Voraussetzung der Heilung der Glaube hervorgehoben wird (von dem zuvor noch gar nicht die Rede war). Das Wunder wird gedeutet als eine Beglaubigung (»Verherrlichung«, wohl nach Jes 53,12) des von den Menschen verworfenen Jesus, den Gott durch die Auferwek-

kung als seinen erwählten Knecht rehabilitiert hat (V. 13–15; hier wird auf die Barabbas-Szene Lk 23,18–25 angespielt).
Der zweite Teil der Rede (V. 17–26) entfaltet – breiter als in der Pfingstpredigt – den Bußruf und die Heilsverheißung für Israel. Dabei wird viermal auf die Propheten im allgemeinen verwiesen, dazu Mose und Samuel namentlich erwähnt. Wörtliche Zitate vergegenwärtigen die Verheißung eines »Propheten wie Mose« aus Dtn 18,15.18 (eine Bibelstelle, die in den eschatologischen Erwartungen der Zeit Jesu eine große Rolle spielte) und die Segensverheißung an Abraham und seine Nachkommen aus Gen 12,3. Besonders beachtenswert ist in dieser Rede die Bekräftigung der Erwartung einer Heilszeit für das Volk Israel am Ende der Geschichte (V. 20f). Diese messianische Zeit wird mit der Wiederkunft Jesu verknüpft, hat also nach diesem Text noch nicht mit dem historischen Auftreten Jesu begonnen. Diese Sicht, nach der das eigentliche messianische Wirken Jesu noch in der Zukunft liegt, wurde in der christlichen Verkündigung und Lehre sehr bald von einer Betonung der gegenwärtigen Heilserfahrung verdrängt, wobei zwangsläufig zugleich die inneren, geistlichen Erfahrungen stärker betont wurden; denn die Lage der Welt und besonders das Schicksal Israels hat sich ja durch das erste Kommen Jesu noch keineswegs zum Guten gewendet.
Eine weitere Besonderheit dieser Rede und der ganzen Erzählung Apg 3–4 ist der christologische Titel »Knecht Gottes« (3,13.26; 4,27.30). Man hat diesen Titel häufig vor dem Hintergrund der sogenannten Gottesknechtslieder in Jes 40ff verstanden (Jes 42,1; 49,3.5.6; 52,13; 53,11), weil auch hier einem leidenden Gerechten eine Heilsbedeutung für Israel zugeschrieben wird. Im Lukanischen Werk und auch in unserer Erzählung wird vor allem David als ein »Knecht Gottes« erwähnt (Lk 1,69; Apg 4,25). Auch im Alten Testament sind die dichtesten Häufungen in der Verwendung dieses Begriffs auf David bezogen (2 Sam 7; 1 Kön 11; ferner 2 Kön 19,34; 20,6; Jes 37,35; Ps 78,70; 89,4.21; 132,10). Darum ist der Christus-Titel »Knecht Gottes« mit größter Wahrscheinlichkeit als ein Signal für die Aufnahme des an David orientierten Messiasbegriffs zu verstehen, wie vor allem Apg 4,25–27 nahelegt, wo der messianische Psalm 2 zitiert wird und vorher David, nachher Jesus als »Knecht Gottes« bezeichnet wird. Das schließt den Gedanken des Leidens nicht aus, sondern ein; denn Ps 2 handelt ja von den Feinden des Messias, und auch David erscheint im Alten Testament als der Gesalbte, der erst

durch Verfolgungen hindurch zur Anerkennung und Herrschaft kommt (1 Sam 16–2 Sam 5).
Aufs Ganze gesehen bietet die Petrusrede von Apg 3 – auch im Vergleich mit anderen Predigten der Apostelgeschichte – eine konsequent judenchristliche Ausformung der Christusbotschaft mit Motiven, die schon in neutestamentlicher Zeit durch die Hinwendung zu nichtjüdischen Kreisen in den Hintergrund rückten. Lukas hat hier also keineswegs, wie oft behauptet wurde, die für seine eigene Zeit typische Verkündigung dem Petrus in den Mund gelegt.

Verhandlung vor dem Hohen Rat (4,1–22)

Zum Verständnis des Konflikts ist genau zu beachten, wer die Gegner der Apostel sind und was wir hier oder aus anderen Texten über sie erfahren:
Der »Tempelhauptmann« ist der Befehlshaber einer Wachttruppe des Tempels, die aus Priestern bestehen mußte, um in allen Teilen des Heiligtums für Ordnung sorgen zu können. Diese Tempelpolizei verhaftet die Apostel (V. 2). Lukas stellt zusätzlich fest, daß es sich um Sadduzäer handelt, womit nur die religiöse Richtung eben dieser Priester gekennzeichnet wird; denn die meisten Priester und vor allem die höheren Ränge der Priesterschaft (vgl. V. 6) gehörten zu dieser jüdischen Partei, den Gegnern der Pharisäer. Dem entspricht die Angabe in V. 2 über den Hauptgrund ihres Eingreifens: Die Apostel lehrten (am Beispiel Jesu) die Totenauferweckung; die Sadduzäer dagegen lehnten diese Lehre grundsätzlich (nicht nur im Blick auf Jesus) ab; vgl. Mk 12,18–27 Par. und Apg 23,8.
Die in V. 5 aufgezählten Gruppen entsprechen der Zusammensetzung des Hohen Rates aus Oberpriestern, Vertretern des Volkes und theologisch-juristischen Fachleuten; V. 6 nennt einige besonders einflußreiche Persönlichkeiten, die wir zum Teil aus dem Prozeß gegen Jesus kennen. Da es sich um dasselbe Gremium handelt, das auch Jesus verurteilt hatte, richtet sich der Vorwurf der Schuld am Tode Jesu (V. 10) an die richtige Adresse. (Wohlgemerkt: hier ist nicht das ganze jüdische Volk angesprochen!)
Das Verhör zielt auf die Klärung der Umstände der Heilung (V. 7). Dahinter steht wohl der Verdacht, daß es sich um einen Fall von Zauberei handeln könnte, was nach Dtn 18,10f ein religiöses

Verbrechen war, besonders wenn dabei mit einem Totengeist Kontakt aufgenommen wurde (und Jesus war für die Sadduzäer eben ein Verstorbener und sonst nichts!). Die Rede des Petrus (V. 8–12) weist diesen Verdacht zurück, indem sie die Auferwekkung Jesu bezeugt und Jesus als den von Gott beglaubigten Heiland verkündigt.

Aus Rücksicht auf die öffentliche Meinung, die auf seiten der Apostel steht, kommt es in dieser Verhandlung nicht zu einer Verurteilung oder Bestrafung der Apostel (V. 21). Aber es wird ihnen verboten, im Namen Jesu öffentlich aufzutreten (V. 18). Vielleicht bleibt es auch darum bei einer bloßen Verwarnung, weil nach jüdischem Strafrecht Menschen ohne besondere Gesetzeskenntnis (vgl. V. 13!) erst einmal belehrt und verwarnt und nicht sofort bestraft werden sollten.

Das Gebet der Gemeinde (4,23–31)

Der dritte Schauplatz dieser Erzählung ist eine Gemeindeversammlung, in der Petrus und Johannes über den Ausgang des Konflikts berichten (V. 23). Die Gemeinde antwortet auf das Geschehen mit einem Gebet (V. 24–30), bestehend aus einer feierlichen Anrede Gottes als des Schöpfers (V. 24), einem Zitat aus dem messianischen Psalm 2 (von der vergeblichen Auflehnung der Völker gegen Gott und seinen Gesalbten), einer Auslegung dieses Psalms auf die Passionsgeschichte (V. 27f) und einer abschließenden Bitte um ungebrochene Entschlossenheit und Vollmacht zum Zeugnis (V. 29f). Daß sogar der Widerstand gegen den Messias schon in der Schrift geweissagt ist, läßt erkennen, daß die Feinde die Geschichtslenkung Gottes in keiner Weise durchkreuzen können, sondern ihr sogar dienen müssen (V. 28). Darum sieht die Gemeinde keinen Anlaß, sich einschüchtern zu lassen (vgl. schon V.19f). Als Zeichen unmittelbarer Gebetserhörung wird die Versammlung nach dem Gebet von einer an Pfingsten erinnernden Begeisterung ergriffen und beginnt sofort wieder mit der Verkündigung, die ihr gerade verboten worden war (V. 31).

Die Aktualisierung eines Schriftwortes auf zeitgeschichtliche Ereignisse entspricht hier wie in 2,14–21 einer Auslegungsweise, die sich auch in den Schriften von Qumran findet (der sog. Pescher-Methode).

Wiederholter Konflikt (5,12–42)

In Apg 5 wiederholen sich die Konflikte von Apg 4, z. T. in verschärfter Form. Anlaß ist das (zur Regel gewordene) Wundertun der Apostel (V. 12–16). Die Verfolgung geht wieder von den sadduzäischen Oberpriestern aus (V. 17). Der Streit geht um das Lehren und Handeln *im Namen Jesu* (vgl. 5,28.40 mit 3,6.16; 4,7.10.12.17f.30).
Anfang und Ende der Rede des Petrus bekräftigen die Absage der Apostel an die Forderungen des Hohen Rates: Gehorsam gegenüber Gott geht über Gehorsam gegenüber Menschen (V. 29.32; vgl. 4,19). Entsprechend spitzt sich der Prozeß zu: ein Todesurteil steht zur Diskussion (V. 33). Es wird jedoch verhindert durch das Plädoyer des Pharisäers Gamaliel (V. 34–39). Dieser auch in der jüdischen Tradition berühmte Schriftgelehrte vertritt hier die Ansicht, daß man die Jesusbewegung unbehelligt lassen solle: Vergleichbare messianische Bewegungen hätten sich bislang noch immer verlaufen, nachdem ihr Anführer ums Leben gekommen war. Sollte es in diesem Falle anders sein, so wäre das ein Wunder Gottes. Dann aber wäre es eine Sünde und ein Abenteuer, sich Gott und seinem Werk in den Weg zu stellen.
Das Beispiel des Theudas von V. 36 paßt nicht in die Situation dieser Rede; jedenfalls kennen wir einen Bandenführer Theudas erst aus den vierziger Jahren (nach 44 n. Chr.; vgl. Josephus, Ant. 20,97f). Eine abwartende Grundhaltung gegenüber messianischen Bewegungen ist einem pharisäischen Lehrer jedoch zuzutrauen – zumal wenn die Gegenposition von den Sadduzäern vertreten wird (Apg 23,7–9). Die Pharisäer vertraten grundsätzlich in der Justiz eine mildere Linie als die Sadduzäer (vgl. Jos. Ant. 20,199 – aus dem Bericht über das Martyrium des Jakobus). Die Szene von Apg 5,34ff ist darum im Prinzip historisch plausibel.
Die Verschärfung des Konflikts prägt den Ausgang der Geschichte, wo anstelle der zunächst erwogenen Todesstrafe immerhin die Prügelstrafe verhängt und vollzogen wird (V. 40; vgl. Mk 13,9; Apg 22,19; 2 Kor 11,24). Die Strafandrohung von 4,21 konnte nicht ganz ohne Konsequenzen bleiben. Die Apostel jedoch sind stolz auf den Preis, den sie für ihr Zeugnis zahlen mußten, und setzen ihre gewohnte Tätigkeit fort (V. 41f). (Zum Motiv der Freude im Leiden vgl. Mt 5,11f; 1 Thess 1,6; 1 Petr 1,6; 4,13; Jak 1,2!)

Praxis

Thema A: Heil(ung) finden durch den Namen Jesu

1. *Einstieg:* Lied »Kommt herbei, singt dem Herrn« (GL Nr. 270) oder sonst eines, in dem der Name Gottes, sein Heil, gepriesen wird.
2. Die *Arbeit mit dem Text* muß sich auf ausgewählte Stücke konzentrieren.

a) Die Heilung des Gelähmten (3,1–10). Die folgenden Fragen sollen helfen, im Gespräch miteinander den Text zu erschließen:
Wie wird dieses Heilungswunder erzählt? Versuchen Sie, in kleinen Gruppen zu je drei oder vier, den Text zu gliedern, den Aufbau dieser Wundergeschichte festzuhalten.
Im Plenum wird eine gemeinsame Gliederung erstellt (Schilderung der Notlage, Wunderhandlung, Erfolgsdemonstration, Lobpreis, Staunen der Umstehenden). Wozu provoziert die Heilung den ehemals Gelähmten, die Umstehenden?
Bei uns ist heute in der Regel bei einem Wunder die Sensation, das Außerordentliche, Unheimliche am wichtigsten. Welches Wunderverständnis vermittelt dagegen dieser Text? (Wunder als auffallendes Ereignis, das vom glaubenden Menschen als Zeichen des Heilshandelns Gottes verstanden wird, das betroffen macht und zu Lob und Dank anregt.)
Wodurch geschieht in dieser Erzählung eigentlich die Heilung? Welche besondere Funktion hat dieser »Name Jesus«? Was sagt diese Formel hier aus? Warum geschehen solche Taten »im Namen Jesu« oder Gottes durch die Apostel?

b) Verkündigung in Wort und Tat: die Reden des Petrus (3,12–26; 4,8–12) und der Apostel (5,29–36).
Wie sind die beiden Reden des Petrus aufgebaut? Wie geht der Gedankengang? Was ist die Mitte dieser Predigt? Beachten Sie vor allem die Grundelemente der Botschaft, die in 5, 29–32 in konzentrierter Aussage vorliegen. Was ist sozusagen die »Kern«-Botschaft der nachösterlichen Verkündigung? Vergleichen Sie Ihre Ergebnisse mit dem ältesten Bekenntnis des Neuen Testaments in 1 Kor 15,3b–5!
Warum verweist Petrus seine Hörer auf den »Gott der Väter«, auf die Schrift, unser Altes Testament?

Bisherige Glaubenserfahrung mit diesem Gott, der auch der Gott Jesu ist, Verstehens- und Deutehorizont der Angesprochenen. Derselbe Gott wirkt in Jesus in neuer und einmaliger Weise.
Welche Begriffe werden aus dem Alten Testament aufgenommen und auf Jesus gedeutet! (Prophet, Nachkomme Abrahams, Messias [4,26], Knecht [4,27], Führer, Retter.)

Worin ist der Bezug dieser drei Reden zur heilenden Tat vorher gegeben? Welche Wendung drückt das aus?
Die Zusammenschau dieser oftmaligen Erwähnung des »Namens Jesu« (Apg 3,6.16; 4,7.10.12.18.30) ermöglicht uns, sei-

ne verschiedenen Dimensionen zu sehen. Die Teilnehmer können mehrere Aspekte in *Kleingruppen* sammeln.

Zum Beispiel: seinen Namen kann man anrufen, verkünden; ein wirkmächtiger Name, heil- und lebenschaffend wie Gottes Name; der Name Jesu steht für seine Gegenwärtigkeit, ist die Kraft, mit der sein Geist in dieser Welt wirkt . . .

Heil werden durch den Namen Jesus Christus.
- Der gelähmte Bettler: Gesichtsloses Elend – kein Ansehen haben – gesehen werden in seiner eigenen Not – an-gesehen werden – Gesicht bekommen – heil werden durch den Namen Jesus Christus.
- Die Vorbeigehenden und Petrus mit Johannes: Nicht in Berührung kommen mit der Not – ungerührt die vielen, die vorbeigehen – angerührt, so daß ein Funke überspringt – es rührt sich etwas in mir – Kraft, die mich in Bewegung bringt – heil werden durch den Namen Jesus Christus.

Eventuell ruhige Musik leise abspielen, ansonsten Stille, nach einiger Zeit: »Unsere Hoffnung hat einen Namen und ein Gesicht« (E. Beck). Diesen Satz nachklingen lassen in mir.

3. *Abschluß* (a/b): Nach einer Zeit der Sammlung vergegenwärtigen die Teilnehmer sich noch einmal einige Gesichtspunkte des Textes und verweilen dabei. Der Leiter könnte etwa noch folgende Gedanken ansprechen:

c) Je nach Teilnehmern einer Gruppe und zur Verfügung stehender Zeit können ergänzend folgende Aspekte des Textabschnittes 3,1–4,32; 5,12–42 noch einbezogen werden:
Die Teilnehmer suchen in Kleingruppen aus dem Text heraus, wie Gottes Wirken dargestellt wird:

Gott, der Heil Schaffende

Gott, der Krankheit durch die Apostel heilt und durch sie Zeichen tut
Gott der Väter, Abrahams, Isaaks und Jakobs
Gott des Bundes mit Abraham
Gott der Errettung und Befreiung aus Ägypten, des Mose
Gott, der durch die Propheten gesprochen hat und zuletzt durch *den* Propheten schlechthin, Jesus
Gott, in dessen Dienst die Apostel stehen und dem sie gehorchen
Gott, der rettet aus Schuld und Verderben, der Todverfallenheit
Gott, der befreit aus dem Gefängnis
Gott, der Jesus Christus zu neuem Leben auferweckt und ihn erhöht hat und durch ihn Heil schafft durch die Verkünder seiner Botschaft . . .

Im Plenum werden die Ergebnisse zusammengetragen zu einer Übersicht, einer Aufzeichnung der Heils-Geschichte, die im Text erzählt wird.

d) *Lebenskreis und Todeskreis*: In Apg 3,1–4,31; 5,12–42 zeigt sich immer wieder der Kontrast zwischen Leben und Tod:

Wer vertritt die Seite des Lebens? (s. dazu besonders 3,15.20; 5,19)	Wer vertritt die Seite des Todes? (3,13–15, besonders V. 15; 5,30)
Gott durch Jesus, durch ihn die Apostel als Zeugen des Lebens und des lebendigen Jesus als »Anführers des Lebens« (3,15)	Die Hohenpriester, Sadduzäer, Ältesten, das Volk

Die Teilnehmer sammeln auf einem aus hellem, farbigem Papier hergestellten Kreis Assoziationen, die sie mit »Leben« verbinden, auf einem dunkelfarbigen Kreis solche Gedanken und Bilder, die für sie Tod bedeuten. Der Lebens- und der Todeskreis werden gegenübergestellt.
Nach Petrus (in seiner Rede in Apg 3) bewirkt die Erkenntnis des Todeskreises, der einen gefangenhält, eine Konsequenz: die Umkehr zum Gott des Lebens, der sich in einmaliger Weise in Jesus, dem zu neuem Leben Auferweckten, zeigt: *Jesus als Anführer des Lebens* (vgl. Hebr 12,2).
Die Teilnehmer schauen auf diesem Hintergrund noch einmal den Lebenskreis mit ihren Äußerungen an, wo sie Verbindungen zu Jesus, dem Lebenden, und dem neuen Leben aus ihm entdecken können.

Thema B: Freimütiges Bekenntnis zu Jesus, dem Lebenden

1. Lied als Einstieg: Die Sache Jesu braucht Begeisterte (P. Janssens, aus: Wir haben einen Traum).
2. Begeistertes Zeugnis: Petrus bzw. die Apostel geben nach dem Text begeistert Zeugnis für Jesus Christus, sobald sich Gelegenheit bietet.

Das deutsche Wort Begeisterung hat viele Nuancen. Welche fallen Ihnen spontan ein, welche Situationen, welche Menschen nennen wir begeisternd?
Sammeln Sie Wortzusammenstellungen mit Geist. Welche Wirkungen, Eigenschaften von Geist kommen darin zum Ausdruck? Überlegen Sie den Unterschied zwischen scheinbarer, vorübergehender (Strohfeuer-)Begeisterung und Begeisterung als Ergriffensein vom Geist (gestärkt, inspiriert; Paraklet = Beistand; vgl. Joh 14,16f.26; 15,26; 16,4–15).
Was ist die eigentliche Wirkung der Geistausgießung, Begeisterung, nach unserem Text?

3. *Zeugnis durch den Geist*: Petrus bekennt in 4,19 und 5,29 daß die Christen mit ihrem Zeugnisgeben Gott gehorchen, und im Zusammenhang damit beruft er sich nach 5,32 auf den Heiligen Geist. Wer ist also der eigentliche Zeuge?
Beziehen Sie zur Beantwortung dieser Frage auch Lk 12,11f und 21,12 sowie Joh 15,26f mit ein.
Wie ist danach das Verhältnis erhöhter Herr und Heiliger Geist? (Beide sind austauschbar, also identisch hinsichtlich ihres Wirkens in der Gemeinde.)
4. *Der Inhalt des Zeugnisses*: Formulieren Sie in Kleingruppen (3–4 Teilnehmer) in möglichst knapper Form (ein Satz) die zentrale Botschaft des Zeugnisses von Petrus in den drei Reden der Texteinheit!
Lesen Sie die einzelnen Formulierungen in der Gesamtgruppe vor und anschließend noch einmal die knappe Rede Apg 5, 29–32.
5. *Zeugnis und Leben*: Das Schicksal der Apostel in Apg 4 ist geprägt von dem, wovon sie Zeugnis geben: von Jesus, dem Gekreuzigten. Es finden sich Parallelen zur Leidensgeschichte bei Lukas. Vergleichen Sie diese Textstellen (evtl. auf gesondertem Arbeitsblatt zusammenstellen).

- Verhör am Morgen durch den Hohen Rat
  Apg 4,6; Lk 22,66
- Besondere Rolle des Petrus; Kontrast! (Wie wird sein Verhältnis zu Jesus ausgedrückt in beiden Texten?)
  Apg 4,13; Lk 22,56
- Schuldlosigkeit der/des Angeklagten
  Apg 4,21; Lk 23,4–15.22
- Führende der Juden als Gegner, die noch Rücksicht auf das Volk nehmen
  Apg 4,21; Lk 19,47

Das zeigt: Die Apostel geben Zeugnis in Wort und Tat, in ihrer Verkündigung und in ihrem Leben.
Kennen Sie solche Beispiele aus unserer Zeit? Was heißt das für unser Zeugnis?

Es eignen sich zur Anregung oder Provokation auch Beispiele aus dem Buch: Christenverfolgung in Südamerika, Zeugen der Hoffnung, hrsg. von M. Lange und R. Iblacker, Freiburg 1980.

6. *Abschluß*: Auf dem Hintergrund des nun neu Erkannten noch einmal das Lied: »Die Sache Jesu braucht Begeisterte« von P. Janssens.

»Kirche und Geld« in der Urgemeinde

Apostelgeschichte 4,32–5,11

Nach 2,44f kommt Lukas ein zweites Mal auf den Umgang mit Besitz und Geld in der Urgemeinde zu sprechen. Auch hier wird ein enger Zusammenhang mit dem missionarischen Auftrag der Gemeinde hergestellt (vgl. 4,33 mit 2,47).
Daß die hellenistische Umwelt der Urkirche für kommunitäre Experimente nach Art der hier geschilderten Gütergemeinschaft aufgeschlossen war, können wir den Schriften des Flavius Josephus und des Philo von Alexandria entnehmen. Zu ihren Versuchen, den Respekt der Nichtjuden für das jüdische Volk und seine Religion zu gewinnen, gehören ausführliche Berichte über die jüdische Sekte der Essener, denen ein ähnlicher Gemeinschaftssinn und gegenseitiger Besitzverzicht nachgesagt werden (vgl. Josephus, Bell. Jud. 2,122f.127; Ant. 18,20–22; Philo, Über die Freiheit des Tüchtigen, 84–87). Nach den in Qumran gefundenen essenischen Schriften hatten die Essener eine besondere Eigentumsordnung, die das Verfügungsrecht des einzelnen einschränkte. Josephus und Philo scheinen diese Ordnung aber im Sinne des griechischen Freundschaftsideals umgedeutet zu haben. Auch die Darstellung des Lukas könnte davon gefärbt sein (vgl. besonders 2,44; 4,32). Die eigentlich treibenden Motive der Urgemeinde dürften dagegen eher in alttestamentlich-jüdischer Tradition zu sehen sein (vgl. Apg 4,34 mit Dtn 15,4; Jes 5,8; Mi 2,2).
Ein Problem für die Erhellung der wirklichen Praxis der Urgemeinde ist die Spannung zwischen maximalistisch klingenden Pauschalaussagen in Apg 2,44f; 4,34f und den anschließenden Einzelberichten. Wozu wird die Tat des Barnabas in 4,36f gerühmt, wenn alle Haus- und Grundbesitzer der Urgemeinde das gleiche taten? Und woher kommen die Häuser, in denen sich die Gemeinde versammelt (2,46; 12,12), wenn nach 4,34 alle Immobilien verkauft wurden? Und schließlich wird in 5,4 klipp und klar gesagt, daß Hananias sein Grundstück auch hätte behalten können! Das Problem löst sich durch eine genauere Übersetzung und Interpretation von 4,34: Die Feststellung über den Verkauf der Immobilien steht hier im Griechischen im Partizip Präsens,

und das finite Verb für »brachten« (den Erlös) steht im Imperfekt. Das Imperfekt aber bezeichnet keine einmalige Aktion, sondern eine wiederholte, häufige Praxis, und das Partizip Präsens wird in diesem Zusammenhang temporale oder konditionale Bedeutung haben. Der Satz besagt also: Die Besitzer von Häusern und Grundstücken brachten *immer wieder*, wenn sie Immobilien verkauften, den Erlös zu den Aposteln. Ähnlich in 2,44f: Auch hier stehen die Hauptverben im Imperfekt, bezeichnen also eine wiederholte, regelmäßige Praxis.

Die für uns heute schwer nachvollziehbare Erzählung von Hananias und Saphira (5,1–11) scheint allerdings vorauszusetzen, daß die feierliche Übergabe des Verkaufserlöses an die Apostel (4,35; 5,2) ein gottesdienstlicher Akt war, der als ein Ganzopfer verstanden wurde. Nur unter dieser Voraussetzung konnte die Zurückhaltung eines Teiles der Summe als eine schwere Versündigung gegen heiliges Recht gewertet werden. Aus 1 Kor 13,3 geht hervor, daß die Urkirche das Ganzopfer des Vermögens als ein besonderes Charisma ansah. (Paulus nennt es hier neben Sprachengabe, Prophetie und Wundertätigkeit!) Hananias und Saphira hätten sich dann der Gemeinde als Charismatiker präsentiert, ohne dieses Charisma wirklich zu besitzen. Von daher erklärt sich vielleicht, daß Petrus seinerseits in 5,3 dem Hananias vorwirft, vom Satan inspiriert zu sein. Die Vortäuschung eines Charismas wird als dämonische Verfälschung des Gemeindelebens angeprangert. Die tödliche Wirkung dieser öffentlichen Bloßstellung lehrt, daß mit Gott nicht zu spaßen ist (V. 11 und 13; Gal 6,7). So sperrig und anstößig diese Geschichte für uns sein mag – sie steht nicht allein als Zeugnis davon, daß die Urkirche in Geldfragen äußerst sensibel war und dabei vor allem darauf achtete, daß die Charismen in keiner Weise mit Profitsucht vermischt wurden (Mt 10,8; Apg 8,18–23).

Gelegentlich findet sich die Behauptung, das Experiment des urchristlichen »Liebeskommunismus« sei gescheitert; das könne man daran ablesen, daß die Urgemeinde sehr bald auf die Spenden der Heidenchristen angewiesen war. Diese Meinung ist jedoch kurzschlüssig begründet. Erstens setzt sie die oben korrigierte »maximalistische« Übersetzung der einschlägigen Aussagen des Lukas voraus. Zweitens ignoriert sie die Nachricht von Apg 11,27–30, die sich durch Josephus (Ant. 20,101) präzisieren läßt, wonach Judäa in den späten 40er Jahren von einer Hungersnot besonders betroffen wurde. Das Apostelkonzil, bei dem die Kollekte der Heidenchristen für die Christen in Judäa vereinbart wurde (Gal 2,10), fällt genau in die Zeit dieser Versorgungskrise. Im übrigen lebte die ganze Bevölkerung Jerusalems mehr oder weniger von der religiösen Bedeutung der Stadt, d.h. besonders von den Wallfahrern, die hier aus aller Welt zusammenströmten (Apg 2,9–11).

Wenn wir hören, daß die Missionsgemeinden Spenden nach Jerusalem schickten, um die dortigen Christen zu unterstützen, so können wir als selbstverständlich voraussetzen, daß man die Glieder der eigenen Gemeinde am Ort, die es nötig hatten, ebenso versorgte. Das Beispiel der Urgemeinde hat also in Wirklichkeit Schule gemacht und ist in überregionale Aktionen des innerkirchlichen Lastenausgleichs umgesetzt worden. Paulus entwickelt dazu in 2 Kor 8,13–15 eine bis heute vorbildliche sozialethische Theorie.

Praxis

Thema: Vorgetäuschte Frömmigkeit

Die Körpertemperatur eines Menschen kann man mit einem Fieberthermometer messen und gewinnt damit wichtige Hinweise darüber, ob ein Mensch gesund oder krank ist. Für die Frömmigkeit eines Menschen gibt es kein Meßgerät und keine überprüfbaren Maßstäbe, die eine gültige Aussage darüber zulassen, ob ein Mensch fromm ist oder ob er dies nur vortäuscht. Auch die »guten Werke« sind kein sicheres Merkmal für den rechten Glauben und für eine lautere Motivation. In der Erzählung von Hananias und Saphira wird deutlich gemacht, daß vorgetäuschte Frömmigkeit deshalb nichts bringt, weil »Gott nicht mit sich spaßen läßt« und weil oft schon Menschen (wie hier die Apostel) die geheuchelte Frömmigkeit entlarven.

Vorschlag A: Frömmer scheinen als sein

1. In seiner Einführung kann der Leiter Gedanken aus der obigen Einleitung aufnehmen. Dann wird der Text Apg 4,32–5,11 gelesen. Christen stehen immer in der Gefahr, frömmer erscheinen zu wollen, als sie tatsächlich sind: Sie erscheinen brav – aber sie haben auch ihre Schattenseiten; sie spenden etwas für einen guten Zweck – aber nur von ihrem Überfluß;

sie nehmen am Gottesdienst teil – aber manchmal nur aus blinder Gewohnheit (obwohl es auch eine gute Gewohnheit sein kann!) oder um gesehen zu werden.

2. In kleinen Gruppen denken die Teilnehmer darüber nach und sprechen darüber, welche Beweggründe (Motive) wohl hinter diesem Verhalten stehen, daß sich Christen oft frömmer geben, als sie sind. Bei Bedarf kann der Leiter noch eines der folgenden Beispiele veranschaulichen; besser ist freilich, wenn die Teilnehmer selbst die Motive finden.

Christen tun etwas »Gutes«,

- um dem Vergleich mit anderen standhalten zu können
- um nicht aufzufallen
- aus Angst vor Strafe
- aus stumpfer Gewohnheit
- aus Angst vor Verlust der Zugehörigkeit zu einer Gemeinschaft / zu einer Gruppe / zu Gott

3. Im Plenum berichten die Gruppen ihre Einsichten und Erkenntnisse. Der Leiter schreibt die Motive auf ein Plakat oder eine Tafel und zeigt dann die Parallelen zum Verhalten von Hananias und Saphira in der biblischen Erzählung. Fazit: Das ist eine immer wiederkehrende menschliche Versuchung, daß wir unsere Frömmigkeit (und damit die »guten Werke«) als unsere Leistung werten, die machbar und leistbar erscheint. Diese Leistungsorientierung verführt uns zu Heuchelei und Betrug; wir wollen anderen und Gott etwas »vormachen«, betrügen uns damit aber selbst. Dieser Sachverhalt kann auch veranschaulicht werden am Gleichnis Jesu vom Pharisäer und Zöllner (Lk 18,9ff). In der Gestalt des Pharisäers beschreibt Jesus einen Menschen, der es aus eigener Kraft Gott und den Menschen recht machen will (er will fromm sein), und der doch genau dies nicht erreicht, wenn er auf seine guten Taten baut.

4. Wenn genügend Zeit zur Verfügung steht, kann der Leiter an dieser Stelle den Teilnehmern eine Einzelbesinnung vorschlagen zu folgenden Fragen (dazu kann sich jeder Notizen machen, die er später nicht mitteilen muß):

- Welche Verhaltensweisen bewerte ich bei mir als »fromm« und »gut« und welche Motive bewegen mich dazu?

5. Im Plenum wird der Leiter jetzt erläutern, wie selbst bei gewissenhafter Selbstprüfung des eigenen Verhaltens immer wieder egoistische Motive mitschwingen – oft unbemerkt. Dann wird er den einzigen Ausweg zeigen, den es aus dem Geflecht

egoistischer Motive und aus dem Zwang zur Vortäuschung von Frömmigkeit gibt – die Bitte um die Barmherzigkeit Gottes: »Gott, sei mir Sünder gnädig!« (Lk 18,13). Mit aller Frömmigkeit und mit allen guten Werken kann sich der Mensch das nicht verdienen, was allein Gott schenken kann: daß Gott ihn annimmt und ihm gnädig ist – trotz seiner manchmal zweifelhaften Motive für sein frommes Verhalten.

Vorschlag B: Der Glaube und die guten Werke

1. Zum religiösen Grundwissen von Kindern und Jugendlichen gehört die Einsicht, daß Glaube und Verhalten irgendwie zusammengehören. Auf das Gleichnis vom »Barmherzigen Samariter« (Lk 10,29ff) werden schon kleine Kinder angemessen reagieren und die beiden Frommen verurteilen, die zwar ein frommes Ziel haben (die Anbetung Gottes im Tempel zu Jerusalem), die aber den am Boden liegenden Samaritaner übersehen und ihm die nötige Hilfe verweigern.

2. In zwei Arbeitsgruppen (ca. 45 Min.) werden anhand von zwei polaren Thesen biblische Begründungen und menschliches Erfahrungswissen gesammelt. Jede Gruppe erhält schriftlich eine These, die sie dann bearbeitet:

Gruppe I »Der Glaube der Christen ist entscheidend; die guten Werke ergeben sich daraus.«

Gruppe II »Das menschliche Verhalten, die guten Werke sind entscheidend wichtig für Christen.«

Beide Gruppen suchen nun biblische Belege (Bibelworte und Geschichten) unter Verwendung von Konkordanz und Bibel, sowie eigenes Erfahrungswissen, das ihre These stützt.

3. Im Plenum berichten beide Gruppen; die Begründungen werden stichwortartig auf Plakaten festgehalten.

4. Dann wird der Text Apg 4,32–5,11 gelesen. In seiner Auslegung wird der Leiter an die Beiträge aus der Gruppe II anknüpfen und beschreiben, daß die »guten Werke« nur so lange gut sind, als sie nicht zur eigenen Rechtfertigung vor Gott »benützt« werden. Damit würde der Mensch nicht nur Gott, sondern auch sich selbst täuschen. Da solche zwielichtigen Motive oft bestimmend und nie ganz auszuschließen sind, ist die Bitte um die Barmherzigkeit Gottes gerade auch im Zusammenhang mit »guten Werken« nötig (im Zusammenhang mit unseren Fehlern und mit Schuld erscheint uns dies selbstverständlich).

Vorschlag C: Die »reine« Gemeinde

1. Der Text Apg 4,32–37 wird gelesen und vom Leiter erläutert. Wären dies die einzigen Nachrichten über die Situation der Urgemeinde, so würde sich der Eindruck nahelegen, daß dies eine ideale, eine »reine« Gemeinde war: Alle waren sich einig im Glauben und in ihren Taten; alle konnten auf eigenen Besitz verzichten, und keiner brauchte Not zu leiden. Freilich war es nicht immer so, was die (später erst einzubringende) Erzählung von Hananias und Saphira sowie die Paulusbriefe belegen.
2. Der Leiter erzählt Beispiele aus der Geschichte der Kirche, die deutlich machen, daß vom Evangelium betroffene Menschen immer wieder angefangen haben mit neuen Formen von »Gemeinde«. Als Beispiele eignen sich Gründungsgeschichten von Orden, Klöstern und christlichen Bruder- und Schwesternschaften. Die Geschichte solcher Gemeinschaften zeigt, daß auch dort, wo Menschen sich lebenslänglich verpflichten, arm, ehelos und gehorsam zu leben, Versuchungen, Schuld und Fehlentwicklungen nicht ausbleiben. Fazit: Eine »reine« Gemeinde Jesu gibt es bis zu seiner Wiederkunft nicht. Versuchungen und Schuld verbinden sich auch mit »guten Werken«. Als Beispiel wird Apg 5,1–11 gelesen und vom Leiter erläutert.
3. In kleinen Gruppen sprechen die Teilnehmer über die Frage, was den Gliedern einer Gemeinde (und damit uns selbst!) helfen kann, immer wieder einen neuen Anfang zu machen im Glauben, in der Praxis des Gemeindelebens, im persönlichen »Alltag« – und welche realistischen Ziele anzustreben sind.
4. Im Plenum berichten die Gruppen über ihre Einsichten und Pläne (z.B. über folgende Ziele: Vergebung der Schuld durch Beichte/Eucharistie/Abendmahl; Gesprächsgruppen und Hauskreise, die mehr Offenheit ermöglichen; Abbau von Etikettierungen gegenüber einzelnen und Gruppen; aktive Beteiligung der Gemeindeglieder bei Aktionen in der Gemeinde und für übergreifende Aufgaben wie Frieden, Mission, Umwelt, Jugendarbeit, Arbeitslose . . .). Dabei wird blindem Aktionismus gewehrt, wenn deutlich wird, daß alle Aktivität ihre Kraft erhält aus dem Glauben an die Auferstehung Jesu (Apg 4,33). Warnen wird der Leiter vor einer falschen Euphorie, vor der Machbarkeit der reinen Gemeinde. Einladen wird er zum Vertrauen auf Jesus Christus, der seine Gemeinde beschenkt, Schuld vergibt, Neues schafft, Wunden heilt und Wunder tut (Apg 2,41 ff).

Stephanus – der erste Blutzeuge

Apostelgeschichte 6,1–8,3

Die Stephanusgeschichte hat zwar ein herausragendes Schicksal zum Thema, bezeugt aber zugleich eine Krise und Wandlung im Leben der Urgemeinde und in ihrem Verhältnis zur Umwelt. Das Interesse der Historiker richtet sich hier vor allem auf die strukturellen Probleme. Die Absicht des Lukas ist aber sicher vorrangig die, vom kraftvollen und opferbereiten Zeugnis einer geisterfüllten Persönlichkeit zu berichten (Apg 6,5.8–10; 7,55). In 6,1–7 wird Stephanus zunächst als Mitglied eines neugebildeten Gremiums der Jerusalemer Gemeinde eingeführt. In 6,8–15 erzählt Lukas, wie die überzeugende Verkündigung des Stephanus dazu führt, daß man ihn gewaltsam zum Schweigen bringen will, indem man ihn der Blasphemie anklagt. In 7,1–53 läßt Lukas ihn eine Rede vor dem Hohen Rat halten – die längste Rede der Apostelgeschichte. Ihre Wirkung ist nach 7,54–60 ein Tumult, in dem Stephanus ohne ordentliche Verurteilung gesteinigt wird. In 8,1–3 werden Nachrichten über eine Ausweitung der Verfolgung verknüpft mit der ersten Erwähnung des Saulus in der Rolle des fanatischen Christenverfolgers, womit Lukas Kapitel 9 vorbereitet.

Der Kreis der Sieben (6,1–7)

Trotz der rühmenden Worte über den Gemeinschaftssinn der Urgemeinde in Apg 2 und 4 ist Lukas als Historiker gewissenhaft genug, um auch von Spannungen in der Urkirche zu berichten. Die erste ernsthafte Krise, von der wir hier erfahren, wird als Folge des unerhörten Gemeindewachstums eingeführt. Es ist eine Vertrauenskrise zwischen den hebräisch (hier = aramäisch) und den griechisch sprechenden Gemeindegliedern (letztere stammen wohl aus Kreisen des Diasporajudentums, das in Jerusalem zahlreich vertreten war; vgl. V. 9). Es entstehen Zweifel an der gerechten Verteilung der Almosen (ob mit Recht, geht aus dem griechischen Text von V. 1 nicht eindeutig hervor). Da der Zwölferkreis sich mit der Situation überfordert fühlt, wird ein neues Gremium gebildet. Die Namen lassen darauf schließen, daß diese

Sieben alle dem hellenistischen Teil der Jerusalemer Gemeinde angehören. Sie erhalten den Auftrag, den sozialen Sektor der Gemeindearbeit zu leiten. Zugleich (aber das bleibt unausgesprochen) bekommt diese griechisch sprechende Teilgemeinde damit ihre offiziellen Repräsentanten. Stephanus führt die Liste an und wird dabei als Charismatiker besonders hervorgehoben.

Der Konflikt um Stephanus (6,8–15)

Von der diakonischen Arbeit der Sieben ist anschließend nicht mehr die Rede, dafür tritt die Wortverkündigung des Stephanus in den Vordergrund. (V. 2 darf also nicht im Sinne einer Trennung von Predigtdienst und Sozialarbeit überinterpretiert werden!)

Die besondere Geistbegabung des Stephanus, die sich in Taten (V. 8) und Worten (V. 10) äußert, weckt den Widerstand anderer Diasporajuden. Diese Kreise neigten anscheinend, wenn sie die Assimilation an ihre heidnische Umwelt ablehnten und sich bewußt nach Jerusalem hin orientierten, zu besonderer Entschiedenheit. Der Christenhasser Saulus/Paulus kam aus diesen Kreisen, desgleichen die Gegner desselben Paulus, die ihn gut zwanzig Jahre später vor den Toren des Tempels beinahe umgebracht hätten (vgl. 21,27ff). Das peinliche Gefühl geistiger Unterlegenheit läßt die Gegner des Stephanus den Plan fassen, ihn wegen Blasphemie anzuzeigen und so aus dem Weg zu räumen. In der Öffentlichkeit wird das Gerücht verbreitet, Stephanus habe über Mose und Gott lästerlich geredet (V. 11). Vor dem Hohen Rat als dem zuständigen Gerichtshof wird die Anklage abgewandelt, indem vor allem das Verhältnis des Stephanus zum Tempel angeprangert wird (V. 13).

Die priesterliche Führung des Rates war natürlich gegen Angriffe auf die Würde des Tempels besonders allergisch. Die Begründung der Anklage kann freilich nicht mehr vorweisen, als daß Stephanus angeblich gepredigt hat, Jesus (!) werde den Tempel zerstören und die auf Mose zurückgehenden Bräuche ändern, d.h. die mündlich überlieferten Regeln für das Leben nach der Tora antasten (V. 14). Was den Tempel betrifft, ist der gleiche Vorwurf nach Mk 14,58; 15,29; Mt 26,61 gegen Jesus erhoben worden, ebenso unberechtigt wie hier. Der wahre Kern der Anklage ist, daß Jesus die im Jahre 70 durch die Römer tatsächlich vollzogene Tempelzerstörung vorausgesehen und angekündigt hatte (Mk 13,2). Auch der Vorwurf bezüglich der mosaischen

Sitten läßt sich in dieser Form weder in der Verkündigung Jesu noch in der des Stephanus nachweisen. (Jesus bestritt allerdings den Anspruch der Pharisäer, daß ihre mündliche Überlieferung auf Mose zurückgehe; vgl. Mk 7,8–13.)
Seltsamerweise hat die neutestamentliche Wissenschaft die Anklage gegen Stephanus als mehr oder weniger berechtigt anerkannt; jedenfalls gilt Stephanus vielfach als Vordenker einer Distanzierung von Tempel und Gesetz und in dieser Hinsicht als Vorläufer des Paulus. Ein fragwürdiger Triumph der Mörder des Stephanus, die doch ausdrücklich als *falsche* Zeugen zitiert werden!

Die Rede des Stephanus (7,1–53)

Die Apologie des Stephanus besteht größtenteils aus einem weit ausholenden Überblick über die Geschichte Israels von Abraham bis zu Salomo (V. 2–47). Viele Exegeten meinen, daß die vorliegende Rede gar keine Verteidigungsrede sei, sondern eine Predigt; insbesondere vermissen sie einen Bezug zu den erhobenen Anklagen. Was jedoch die Frage der Redegattung betrifft, so kann man von einem Bekenner wie Stephanus nicht erwarten, daß er seine Rede nach Art eines profanen Strafprozesses einzig auf das Ziel eines Freispruchs von allen Vorwürfen hin angelegt haben muß. Auch späteren Märtyrern war das klare Bekenntnis wichtiger als der Wunsch, am Leben zu bleiben.
Die konkreten Vorwürfe gegen Stephanus kommen im übrigen sehr wohl in der Rede zur Sprache, freilich in narrativer Form. Gegen den Vorwurf, Mose und das Gesetz angegriffen zu haben, richtet sich der Mittelteil der Rede (V. 17–43 bzw. 20–39), in dem so ausführlich und ehrfürchtig von Mose gesprochen wird wie nirgends sonst im Neuen Testament (vgl. besonders V. 22.25.35.38). Indem Stephanus die wiederholte Auflehnung der Väter gegen Mose beklagt, distanziert er sich nachdrücklich von jeder Herabsetzung Moses, wie sie ihm vorgeworfen worden war.
Schwieriger liegen die Dinge beim Thema Tempel. Stephanus konnte nicht leugnen, daß es ein Jesuswort über das kommende Ende des Tempels gab. Die Frage war jedoch, ob es ein Angriff auf Gottes Heiligkeit war, mit einer Zerstörung des Tempels zu rechnen. Das war schon zu Jeremias Zeiten eine umstrittene Frage gewesen (Jer 26). Die Stephanusrede geht auf diesen Anklagepunkt in differenzierter Form ein. Sie spricht ein kräftiges Ja zum

Tempel aus, indem sie den Tempelbau als Ziel und Höhepunkt der Erwählungsgeschichte hinstellt (V. 7 und V. 46f). Anderseits aber erinnert sie mit Bedacht daran, daß Gottes Herrlichkeit sich dem Abraham schon in Mesopotamien offenbart hatte (V. 2) und die Gotteserscheinung vor Mose einen Ort in der Wüste von Midian zum heiligen Ort machte (V. 29–33). Der mit einem scharfen »jedoch« von der vorangehenden Erzählung abgehobene V.48 zieht daraus die Konsequenz: Gott ist nicht *seßhaft* (gr. *katoikeî*) in einem von Menschen gemachten Gebäude! Er kann jeden noch so erwählten Ort wieder verlassen und sogar der Verwüstung preisgeben (Jer 26,6; Ez 10f). (Dieselbe These vertritt Josephus in Bell. Jud. 5,412, während die Zeloten nach seiner Darstellung Gott geradezu als »Einwohner« Jerusalems betrachteten, der seine Statdt mit Sicherheit retten würde; vgl. Bell. 5,459; 7,376.)
Für diese prophetische Tradition zeigt sich das Publikum des Stephanus verschlossen, worauf schon die letzten Worte der Rede anspielen (V. 51–53). Die Mißachtung von Recht und Gesetz, die Stephanus seinen Richtern abschließend vorwirft, zeigt sich erneut in der Art, wie die Verhandlung in die Hinrichtung des Angeklagten übergeht, ohne daß von einer ordentlichen Verurteilung die Rede ist (V. 54.57–59). Die Haltung des Märtyrers vor seinem Tode erinnert an das Sterben Jesu (Lk 23,34.46).
Wichtig ist, daß man die Rede nicht gegen das fürbittende letzte Wort des Stephanus als »Absage an die Juden« versteht, wie es oft geschehen ist. Prophetische Anklage ist Einladung zur Umkehr und damit ein Beweis der Treue Gottes zu seinem Volk.

Verfolgungszeit (8,1–3)

Die abschließenden Notizen des Lukas zum »Fall Stephanus« beleuchten die tiefgreifende Veränderung der Lage. Zwar bleibt die Beseitigung des unbequemen Predigers nicht unwidersprochen; aber die Totenklage für den zu Unrecht Getöteten (V. 2) ist seit jeher die Form, in der die Ohnmächtigen ihren Protest artikulieren dürfen. Für die Gemeinde ist die Zeit des ungestörten Gemeindewachstums und des Wohlwollens der Öffentlichkeit vorläufig zu Ende. Eine Schlüsselrolle im Terror gegen die Gläubigen spielt nach Lukas der hier erstmals erwähnte Saulus (V. 1 u. 3). Erst seine Bekehrung läßt nach 9,31 wieder ruhigere Zeiten einkehren.

Praxis

Thema A: Arbeitsteilung oder Hierarchie?

1. Der Text wird gemeinsam gelesen. Verständnisfragen werden mit Hilfe der Exegese beantwortet.
2. Dann wenden wir uns dem obengenannten Thema zu. Hierfür werden der Gruppe auf einem Zettel oder im Gespräch folgende Fragen gestellt (die auch in Untergruppen arbeitsteilig behandelt werden können):

- Welches neue Amt wurde in der Gemeinde eingerichtet?
  (Sowohl für die Verkündigung wie für die Aufgabe der Versorgung und Verteilung wird das Wort »dienen« – griechisch: diakonein/diakonia – gebraucht.)
- Wie geschah dies?
  (Anlaß war ein Streit bzw. ein durch das Wachstum aufgetretenes praktisches Problem. Es wird von den Aposteln zusammen mit einem Lösungsvorschlag formuliert. Die Gemeinde darf wählen.)
- Wer wurde für das Verteilen der Lebensmittel ausgewählt?
  (Christen griechischer Herkunft, Männer, Vertrauenswürdige, mit festem Glauben . . . Das ließ sich also einschätzen!)
- Was haben diese Männer später gemacht?
  (Vgl. Apg. 7 und 8. Tischdienst und Verwaltungsaufgaben schlossen jedenfalls Predigt und Verkündigung nicht aus.)
- Ist es gerechtfertigt, in dieser Stelle die Begründung eines besonderen diakonischen Amtes (des Diakons/der Diakonisse, im Unterschied zum Pfarrer?) zu sehen?
  (Diakone werden erwähnt in Phil 1,1; in 1 Tim 3,8–13 und Röm 16,1 wird die Bezeichnung auf Phöbe bezogen, eine christliche Frau, die sich und ihr Haus in Kenchreä zur Verfügung gestellt und vielen geholfen hat. Später waren Diakone Gehilfen des Bischofs. Diakonissen waren etwa seit dem 3. Jahrhundert in der Ostkirche auch Helferinnen im Gottesdienst.)

3. Die Ergebnisse des Gesprächs bzw. der Gruppenarbeit werden auf Plakate oder Arbeitsprojektorfolien festgehalten.
Wenn noch Zeit ist, können sie mit heutigen Definitionen von Diakonie verglichen werden, z. B.

- Berufsmäßige Sozialtätigkeit (Krankenpflege, Gemeindedienst) in der evangelischen Kirche (Großer Duden 1968).
- Biblisch begründeter Dienst helfender Liebe in der Kirche. Er wird getragen von den hauptberuflichen Mitarbeitern des Diakonischen Werkes, der Caritas und vielen Freiwilligen (Brockhaus Enzyklopädie 1968).
- Die im Kraftfeld des Christusglaubens geleistete persönliche Hilfe für leidende, gefährdete, gesellschaftlich ausgestoßene oder sonst in

besonderer Weise hilfebedürftige Menschen. Es gibt die »Alltagsdiakonie« des täglichen Lebens und die in besonderen, planmäßig geordneten Formen, Einrichtungen und Dienstgemeinschaften christlicher Prägung beruflich oder außerberuflich geübte organisierte (institutionelle) Diakonie. (Noske, Die beiden Wurzeln der Diakonie, Evang. Verlagswerk, Stuttgart 1971.)
- Anderen Menschen das geben oder zu dem helfen, was sie für ihr Leben brauchen. In der Kirche wird dieser Dienst als Folge und Vollzug des Glaubens an Christus verstanden, der sein eigenes Leben und Sterben als Dienst gedeutet hat (Lk 22,27; Mt 20,28). (Hegele, Grundwissen für Christen, Kreuz-Verlag, Stuttgart 1983, S. 57. Dort auch Texte zu »Diakon«, »Diakonisse«, »Diakonie«.)

4. Als weiteres Thema kann sich anschließen:

- Welche »Ämter« gibt es heute in der Kirche?
- Welche sollte/könnte es darüber hinaus geben?

Thema B: Tradition und Neubeginn

a) Apg 6,8–16 wird gemeinsam gelesen. In dem Text geht es (wie in vielen anderen Abschnitten der Apostelgeschichte auch) um die Grundfrage: Welches Verhältnis besteht zwischen Jesus Christus und dem Judentum? (Allgemein formuliert: zwischen Überlieferung und Neubeginn.)
Auf vorbereiteten Plakaten (oder Blättern von einem DIN-A3-Zeichenblock) wird von Untergruppen eingetragen:

Anklage	*Verteidigung*	*Urteil*
(Staatsanwalt)	(neutral)	(unabhängiges Gericht)

Die Teilnehmer werden gebeten, das so »neutral« wie möglich (unter Berücksichtigung der Rede des Stephanus Apg 7) zu tun und zu bedenken, daß es in der Anklage gegen Stephanus um die Grundpfeiler des Judentums, nämlich Mose, den Tempel und das Gesetz geht. Die »Anklage« und das »Gericht« sehen dabei den Vorwurf der Bestechung und Falschaussage zunächst als unbewiesen an und fragen, worauf sich denn die Vorwürfe tatsächlich beziehen könnten (vgl. Mt 26,61).
Danach werden die erarbeiteten Argumente von einem Sprecher jeder Gruppe (Beratung durch die anderen ist möglich) vorgetragen.
In der anschließenden Auswertung durch alle kann sich zeigen, daß die Parteinahme nicht so einseitig und deutlich für Stephanus ausfällt, wie dies in der Apostelgeschichte der Fall ist.
Zum Schluß kann noch die Frage gestellt werden, ob es uns angesichts der durch das Verhalten des Stephanus ausge-

lösten Christenverfolgung richtig (notwendig/unvermeidbar) erscheint, die Juden so zu provozieren.
Inwieweit können/sollen bei der Bezeugung des Glaubens die Folgen einkalkuliert werden?

b) Die »Verteidigung« des Stephanus. Die Anklage gegen Stephanus wird einleitend referiert: Angriff gegen Mose, den Tempel und das Gesetz.
Danach wird die Rede des Stephanus gelesen (evtl. die einzelnen Abschnitte auf einzelne Teilnehmer oder Untergruppen verteilen). Schon mit der Aufforderung zur Lektüre oder danach werden Fragen gestellt (oder schriftlich vorgelegt) wie:

- Wie verteidigt sich Stephanus?
- Wie geht er auf die Anklage ein?
- Stimmt alles, was er sagt?
- Wie wird die Erregung der Juden beurteilt?
- Wie hätte er sich nach Meinung der Teilnehmer anders verteidigen können/sollen?

Hätte Stephanus nicht doch für die Juden verständlicher und annehmbarer argumentieren können? Warum war die (in V. 56 enthaltene) Aussage des Stephanus (»ich sehe den Himmel offen und an der rechten Seite Gottes steht der Menschensohn«) für die Juden so ärgerlich?

c) In einer Untergruppe oder am Ende einer Arbeitseinheit (oder in einer gesonderten Einheit, kurzen Andacht oder bei anderer Gelegenheit) kann nach der *Rolle des Paulus* bei der Steinigung des Stephanus gefragt werden.
Was hat er nach dem Bericht getan?
Wie mag sich das Erlebnis später, nach seiner Bekehrung, ausgewirkt haben?

- Der muß doch dauernd ein schlechtes Gewissen gehabt haben . . .
- Heute würde das Mittäterschaft bedeuten!
- Vielleicht stammt daraus später sein Antrieb, alles besonders gut zu machen.
- Deshalb hat er wohl auch manches übertrieben, z. B. . . .
- Das muß ein weiter Weg gewesen sein für ihn – in die Gemeinde?
- Daß die ihn überhaupt akzeptiert haben . . . (vgl. 9,26).
- Einen solchen Menschen kann nur Gott selbst bekehren!
- . . . .

Mit welcher Absicht hat Lukas das hier (und an anderen Stellen) berichtet?

Mission kontra Magie

Apostelgeschichte 8,4–25

Die Verfolgung in Jesusalem ist nach Lukas der Anlaß der ersten territorial faßbaren Ausbreitung des Christentums (8,1). Damit beginnt sich das Programm von Apg 1,8 zu erfüllen. Kapitel 8 berichtet vom Wirken des Philippus in Samarien (V. 5–13), dem sich die Apostel Petrus und Johannes anschließen (V. 14–17.25). Später in 9,32–43 finden wir Petrus in zwei Städten der Küstenebene, die politisch zu Judäa gehörten.

Philippus, der im Mittelpunkt von Apg 8 steht, war einer der Sieben, für uns der Profilierteste neben Stephanus. Er ist die Gestalt des Neuen Testaments, die am stärksten als Charismatiker im Stil des vorösterlichen Wirkens Jesu gezeichnet ist (V. 6–8.13; vgl. auch 21,8f). Auch an die Verkündigung Jesu werden wir erinnert, wenn das Reich Gottes (neben dem »Namen Jesu Christi«) als Thema seiner Predigt genannt wird (V. 12).

Die besondere Dramatik der Mission in Samarien muß vor dem Hintergrund der religiösen Geschichte dieses Landesteils gesehen werden. Das Kernland des alten Nordreiches war von den Assyrern 722 v. Chr. unterworfen worden. Die Oberschicht (aber nur sie!) war deportiert und durch fremdstämmige Bürger ersetzt worden. Schon seit der Trennung von Juda war das Nordreich für Fremdkulte anfälliger gewesen als das Südreich, wie der Kampf um die Baalsverehrung zeigt. Das verstärkte sich seit dem Verlust der Selbständigkeit, führte aber nicht zum Verschwinden der biblischen Religion. Unter Esra und Nehemia von der Wiederherstellung des Jerusalemer Tempelkults ausgeschlossen (vgl. Esra 4; Neh 4; 13,28), erhoben die Samaritaner das alte Heiligtum auf dem Berg Garizim bei Sichem zu ihrem Kultzentrum. Der gegen 300 v. Chr. dort errichtete Tempel wurde von dem Hasmonäerfürsten Johannes Hyrkan im Jahre 128 v. Chr. zerstört, nachdem Sichem der Hellenisierungspolitik unter Antiochus IV. Epiphanes in bedenklicher Weise nachgegeben hatte (vgl. Jos. Ant. 12,258–261). Spätestens seit dieser Zeit war die Feindschaft zwischen Juden und Samaritanern unüberbrückbar. Sie spiegelt sich im Neuen Testament am deutlichsten in Lk

9,51–56; 17,18; Joh 4,9. Vor ihrem Hintergrund bekommt die positive Zeichnung von Samaritanern in Lk 10,25ff; 17,11–19 und Joh 4 besondere Bedeutung, sei es als Lehrstück für jüdische Adressaten, sei es als Echo einer wirklichen Aufgeschlossenheit von Samaritanern für den Galiläer Jesus oder die christliche Mission (anders freilich in Lk 9,51–53).

Zu den religionsgeschichtlichen Voraussetzungen paßt die Nachricht in Apg 8, wonach vor dem Auftreten des Philippus in Samarien ein gewisser Simon von den Massen als ein göttliches Wesen verehrt wurde (V. 10), weil er magische Fähigkeiten besaß (V. 9.11). Welchen Anspruch er selbst erhob, läßt Lukas offen (V. 9). Daß Wundertäter als Götter in Menschengestalt verehrt wurden, ist nach Apg 14,11–13 typisch heidnisch. Der Titel »die große Kraft« (V. 10) erinnert aber auch an eine liturgische Wendung, mit der die bis heute existierende samaritanische Gemeinde den Gott der Bibel preist. Das Evangelium stößt also in Samarien sichtlich in ein Gebiet vor, das eine Grauzone zwischen Judentum und Heidentum darstellt. Vor diesem Hintergrund ist es auch zu verstehen, daß Philippus wie kein anderer Missionar der Urkirche als Exorzist geschildert wird (V. 7).

Mit der vorangegangenen okkulten »Verseuchung« dieses Bevölkerungsteiles könnte es auch zusammenhängen, daß die üblichen Zeichen der Geistesgabe bei den Neubekehrten in Samarien zunächst ausbleiben und sich erst einstellen, als Petrus und Johannes zur Unterstützung des Philippus anreisen (V. 14–17). Man hat das gelegentlich auf Lukas und seine Auffassung vom Primat der Urgemeinde zurückzuführen versucht; doch dann hätte er auch in anderen Gemeinden den Geistempfang an eine apostolische Visitation binden müssen. Auch die in V. 17 erwähnte Handauflegung als solche ist nicht des Rätsels Lösung; denn diese hätte auch Philippus praktizieren können (vgl. 19,6). Zudem wendet sich die Fortsetzung nachdrücklich gegen das Mißverständnis, als sei ein erlernbarer Ritus der Schlüssel zur Vermittlung der Geistesgabe (V. 18ff): Der Magier Simon, der nach V. 13 ebenfalls zur Taufe gekommen war, meint, er könne von den Aposteln die Kunst der Geistverleihung kaufen! Damit zeigt er, daß er geistliches Geschehen noch mit magischer Technik verwechselt. Wenn er bereit ist, für eine neue Zauberformel sogar zu zahlen, so erhofft er sich von dieser Erweiterung seines magischen Repertoires vielleicht sogar materiellen Gewinn. (Zur Verbindung zwischen Magie und Geschäft vgl. Apg 16,16ff; 19,19!)

Die Abfuhr, die Petrus diesem Vorschlag erteilt, wurde in der Kirchengeschichte zum Vorbild für den Kampf gegen die Gefahr der Kommerzialisierung geistlicher Handlungen und gegen die im Mittelalter verbreitete Zahlung eines Entgelts für die Verleihung geistlicher Würden (»Simonie«).

Praxis

Thema: Das Evangelium befreit

Die Verfolgung der Christengemeinde in Jerusalem war der Anlaß, daß der Diakon Philippus nach Samarien floh. Dort konnte er seinen bisherigen Beruf nicht ausüben, weil es noch keine Gemeinde von Christen gab, die ihn hätte beauftragen können. Davon läßt er sich aber nicht blockieren. Das ihn erfüllende Evangelium motiviert ihn zu einem neuen, wenn auch risikoreicheren Dienst, zur missionarischen Predigt. Ferner war es ihm möglich, alle feindlichen Vorurteile gegenüber den Samaritanern zu überwinden. Diese Befreiung von religiösen und persönlichen Prägungen und Vorurteilen kann nicht hoch genug eingeschätzt werden.

Vorschlag A: Von der Faszination zum Glauben

1. In seiner Einführung beschreibt der Leiter, wie verschieden die »Bilder« sind, die wir uns von Jesus machen. Unterschiedliche Kenntnisse über die biblischen Aussagen und die jeweils persönlich gefärbten Erfahrungen mit der Bibel, der Kirche und dem eigenen Glauben spielen dabei eine Rolle. Daher werden auch bei der folgenden Einzelbesinnung den Teilnehmern unterschiedliche Aspekte einfallen.
2. Die Einzelbesinnung (ca. 3 Min.) gibt den Teilnehmern die Gelegenheit, über folgende Frage nachzudenken: »Was fasziniert mich an Jesus?«
3. Im Plenum bietet der Leiter die Möglichkeit, daß einzelne Teilnehmer ihre Einfälle und Gedanken zu der obigen Frage äußern. Die Beiträge werden nebeneinandergestellt und nicht diskutiert; der Leiter kann sie stichwortartig auf einem Plakat festhalten und im Schlußteil auf diese Punkte zurückgreifen.
4. Der Text Apg 8,4–25 wird gelesen und vom Leiter ausgelegt.

Er kann mit der Beschreibung des Philippus beginnen und dabei die Gedanken der obigen Einführung aufnehmen. Dann wird er die Person des Simon beschreiben, der vor seiner Bekehrung von seiner magischen Kunst fasziniert war – aber sicher auch von seinem Einkommen und von seinem Einfluß. Durch ihn wurden die Menschen aber nicht frei, sondern abhängig, weil im Mittelpunkt seiner »Kunst« er selbst stand – ohne ihn »lief nichts«. Anders war es bei den Menschen, die das Evangelium von Jesus aufnahmen. Sie wurden aus der Abhängigkeit von der Zauberei des Simon frei und durch Taufe und Handauflegung mit dem Geist Gottes beschenkt: »In der Stadt herrschte große Freude« (V. 8).

5. In den heutigen Gemeinden ist diese Freude und Begeisterung eher die Ausnahme, wenn man einmal von Konzerten christlicher Musikgruppen und von kirchlichen Großveranstaltungen (z. B. Kirchentag, Katholikentag) absieht. Deshalb sind Antworten auf die Frage wichtig, was Christen hält, trägt, motiviert, stärkt und ermutigt, wenn diese Begeisterung verflogen ist oder sie gar nicht vorhanden war. In kleinen Gruppen sprechen die Teilnehmer jetzt über diese Frage (ca. 15 Min.).

6. Im Plenum berichten einzelne aus den Gruppengesprächen (z. B. werden Erfahrungen mit der Bibel, mit Gruppen in der Gemeinde genannt, evtl. auch erlebte Wunder erzählt); der Leiter kann eigene Erfahrungen anfügen. Außerdem wird er erläutern, daß die emotionale Begeisterung nicht das Ziel der Predigt Jesu war (vgl. z. B. Lk 11,27f: Jesus will keine begeisterten »Fans«, sondern aufmerksame Hörer und Nachfolger). Zum Abschluß kann der Text von Kierkegaard gelesen werden:

Jesus will keine Bewunderer, er braucht Nachfolger.
Die Bewunderer rühmen die großen Taten Jesu in der Welt von gestern.
Die Nachfolger wissen, daß Jesus in der Welt von heute anwesend sein will.
Die Bewunderer gehen einer letzten Entscheidung für Jesus geschickt aus dem Wege.
Die Nachfolger verbinden ihr Schicksal vorbehaltlos mit dem Schicksal Jesu.
Die Bewunderer sind heute begeistert von Jesus und morgen von einem anderen.
Die Nachfolger können ihren Herrschaftswechsel nicht mehr rückgängig machen.
Die Bewunderer fragen: Was habe ich von Jesus?
Die Nachfolger fragen: Was hat Jesus von mir?

Die Bewunderer sonnen sich gerne und oft im Glanze Jesu.
Die Nachfolger wenden sich gerne willig dem Elend der Welt zu.
Nein – Jesus will keine Bewunderer; auf sie kann er verzichten – auf Nachfolger nicht.

Vorschlag B: Die Bekehrung – der erste Schritt

1. Einführend wird der Leiter die damalige Taufpraxis erläutern: Wer durch die Predigt des Evangeliums so betroffen wurde, daß er sich öffentlich dazu bekennen wollte, der wurde als Erwachsener getauft. Durch die heute weithin übliche Praxis der Kindertaufe ergibt sich die Notwendigkeit, daß ein getaufter Christ dann in späteren Jahren als Jugendlicher oder als Erwachsener sein persönliches »Ja« zu dieser Taufe und zum Glauben findet. Die Meinungen über die Bedeutung und Form dieses »Ja« (oder der Bekehrung) sind vielfältig. Sicher ist, daß die Bekehrung nicht das Ziel eines Christen, sondern eine Station auf dem Wege des Glaubens ist.
2. Als Beispiel für eine Bekehrung wird der Text Apg 8,4–25 gelesen und vom Leiter ausgelegt. An der Person des Simon macht er deutlich, daß dieser durch die Predigt des Philippus und durch seine Heilungswunder fasziniert war, sich bekehrt hat und taufen ließ. Damit hatte er aber sein magisches Verständnis von Religion und Glauben noch nicht ablegen können. Simon bot den Aposteln Petrus und Johannes (sicher nicht wenig) Geld; er wollte die Kunst der Geistverleihung kaufen, den »Trick« erlernen. Die Apostel weisen diesen Wunsch schroff zurück und machen ihm klar, daß er erneut der Buße und Umkehr bedarf. Fazit: Die Bekehrung ist der erste Schritt; die Umkehr von Irrwegen und Abwegen bleibt die lebenslängliche Aufgabe für jeden Christen.
3. In Arbeitsgruppen (ca. 3 Personen) schreiben die Teilnehmer jeweils einen gemeinsamen Brief an Simon, diesen getauften und bekehrten Christen in Samaria, der aber immer noch magischen Vorstellungen verhaftet ist. In diesem Brief sollen Hilfen und Impulse zu einem lebendigen, biblisch orientierten Glauben gegeben werden (gute Gewohnheiten, Regeln, Bibelworte, Erfahrungen).
4. Im Plenum werden die Briefe vorgelesen und besprochen. Offene Fragen wird der Leiter aufgreifen und zusammen mit der Gruppe nach Antworten suchen.

Das Evangelium auf dem Weg nach Afrika

Apostelgeschichte 8,26–40

Die Erzählung von der Taufe des äthiopischen Eunuchen auf der Straße nach Gaza ist ein Lehrstück mit verschiedenen Dimensionen: einer geographischen, einer soziologischen und einer kultischen Dimension.

1. Die geographische Dimension

Die Apostelgeschichte im ganzen beschreibt nur den Weg des Evangeliums nach Nordwesten, also in Richtung Europa. Da sie die einzige Quelle ihrer Art ist, sind wir über die Ausbreitung des Christentums nach Süden (Ägypten!) und Osten nicht gut informiert. Um so wichtiger ist es, daß die erste großräumige Perspektive der Mission nach dem Pfingstereignis (2,9–11) nach Süden weist.

Als *Äthiopien* bezeichnete man in der Antike einen Staat im Gebiet des heutigen Sudan (später als *Nubien* bezeichnet) mit der Hauptstadt Meroë. »Kandake« war der Titel der dortigen Königin oder Königinmutter. Im Jahre 62 n. Chr. schickte Nero eine »wissenschaftliche« Expedition in dieses Gebiet, sicher nicht ohne politische Hintergedanken (vgl. Seneca, Nat. quaest. VI 8,3). Es geht also in Apg 8 um ein Land am Südrand der den Römern bekannten Welt, für das sich die Mächtigen und Gebildeten damals interessierten.

2. Die soziologische Dimension

Macht und Bildung werden auch durch den Menschen verkörpert, dem Philippus hier begegnet. Es ist ein Finanzminister oder Vermögensverwalter der Königin dieses Reiches. Er kommt von einer Wallfahrt nach Jerusalem, was für damalige Verhältnisse einer Weltreise gleichkam. Und er liest unterwegs in einer Jesaja-Schriftrolle den Text Jes 53,7f nach der Septuaginta-Fassung auf Griechisch. Philippus seinerseits spricht ihn mit einem griechischen Wortspiel an (»verstehen« und »lesen« sind im Urtext vom

gleichen Wortstamm gebildet) und bekommt eine Antwort in gepflegtem Griechisch.
Die Geschichte steht damit in einer Reihe von Erzählungen, in denen Lukas von der Bekehrung oder Aufgeschlossenheit hochstehender Personen berichtet, sicher im Blick auf seinen »hochverehrten Theophilus« (Lk 1,3) und dessen Standesgenossen unter den Lesern (vgl. Apg 10; 13,4–13; 17,34; 19,31; 26, 28–32).
Unklar ist, ob der Äthiopier ein Diasporajude jüdischer Abstammung oder ein Proselyt oder ein bloßer Sympathisant der jüdischen Religion ist. Die Wallfahrt ist auf jeden Fall ein Zeichen für eine starke Hinwendung zum Gott Israels, desgleichen die Anschaffung und Lektüre einer biblischen Schrift.

3. Die kultische Dimension

Das Hauptanliegen der Erzählung dürfte an ihrem Höhepunkt erkennbar sein, wo es zur Taufe des Äthiopiers kommt. Von entscheidender Bedeutung ist hier die Frage nach einem etwaigen Taufhindernis (V. 36). Das Motiv verbindet Apg 8 mit der Korneliusgeschichte (10,47; 11,17). Dort steht als mögliches Taufhindernis zur Diskussion, daß die Konvertiten im Haus des Kornelius unbeschnittene Heiden sind. Hier in Kapitel 8 kann das mögliche Taufhindernis nur darin gesehen werden, daß der Gesprächspartner des Philippus als Eunuch bezeichnet wird; d. h. er war wie viele Bedienstete an orientalischen Höfen kastriert.
Nach Dtn 23,2 durfte kein Entmannter in die Kultgemeinde kommen. Es ist denkbar, daß der Jerusalempilger von Apg 8 durch dieses Schriftwort in seiner Hinwendung zum Gott der Bibel verunsichert ist oder jedenfalls um diese Grenzziehung weiß, da die Frage nach einem Taufhindernis von ihm kommt. In der Schriftrolle, die er bei sich führt, stand jedoch vermutlich auch die Weissagung von einer Aufhebung oder Milderung dieser Bestimmung des Gesetzes (Jes 56,3–7). Wenn hier in Jes 56,7 der Jerusalemer Tempel ein Bethaus für alle Völker genannt wird (vgl. Mk 11,17 Par.), so ist schon die Wallfahrt dieses Ministers aus Afrika ein Schritt in die Richtung dieser Prophetie.
Auf denselben Problemhintergrund verweist die Tatsache, daß das Zitat aus Jes 53 in V. 32f nicht die Sätze vom stellvertretenden Leiden zum Inhalt hat, die im sonstigen Neuen Testament christologisch gedeutet werden (V. 4 in Mt 8,17; V. 5 in 1 Petr 2,24f; V. 9 in 1 Petr 2,22; V. 12 in Röm 4,25), sondern mit dem Satz von der Kinderlosigkeit des Gottesknechts schließt, der sei-

ne Lebenserwartungen begraben mußte, offenbar früher als andere. Wenn Philippus dem Eunuchen das Evangelium von Jesus »ausgehend von diesem Schriftwort« verkündet, so heißt das wohl nicht nur, daß die Frage nach der Identität des Gottesknechts (V. 34) beantwortet wird, sondern impliziert wohl auch eine Auslegung des Evangeliums als Frohe Botschaft für gerade diesen Menschen.

Die Aufhebung von Dtn 23,2, die in Jes 56,3ff angekündigt und durch die Taufe des Äthiopiers realisiert wird, steht im Zusammenhang mit einer Enttheologisierung der Sexualität, die im Alten Testament mit dem Kampf gegen die Fruchtbarkeitskulte beginnt. Sie setzt sich im Neuen Testament fort, indem die Ehe nicht mehr als Pflicht gesehen wird (Mt 19,12; 1 Kor 7) und die Geschlechterrollen in ihrer Bedeutung heruntergespielt werden (Gal 3,28). Mt 19,12 und Apg 8,26ff lehren, daß auch der sexuell nicht »leistungsfähige« Mensch zum vollwertigen Partner Gottes berufen ist und von Menschen nicht diskriminiert werden darf.

Praxis

Thema: Befreiende Begegnung

Vorschlag A: Schrift deuten und verstehen

1. Wir haben heute oft Schwierigkeiten, die biblischen Texte zu verstehen vom zeitlichen Abstand her, vom anderen kulturellen Hintergrund, von einer Auslegungsgeschichte her, die zum Teil eigene Wege eingeschlagen hat. Es ist für uns wichtiger, die Botschaft des Textes an uns zu verstehen, als daran festzuhalten, daß es so war, wie wir es uns vorgestellt haben. Dazu brauchen nicht nur wir heute Hilfe, sondern die Erzählung zeigt uns: Auch die Christen am Anfang mußten ihr Leben und vor allem die Ereignisse, worauf ihr Glaube gründete, Jesu Leben, Tod und Auferweckung, einordnen in die Glaubensgeschichte, die sie bis dahin bestimmte. Deshalb deuten sie das Heilsgeschehen um Jesus durch die Schrift.
2. In der Erzählung von der Taufe des Äthiopiers nimmt Philippus das 4. Gottesknechtslied als Deutehintergrund für das Geschick Jesu. Lesen Sie Jes 52,13–53,12. Welche Deutungen finden Sie darin vor für das Leiden des Gerechten? Welche davon verwendet Lukas für seine Erzählung in der Apostelge-

schichte? Wenn Sie sich seine Hörer vorstellen: können Sie sich denken, warum er Sühne- und Opfergedanken wegläßt?
3. Philippus verkündet die Frohe Botschaft von Jesus. Sie ist nicht näher ausgeführt. Stellen Sie sich vor, Sie selbst sollten wie er die Heilige Schrift deuten und die Frohbotschaft von Jesus verkünden. Was wäre für Sie daran zentral?

- Formulieren Sie in Kleingruppen zu zweit oder dritt eine »Kurzbotschaft«, die das aufnimmt.

Die Kleingruppen lesen diese anschließend im Plenum vor. Vielleicht ergeben sich Gemeinsamkeiten, verschiedene Ansatzpunkte, Sprechweisen, wie es auch schon von Anfang an verschiedene Deutungen gegeben hat.
4. Lukas bietet uns einige Erzählungen in seinem Doppelwerk an, die anfängliches Nichtverstehen der Hörer, Hilfe zum Verstehen und die Folgen daraus schildern.
Bilden Sie zwei Gruppen (bei entsprechend großer Teilnehmerzahl vier oder mehr) und teilen Sie die Ergebnisse im Plenum mit.

- Die eine Gruppe vergleicht den Aufbau der Tauferzählung Apg 8,26–40 mit der Emmauserzählung Lk 24,13–35. Worin finden Sie Ähnlichkeiten? (Unterwegs als Unverständige, Schriftgespräch um Tod und Auferweckung mit Deutung aus der Schrift, Zeichen des Brotbrechens – Taufe, Freude.)
- Die zweite Gruppe vergleicht die Erzählung Apg 8,26–40 mit der Nazaretperikope Lk 4,16–30. Worin finden Sie Ähnlichkeiten von Form und Inhalt her? (Schrift des Propheten Jesaja; Auslegung; gewaltsames Geschick Jesu deutet sich an.)

Vorschlag B: Begegnung als »Schlüssel«-Erlebnis

1. Der Kämmerer ist auf seinem Weg, auf einem Weg des Nichtverstehens zunächst. Erst durch das Zusammenführen seines Weges mit dem des Philippus wird ihm die Tür des Verstehens aufgetan, bekommt er einen Schlüssel, der ihn alles neu sehen läßt und ihn ermutigt, mit Freude erfüllt. Die Begegnung mit diesem Menschen, der recht unscheinbar auf der Straße dahergeht, wird für ihn zum Schlüssel-Erlebnis, das sein Leben ganz und gar verändert. Glauben erschließt sich in lebendiger Weise in einer Begegnung mit einem Glaubenden.
2. Jeder überlegt zunächst für sich, welcher glaubende Mensch für ihn von Bedeutung, für ihn überzeugend war(en). Können Sie beschreiben, was bei ihm (oder ihnen) das Zeugnis glaubwürdig machte?

Teilen Sie einander davon in der Gruppe mit, soweit Sie es möchten. Gerade solche Begegnungen sind oft sehr tief und betreffen uns im Innersten, so daß behutsam damit umgegangen werden muß. Keinem erschließt sich der Glaube von selbst. Wir brauchen das lebendige Zeugnis. Es ist eine »Diakonia«, ein »Dienst«, den wir einander als Glaubende tun, wie es der »Diakon« Philippus an dem Eunuchen tut.
3. Welche Dimensionen gewinnt der Begriff »Diakonia« von daher für uns in unseren Gemeinden? Wir schieben oft solche Funktionen, vor allem auch das Zeugnisgeben, bestimmten Ämtern in der Gemeinde zu. Ist das gerechtfertigt?

Vorschlag C: Grenzüberschreitende Botschaft

1. Trotz vieler Unterschiede, die auch unüberwindliche Barrieren sein könnten, kommt es zur Begegnung zwischen dem Eunuchen und Philippus und zur Taufe, bei der letztlich keine Hindernisse mehr ins Gewicht fallen. Welche Unterschiede trennen die beiden? Schreiben Sie diese auf ein Plakat! (Herkunft, Stand, Hautfarbe, Rasse, andere Kultur, geographische Entfernung, Judenchrist und »gottesfürchtiger« Heide, Makel des Eunuch-Seins.)
2. Bestehen vergleichbare Grenzen auch in unserer Gemeinde? Was macht für uns vollgültiges Menschsein aus? Welche Menschen sind in der Gemeinde am meisten akzeptiert, gegen welche besteht Skepsis?
3. Philippus bricht vom Geist geführt auf und verkündet die befreiende Frohbotschaft von Jesus Christus, die nicht nach bestimmten Vorbedingungen fragt. Damit ist ein Zusammenhang zu Jesu Leben gegeben.
Jesu Verhalten war schon in vieler Hinsicht grenzüberschreitend und befreiend aus lebenshindernden Verhaltensweisen. Nennen Sie dafür Beispiele! Inwieweit können sie und die Erzählung von der Taufe des Eunuchen Anregung und Ermutigung sein?
4. Abschluß: Es wird ein Dia gezeigt mit einem Zaun/einer Begrenzung, die nicht oder nur ungenügend darüber hinausschauen läßt. Eventuell wird dazu ein Ausschnitt aus W. Willms »ich wohne an der grenze« gesprochen (in: roter faden glück, Kevelaer 1977). Die Teilnehmer machen sich bewußt, unter welchen Grenzen sie in ihrer Gemeinde/als Christen am meisten leiden, und formulieren selbst Fürbitten.

Vom Verfolger zum Verkündiger

Apostelgeschichte 9,1–31 (22,1–21; 26,1–20)

Die Apostelgeschichte enthält drei ausführliche biographische Berichte über Paulus, in deren Mittelpunkt seine Verwandlung vom Verfolger zum Verkündiger steht. Die Breite und die Wiederholung unterstreichen die Wichtigkeit der Sache in den Augen des Lukas. Nehmen wir die Paralleltexte in den Paulusbriefen hinzu, so erweist sich die Berufung des Paulus als eines der meisterwähnten Ereignisse im Neuen Testament (vgl. 1 Kor 15,8–10; Gal 1,11–24; Phil 3,3–11; 1 Tim 1,12f). Schon die Tatsache von Nachrichten über Geburt und Kindheit des Paulus stellt ihn als einzige Persönlichkeit der Urkirche in eine Reihe mit Jesus und Johannes dem Täufer.
Die Varianten der drei Berichte lassen etwas von der Freiheit erkennen, mit der Lukas die ihm vorliegenden Überlieferungen gestaltet hat. Wir dürfen annehmen, daß seine Anliegen sich dort deutlicher zeigen, wo er stärker gestaltend eingegriffen hat (also in Apg 26).

Paulus der »Eiferer«

Daß Paulus aus Tarsus im südlichen Kleinasien stammt, wissen wir nur aus Apg 9,11; 21,39; 22,3; auch als Christ soll er sich dort zeitweilig aufgehalten haben (vgl. 9,30; 11,25). Trotzdem bezeichnet Paulus sich selber als »Hebräer« (Phil 3,5), und d.h. wohl: als Juden mit Aramäisch als Muttersprache (vgl. Apg 6,1). Das paßt zu der nächsten Nachricht bei Lukas, nach der Paulus seine Kindheit im Hause des berühmten Gesetzeslehrers Gamaliel (vgl. Apg 5,34) in Jerusalem verbracht hat (Apg 22,3; vgl. 26,4). Möglich ist auch eine Übersetzung von Apg 22,3, nach der Paulus seine Kindheit zwar schon in Jerusalem verbracht hat, dann aber erst seine Schulbildung bei Gamaliel erhielt. Auf keinen Fall spricht der Vers von einer theologischen Ausbildung des Paulus!
Das Ergebnis dieses Bildungsganges, auf das Lukas Wert legt, ist die entschlossene Orientierung am Gesetz, in die Paulus auf diese Weise hineingewachsen ist (22,3; 26,5 präzisiert: die pharisäische

Prägung). Damit ist klargestellt, daß Paulus keineswegs (obwohl gebürtiger Diasporajude!) von Hause aus zu Abweichungen von der Tradition oder gar zum Abfall vom Glauben der Väter neigte (vgl. 26,6f).

Das wird konkretisiert durch die Nachricht, die schon Apg 9 lieferte und die durch die Selbstaussagen der Paulusbriefe stereotyp bestätigt wird: Paulus hat ursprünglich die Christen verfolgt. Dies ist neben dem Tod und der Auferweckung Jesu eine der bestbezeugten Nachrichten des Neuen Testaments (Apg 7,58; 8,1.3; 9,1f.4f.13f.21; 22,4f.7f.19f; 26,9–12.14f; 1 Kor 15,9; Gal 1,13.23; Phil 3,6; 1 Tim 1,13). Als Erklärung für diesen Radikalismus ist der Hinweis auf die pharisäische Prägung nicht ausreichend, weil die Pharisäer von Hause aus nicht so militant gegen Randgruppen des Judentums vorgingen. In Gal 1,14 gibt Paulus sogar zu, daß sein Verhalten über das Normale hinausging. Was trieb ihn dazu? Nach Gal 1,14; Phil 3,6 und Apg 22,3f war es der *Eifer* für Gott und die religiöse Überlieferung.

Damit ist nicht die emotionale Leidenschaftlichkeit des jungen Paulus bezeichnet, sondern ein ganz bestimmtes Leitbild der Frömmigkeit und zugleich ein religionspolitisches Programm. Nach demselben Begriff des Eifers (gr. *zēlos*) nannten sich die Kreise, die den Widerstand gegen die Römer anheizten, »Zeloten«. Sie standen in der Nachfolge der Makkabäer und orientierten sich an Vorbildern wie Pinhas (Num 25; Ps 106,30f; 1 Makk 2,23–27.54) oder Elija (1 Kön 18,40; 19,1.10; 1 Makk 2,58), die in spontaner Lynchjustiz gegen abtrünnige Israeliten vorgegangen waren. (Auch Paulus soll zu seinen Verfolgungsmaßnahmen selbst die Initiative ergriffen und sich nur eine gewisse Rückendeckung verschafft haben; vgl. Apg 9,1f Parr.)

Welche konkreten Formen der »Feldzug« des Paulus gegen die Christen annehmen konnte, ist historisch unsicher. Am plausibelsten ist die Nachricht über die Anwendung der synagogalen Prügelstrafe, einer innergemeindlichen Disziplinarstrafe, gegen die Christen (Apg 22,19; 26,11?); Paulus selbst hat sie später als Christ mehrfach erleiden müssen (2 Kor 11,24). Historisch umstritten ist dagegen, ob die Tötung von Christen sich in so legalen Formen realisieren ließ, wie das in Apg 26,10 hingestellt wird (in 9,1 und 22,4 sind vagere Formulierungen gebraucht). Auch sind die juristischen Grundlagen der geplanten Verfolgung in Damaskus historisch nicht rekonstruierbar. Die Übereinstimmung mit den Aussagen der Paulusbriefe erlaubt jedoch keinen Zweifel an der Tatsache, daß Paulus bei Gewaltakten gegen Christen eine führende Rolle gespielt hat.

Die Christusvision als Lebenswende

Mitten in diesen Aktivitäten wird er durch eine Christusvision aus der bisherigen Bahn seines Lebens geworfen. Die Schilderung dieser Vision hat manches mit anderen Visionsberichten gemeinsam. Besonders nahe liegt ein Vergleich mit der Heliodor-Legende in 2 Makk 3, wo ebenfalls ein Verfolger durch eine Vision zu Boden gestreckt und zu einer inneren Umkehr gezwungen wird. Durch die Anrede: »Saul, Saul, was verfolgst du mich?« und die anschließende Selbstvorstellung des Auferstandenen: »Ich bin Jesus, den du verfolgst« muß das Geschehen zunächst wie der Auftakt zu einem himmlischen Strafgericht wirken. Aber durch den Mund des Jüngers Hananias in Damaskus darf der innerlich gebrochene Verfolger erfahren, daß das Wort von der Vergebung auch ihm gilt (22,16).

Schon die beiden zitierten Sätze des Auferstandenen innerhalb der Vision sind Vorwurf und Ausdruck der Vergebung in einem, wenn man sie als Anspielung auf eine Episode der Geschichte von Saul und David versteht, in der der verfolgte David mit ähnlichen Worten seinen Verfolger anspricht, nachdem er diesem großmütig das Leben geschenkt hat (1 Sam 24,15–17 und 26,17f). Wahrscheinlich ist diese alttestamentliche Reminiszenz der Grund, weshalb Lukas den Paulus zunächst unter seinem hebräischen Namen Saul einführt (erst ab 13,9 heißt Saulus bei Lukas Paulus). Die Damaskusvision mußte darum nach Lukas auch durch ihren Wortlaut Paulus zu der Erkenntnis führen, daß Jesus der Messias, der Sohn Davids ist. Wenn das auf Überlieferung beruht und keine literarische Konstruktion des Lukas ist, erklärt sich von hier aus vielleicht die Behauptung des Paulus in Gal 1,11f, daß er sein Evangelium nicht von Menschen, sondern durch eine unmittelbare Offenbarung empfangen hat; denn nach Röm 1,3f handelt das Evangelium des Paulus von dem durch die Auferweckung zum Sohn Gottes erklärten Davidssohn Jesus Christus.

Paulus und die Urgemeinde

War die Christenverfolgung des Paulus im Grunde eine *Christus*verfolgung, wie es in der Vision heißt, so muß das Geschehen zwischen Paulus und Jesus sich in einem Geschehen zwischen

Paulus und der christlichen Gemeinde fortsetzen. Das geschieht zunächst mit dem Auftreten des Hananias und der Taufe des Paulus. Besonders erwähnt wird das Problem, daß auch die Gemeinde ihrem Verfolger vergeben und Vertrauen zu der Wendung in seinem Leben fassen muß (9,13f.26f). Das Verhältnis zur Gemeinde erweist sich in diesem Zusammenhang durchgängig als die soziale Dimension der Beziehung zu Jesus, im Negativen zuerst und dann auch im Positiven (vgl. Röm 15,7!).

Die Berufung, die mit der Begnadigung des Verfolgers von Anfang an verbunden ist, wird vorrangig in den Begriff des »Zeugen« gefaßt (22,15.18; 26,16), mit dem Lukas die ganze Mission der Kirche deutet (vgl. 1,8). Er meint das öffentliche Eintreten für Jesus mit dem Wort und der Bereitschaft zum Leiden (9,15f). Der Bericht in Apg 9 schließt mit Nachrichten darüber, wie Paulus sofort nach seiner Berufung und in der Folgezeit diesen Auftrag erfüllt und dabei sein Leben aufs Spiel gesetzt hat (V. 19b–25 in Damaskus, V. 26–30 in Jerusalem; vgl. 26,20). In beidem wirkt er wie ein zweiter Stephanus (vgl. 6,8ff mit 9,22f und 9,28f).

Historisch interessant ist die Nachricht von 9,30, wonach die Jerusalemer Gemeinde ein Martyrium des Paulus unbedingt zu vermeiden sucht. V. 30 klingt geradezu nach einer Abschiebung des Paulus, und V. 31 legt den Gedanken nahe, daß der »Friede«, in dem die Gemeinde innerlich und äußerlich wachsen konnte, durch den Bekennermut des bekehrten Eiferers nicht weniger gefährdet war als durch seine frühere Feindschaft. Apg 22,17–20 schreibt allerdings den Auftrag zu diesem Rückzug in die Diaspora dem Auferstandenen selber zu. Soll man den Widerspruch nach der einen oder anderen Seite hin auflösen? Plausibler und zugleich provozierender erscheint mir die Behauptung, daß das Missionswerk des Apostels Paulus von Anfang an von zwei Faktoren vorangetrieben wird: von einer Sendung, die er persönlich empfing und empfand (vgl. Röm 1,14f u.ö.), und von einer innerkirchlichen Opposition, die ihn immer wieder auf neue Gebiete abdrängte (vgl. Gal 2,1–14; Röm 15,23; Apg 16,6f; 21,4.10–12). Schon die Geschichte der Urkirche ist nicht frei von Zweideutigkeit: neben den wunderbaren Eingriffen Gottes in den Gang der Handlung stehen auch hier schon menschliche und allzumenschliche Motive. Das Neue Testament beschönigt oder vertuscht das nicht. Daß Gott sich überhaupt auf Erden einmischt, ist Grund genug, über diese Geschichte zu staunen.

Praxis

Thema: Die Wende zum Leben

Saulus/Paulus hat die Erfahrungen mit dem auferstandenen Jesus, der ihm bei Damaskus in den Weg trat, sein Leben lang nicht vergessen. Sie haben sein Denken, seinen Glauben und sein Verhalten grundlegend verändert (gleich geblieben ist nur sein »Eifer«). Seine ehemaligen Feinde sind jetzt seine Brüder und Schwestern. Mit seinen ehemaligen Freunden liegt er jetzt im Streit, und er will auch sie gewinnen für den Glauben an Jesus (Röm 10,1 ff). Dieses im Neuen Testament meisterwähnte Ereignis kann heutigen Christen die Hoffnung vermitteln, daß auch bei uns nicht alles beim alten bleiben muß. Die Umkehr ist möglich, weil Gott Wunder tut. Auch Schwierigkeiten brauchen die Wende zum Glauben an Jesus und damit zum Leben nicht rückgängig zu machen.

Vorschlag A: Wunder bewirken die Wende

1. Der Text Apg 9,1–31 wird gelesen und vom Leiter ausgelegt. Durch ein Wunder Jesu wird Saulus in seiner Praxis der Christenverfolgung gestoppt und körperlich behindert (er ist für drei Tage blind). Aber dies war nicht das einzige Wunder. Als weitere Wunder erscheinen seine Bereitschaft, der Stimme Jesu zu gehorchen, seine Heilung sowie die Tatsache, daß er sich taufen und als Prediger senden läßt. Alle diese Schritte entziehen sich menschlicher Machbarkeit. Saulus wird freilich manche dieser Erfahrungen erst viel später als Wunder Gottes gedeutet haben. Dazu kommt, daß auch nach der vollzogenen Wende nicht alles »glatt läuft«, sondern manche Schwierigkeiten für ihn bedrohlich werden.
2. In einer Einzelbesinnung denken die Teilnehmer über die folgenden Fragen nach; sie können sich dazu Stichworte aufschreiben (das hilft zur Konzentration): Welche Erfahrungen in meinem Leben haben mich grundlegend verändert? Welche Erfahrungen dieser Art kann ich jetzt als Wunder sehen, das mir zum Leben geholfen hat? Einzelne Beispiele kann der Leiter vorgeben, wenn dies nötig erscheint: eine wichtige Begegnung mit einem Menschen, eine Gebetserhörung, eine Krankheit, Verlusterfahrungen.

3. In Gruppen (je 4–5 Personen) sprechen die Teilnehmer über ihre wichtigsten Erfahrungen, über das, was ihnen zum Leben und Glauben geholfen hat. Dabei braucht jeder nur das zu erzählen, was er einbringen möchte.
Wenn die Bereitschaft sich mitzuteilen und die gegenseitige Offenheit wachsen, dann kann dies in der Gruppe selbst als Wunder erlebt werden (auch das kann man nicht »machen« und schon gar nicht erzwingen; wenn es gelingt, dann sind dies hilfreiche und ermutigende Erfahrungen, die jeder erleben kann: andere hören mir zu, sie interessieren sich für mich, ich kann Nähe spüren und ich werde verstanden).
4. Im Plenum wird der Leiter auch eigene Erfahrungen einbringen und dann einen Schritt weitergehen und auf die Schwierigkeiten des Saulus zu sprechen kommen, die ihn nach seiner Umkehr beschäftigen: Saulus sieht in den Gesichtern der Christen Angst und Entsetzen, als er ihnen in Damaskus und in Jerusalem begegnet. Von den Juden bekommt er jetzt Feindschaft zu spüren; sie trachten ihm nach dem Leben. In Damaskus muß er bei Nacht über die Stadtmauer fliehen – wie aus einem Gefängnis. Von Jerusalem schicken ihn die Brüder nach einiger Zeit wieder fort. – So könnte jeder Christ über Dinge berichten, die ihm das Leben schwergemacht und sein Weitergehen behindert haben. Aber für Saulus wie für uns gilt, daß wir mit unseren Schwierigkeiten nicht allein dastehen; es gibt Brüder und Schwestern, die uns helfen wollen. Auch in unseren Gemeinden kann noch mehr gegenseitige Hilfe geschehen, wenn wir mehr miteinander reden und uns mehr Anteil geben an unseren Freuden und Nöten.

Vorschlag B: Bekehrung

1. Nach dem Lesen des Textes Apg 9,1–31 beschreibt der Leiter nochmals die wichtigsten Stationen und Erfahrungen des Saulus. Für die Geschichte der Christenheit hatte diese Bekehrung eine weitreichende Bedeutung. Heute ist für jeden Christen zunächst seine eigene Bekehrung wichtig. Dafür gibt es aber kein Schema. Trotzdem lassen sich einige Phasen in jeder Bekehrungsgeschichte beobachten: Der Mensch will nichts von Gott wissen oder er eifert für ihn auf falsche Weise (wie Saul vor der Wende). Durch das Hören auf das Wort und durch die Begegnung mit Nachfolgern Jesu schenkt Gott Neues so-

wie Vertrauen und die Bereitschaft zum Dienst und zum Zeugnis; Schwierigkeiten können überwunden werden.
2. In Gruppen (3–4 Personen) sprechen die Teilnehmer darüber, was ihnen zum Thema »Bekehrung« einfällt, wie sie das selbst erlebt haben und welche Fragen sie dazu beschäftigen.
3. Im Plenum gibt der Leiter die Chance, daß einzelne Teilnehmer ihre Einsichten aus den Gruppengesprächen berichten sowie ihre Fragen formulieren können. Abschließend wird der Leiter biblische Perspektiven zur (einmaligen) Bekehrung sowie zur täglich nötigen Umkehr einbringen. Einen Akzent kann er darauf legen, daß nicht die Bekehrung an sich wichtig ist (diese gibt es auch in den Bereichen Konsum, Mode, Hobby), sondern die Entscheidung, wohin ich mich bekehre.

Vorschlag C: Wachstumsziele des Glaubens

1. Die Bekehrungsgeschichte des Saulus (Apg 9,1–31) wird vom Leiter vorgelesen oder erzählt. Gleichsam aus der Vogelperspektive beschreibt er dann die Situation des Saulus (im Anschluß an die obige Auslegung, letzter Abschnitt, S. 62f). Mit der Bekehrung erfuhr Saulus seinen Auftrag, der ihn nicht ruhen, sondern zu einem eifrigen Nachfolger Jesu werden läßt. Andererseits begegnet ihm immer wieder »innerkirchliche Opposition«, so daß ihm nichts anderes übrigbleibt, als auszuweichen. Wieviel innere Kämpfe mögen ihn diese Erfahrungen gekostet haben? Wie oft wird ihn der Zweifel geplagt haben (an seiner Sendung, an Gottes Führung, am Glauben der Brüder, an seinen Fähigkeiten)? Wie oft werden ihn ambivalente Gefühle gelähmt haben?
2. In einer Einzelbesinnung (10–15 Min.) denken die Teilnehmer der Frage nach: Welche Wachstumsziele für mich und meinen Glauben habe ich schon erkannt, und was hemmt mich vor konsequenten Schritten?
3. Über diese persönlichen Erkenntnisse, Ziele und Wünsche sowie über die Hindernisse sprechen die Teilnehmer in Paar- oder Dreiergruppen.
4. Im Plenum wird der Leiter darauf hinweisen, daß Lukas in seiner Berichterstattung über die Bekehrungsgeschichte des Saulus die Schwierigkeiten und Blockaden nicht vertuscht oder beschönigt hat. Saulus ist ein Beispiel dafür, daß Gottes Plan zum Ziel kommt, auch durch Schwierigkeiten hindurch und über Umwege.

Ein Apostel wird bekehrt

Apostelgeschichte 10,1–11,18

1. Zur Erzählung im ganzen

Die Korneliusgeschichte in Apg 10–11 ist literarisch durch auffällige Wiederholungen gekennzeichnet: 11,1–18 bietet eine Nacherzählung von Apg 10 aus der Perspektive des Petrus; von der Engelbegegnung des Kornelius wird in Apg 10 dreimal berichtet (10,1–8.22.30–32), von der Vision des Petrus zweimal (V. 9–15 und 28). Schließlich läßt Lukas in Apg 15,7–9.14 noch einmal an die Korneliusgeschichte erinnern. Solche Wiederholungen sind Anzeichen dafür, daß Lukas den Ereignissen dieser Geschichte großes Gewicht beimißt. Das mag damit zusammenhängen, daß in ihrem Mittelpunkt – neben Petrus – ein römischer Offizier steht. Er verkörpert die von Lukas in seinem Werk angesprochenen aufgeschlossenen Heiden gehobener sozialer Stellung (s.o. S. 7f).

Die durch Wiederholung erreichte Unterstreichung hängt außerdem deutlich damit zusammen, daß die Form der Heidenmission, die sich in dieser Erzählung entwickelt, innerhalb der Kirche umstritten war. Die Nacherzählungen in Apg 11 und 15 stehen im Kontext eines Streites um die Legitimität des vorbehaltlosen Zugehens auf Nichtjuden. Darf man heidnische Häuser betreten? (Vgl. 11,3 und dazu Mt 10,5!) Darf es Tischgemeinschaft mit Nichtjuden geben? (Vgl. 11,3 mit Gal 2,11–14!) Dürfen Unbeschnittene getauft werden? (Vgl. 10,47; 11,17; an beiden Stellen findet sich das schon in 8,36 gebrauchte Leitwort *kōlýein* – »hindern«, »wehren«.) Es handelt sich also um eine Geschichte von grundsätzlicher kirchenrechtlicher Bedeutung.

Wahrscheinlich ist es kein Zufall, daß Lukas die umstrittenen Sachfragen durch eine *Petrus*geschichte beleuchtet. Nach Apg 11,20 hat es Anfänge der Heidenmission unabhängig von dem Vorstoß des Petrus gegeben, vielleicht sogar früher als durch Petrus. (Die Reihenfolge der Erzählungen in der Apostelgeschichte darf nicht ohne weiteres als chronologische Anordnung gewertet werden, wo keine ausdrückliche zeitliche Verknüpfung vorliegt;

vgl. Lk 3,20/21.) Petrus aber wird in der neutestamentlichen Überlieferung nicht nur psychologisch in einer Vorreiter-Rolle gemalt (Mk 8,27–29 Parr. u.ö.); vielmehr galt er auch rechtlich im buchstäblichen Sinne als eine »Schlüsselfigur« und als das Fundament der Kirche (Mt 16,18). Die »Schlüssel des Himmelreichs«, die ihm anvertraut sein sollen, sind ein Bild für die Zulassung zum Heil und also zur Gemeinde (Mt 23,13). Man kann von daher Apg 10,1–11,18 als Illustration zu diesem Jesuswort über Petrus lesen: eine Streitfrage, die durch eine dem Petrus geschenkte Offenbarung entschieden war, mußte als endgültig entschieden betrachtet werden (vgl. 15,7). Daß Petrus persönlich hinter die ihm geschenkte Erkenntnis zurückfallen konnte (Gal 2,11–14), steht auf einem anderen Blatt.

Mit der Legitimationsfunktion der Korneliusgeschichte hängt es zusammen, daß sie (noch stärker als 8,26ff) durch göttliche Interventionen vorangetrieben wird: Kornelius hat eine Engelbegegnung (10,1–8), Petrus eine Vision (10,9–16); das Kommen der Boten des Kornelius wird dem Apostel vom Geist angekündigt (10,19), und schließlich fällt der Heilige Geist auf die Hörer der Predigt des Petrus (10,44–46). Auch ist bemerkenswert, daß die Initiativen Gottes unabhängig voneinander auf zwei Schauplätzen beginnen und aufeinander zulaufen; das entspricht dem Muster der Doppeloffenbarung, das sich sonst z.B. in der Form übereinstimmender Träume verschiedener Personen findet. (Ähnlich bestätigt die Vision des Hananias in 9,10–16 die Damaskusvision des Saulus.)

Als systematischen Ertrag der Korneliusgeschichte kann man festhalten, daß die missionierende Kirche nicht nur lehrt, sondern auch zum Lernen aufgerufen wird. Indem neue Menschengruppen von der Predigt angesprochen und in die Kirche hereingezogen werden, bleibt die Kirche nicht, was sie war, sondern erfährt eine Erweiterung. Das soll als Bereicherung begrüßt und nicht als Bedrohung abgeblockt werden. Wenn das schon für die Überbrückung des heilsgeschichtlichen Unterschiedes zwischen Juden und Nichtjuden gilt, wieviel mehr von anderen Gegensätzen, die die Menschheit in verschiedene Lager spalten (vgl. Gal 3,28)!

2. Zur Person des Kornelius

Die Angaben über seine militärische Funktion deuten auf einen Kommandoposten in einer Hilfstruppeneinheit (10,1). Wichtiger ist die Beschreibung seiner religiösen Haltung: »Gottesfürchtig« war das bevorzugte Prädikat für Nichtjuden, die sich den jüdischen Monotheismus zu eigen gemacht hatten und ein Minimum biblischer Gebote anerkannten; es wird hier durch »fromm« verstärkt und unter Hinweis auf Gebet und Almosen konkretisiert. Die Zeichnung des Charakters (vgl. auch V. 22) erinnert an den Hauptmann von Kafarnaum (Lk 7,5). Die Botschaft, die Kornelius durch Engelmund (10,4) und durch den Apostel (10,34f) zunächst bekommt, bedeutet eine Anerkennung seiner Frömmigkeit durch Gott. Es ist von daher irreführend, wenn in Überschriften zu diesem Kapitel von der »Bekehrung« des Kornelius die Rede ist. Kornelius muß nicht umkehren, sondern wird von Gott weitergeführt auf einem Weg, den er längst eingeschlagen hat. Eine Frömmigkeit, die durch Gottes Offenbarung in Israel geweckt ist und sich in Gebet und Nächstenliebe ausdrückt, wird durch das Evangelium von Jesus Christus nicht negiert, sondern zum Ziel geführt.

Trotzdem handelt die Erzählung von einem Einschnitt im Leben dieses Gottesfürchtigen. Das Gotteshandeln in Christus, von dem er in der Predigt des Petrus erfährt, schenkt ihm eine neue Intensität im Gottesverhältnis (10,44.46) und eine Zugehörigkeit zur Gemeinde Gottes, die ihn mit geborenen Juden auf dieselbe Stufe stellt, ohne daß er zum Judentum übertreten muß (vgl. 15,8f).

3. Zur Vision des Petrus (10,9–16)

Manche Exegeten halten die Vision des Petrus für eine nachträgliche Erweiterung der ursprünglich einfacher gebauten Korneliuserzählung. Dabei wird erwogen, ob diese Vision nicht ursprünglich auf die Frage der Speisegebote bezogen sein könnte, anstatt auf die Zulassung von Heiden zur Gemeinde. Das würde bedeuten, daß der Inhalt der Vision nicht als ein Gleichnis, sondern als visionärer »Präzedenzfall« für die Aufhebung von Speisegeboten zu verstehen wäre. Das leuchtet jedoch nicht ein; denn innerhalb der visionären Handlung hätte Petrus ja die Möglichkeit gehabt, ausschließlich reine, also erlaubte Tiere zu schlachten und zu essen. Die Vision ergibt also aus sich heraus keinen klaren Sinn, wie V. 17 mit Recht feststellt. Erst der Fortgang der Handlung läßt Petrus die Botschaft verstehen, die in der Vision verschlüsselt enthalten war (V. 28).

Die These, daß kein Mensch als »profan oder unrein« bezeichnet werden dürfe, ist so revolutionär und radikal, daß es nicht verwundert, wenn sie in 15,9 von Petrus selber nicht voll durchgehalten wird (s.u. S. 103). Wenn Israel in der Bibel als heiliges Volk gilt (Ex 19,6), so sind damit die übrigen Völker als unheilig, profan gewertet, sozusagen als die »Laien« der Menschheit im Unterschied zu Israel als dem »königlichen Priestertum«. Entsprechend heißt es in einem alten jüdischen Tischsegen:

»Gesegnet seist du, Herr, unser Gott, . . . der du scheidest zwischen heilig und profan, zwischen Licht und Finsternis, zwischen Israel und den Völkern . . .«

Diese Sichtweise des Gegenübers von Israel und Völkerwelt wird in der Petrusvision und ihrer Auslegung in 10,28 aufgehoben. Das liefert auch den Einstiegsgedanken für die Predigt des Petrus.

4. Zur Predigt des Petrus (10,34–43)

Es entspricht der Situation einer Verkündigung vor Heiden, daß die Predigt durch universalistische Aussagen eingerahmt wird, wobei 10,34–36 an V. 28 anknüpft: das Geschehen um Kornelius bestätigt den alten Grundsatz von der Unvoreingenommenheit Gottes als Richter (2 Chr 19,7; Sir 35,15; Röm 2,11). Das ist nach 10,36 auch Sinn und Ziel der Botschaft, die Gott durch Jesus in Israel verkünden ließ: Frieden auch im Sinne des Friedens mit den Menschen aus anderen Völkern. Hier ist auf Jes 52,7 angespielt, und eine ähnliche Auslegung dieses Bibelwortes findet sich in Eph 2,14–17. Auch daß das Bekenntnis zu Jesus als dem *Herrn* universalistisch zu verstehen ist (10,36 Ende), wird durch andere neutestamentliche Texte bestätigt (Röm 10,9–15, wo ebenfalls Jes 52,7 zitiert wird, und Phil 2,11).

Daß die Predigt auf ein Heilsangebot für alle *Glaubenden* hinausläuft (10,43), ist ebenfalls neu gegenüber den früheren Predigten der Apostelgeschichte, bei denen der Ruf zur Umkehr die der Situation besser entsprechende Zuspitzung war.

Der mittlere Hauptteil der Predigt (10,37–42) besteht aus einer Zusammenfassung der Jesusgeschichte, die – wiederum der veränderten Hörerschaft entsprechend – ausführlicher ausfällt als bisher. Man hat hier mit Recht die Keimzelle zu den späteren Evangelienbüchern gesehen; denn je weiter sich die urchristliche Verkündigung von Jerusalem entfernte, desto weniger konnte die Geschichte Jesu als bekannt vorausgesetzt werden. Die Anfänge der Evangelien als zusammenhängender Nacherzählung der Geschichte Jesu im ganzen liegen also in der Verkündigung außer-

halb Jerusalems und sind nach Apg 10 schon ins erste Jahrzehnt der Kirche zu datieren.
Ein Leitmotiv dieser Petruspredigt ist der Zeugnisgedanke (10,39.41.42.43). Er weist diese Predigt als Erfüllung des Missionsbefehls nach Apg 1,8 aus. Mission heißt danach, daß Menschen dazu aufgerufen werden, das ungerechte Urteil über Jesus, das ihn ans Kreuz gebracht hat, zu revidieren und sich dem Urteil anzuschließen, das Gott in der Auferweckung Jesu gesprochen hat. Dieser Ruf steht nun im Zeichen der Botschaft, daß Jesus in Umkehrung seiner irdischen Geschichte zum Richter der Menschen bestimmt ist. Dies ist jedoch keine Drohbotschaft, sondern eine Frohbotschaft, weil dieser Richter bereit ist, die Schuldigen freizusprechen – wenn sie nur ihn als Gottes Stellvertreter anerkennen (»an ihn glauben«); vgl. 10,42f.

5. Zur Wirkung der Predigt – in Cäsarea und in Jerusalem

Der Ruf zum Glauben findet ein spontanes Echo, indem die Zuhörer anfangen, Gott zu preisen – doch wohl für das, was er in und an Jesus getan hat. Nach 10,46 nimmt das die gleichen charismatischen Formen an wie an Pfingsten (vgl. 2,4.11). Da die Versammlung auf diese Weise faktisch als eine Gemeinde von Glaubenden erwiesen ist, gibt Petrus den Befehl zur Taufe (10,48). Hier kommt eine Entscheidungsbefugnis des Apostels zum Ausdruck, die darauf beruht, daß er seinerseits unmittelbarer Befehlsempfänger Gottes ist (vgl. 10,33).
Das schließt jedoch nicht aus, daß Petrus als durchaus fehlbarer Mensch (vgl. 10,26!) sein Vorgehen vor der Gemeinde rechtfertigen muß, wie es dann in 11,1–18 geschildert wird. Die Urgemeinde kann nicht umhin, die Entstehung der Hausgemeinde des Kornelius als Geschenk Gottes dankbar anzuerkennen (11,18). Mit der Frage der Tischgemeinschaft (vgl. 10,3) bleibt allerdings ein Problem im Raume stehen, das später noch zu schmerzlichen Konflikten führen sollte (Gal 2,11–14) und nicht ein für allemal zu lösen war (vgl. unten zu Apg 15,20.28f).

Praxis

Thema A: Begegnung wagen (10,1–31)

1. Kornelius und Petrus – eine überraschende Begegnung von zwei Personen, die es schwer hatten, zusammenzukommen.
Kornelius: römischer Bürger, Hauptmann, Offizier der Besat-

zungsmacht, loyal gegenüber seinem Kaiser, verpflichtet, Ruhe und Ordnung aufrechtzuerhalten, gewohnt, Befehle entgegenzunehmen und auszuführen, wachsam gegenüber allen Kräften und Vorgängen, die im besetzten Land politische Selbständigkeit und kulturelle Eigenständigkeit anstreben.
Petrus: Galiläer, Fischer, Jude, Gefolgsmann des Jesus von Nazaret, ein einfacher Mann, der nie sein Land verlassen hat, ein Orientale, Gefühlen gegenüber ausgelieferter als der zur Disziplin erzogene römische Offizier.
Beide riskieren viel und stehen vor neuen Erfahrungen. Wir tragen die Fakten zusammen und schreiben sie zur Veranschaulichung auf (Wandtafel oder Wandzeitung).
In Zweiergesprächen folgen wir der Frage: Was macht es Kornelius schwer, Petrus in sein Haus einzuladen? Was macht es Petrus schwer, in das Haus des Kornelius zu gehen?
2. Wir suchen Analogien aus der eigenen Erfahrung. Jeder notiert Antworten und Einfälle auf einem Zettel. Wir lassen uns von der Überlegung leiten: Wen könnte ich nicht zu mir einladen? Zu wem könnte ich nicht ins Haus gehen? Warum? Wessen Botschaft ist mir uninteressant? Wem könnte ich meine Botschaft nicht sagen? Was sind die Gründe?
Wir wollen beide Möglichkeiten durchdenken unter dem Aspekt, daß ein anderer eine Botschaft für mich hat, die er mir sagen möchte oder gar muß, und daß ich eine Botschaft für die anderen habe, die sie hören sollen und müssen.
3. Kornelius und Petrus haben Verunsicherungen gewagt: Verlust von Zugehörigkeit und Freundschaft, Vertrauen auf etwas völlig Ungewisses und Neues hin. Wann habe ich das einmal gewagt? Wer und was half mir, es zu wagen? Was hindert mich daran? Wir führen darüber ein Rundgespräch im Plenum.

Thema B: Was legitimiert Innovationen (10,3–6.10–16.44–46)?

1. *Pro- und Kontra-Diskussion:* Wer eine Predigt gehört hat, danach »Gelobt sei Jesus Christus« ruft und begeistert losredet, was Gott ihm Gutes getan hat, ist kein Zeuge Gottes. Er ist labil, der Unzurechnungsfähigkeit verdächtig und kann nicht getauft werden. Was Petrus tat, verrät Mangel an Menschenkenntnis und Berufserfahrung. Er muß vor der Fortsetzung dieser Praxis gewarnt werden; wenn er sich nicht daran hält, bekommt er von der ihm vorgesetzten Instanz Berufsverbot.

Bei der Pro- und Kontra-Diskussion trägt jeder der beiden Gesprächspartner zunächst seine Position vor und begründet sie. Danach kann er befragt werden und tritt schließlich in ein Gespräch mit dem Diskussionspartner und den übrigen Teilnehmern ein.

2. Aufgabe für eine *Podiumsdiskussion:* Dürfte ein Priester oder ein Pfarrer das, was Petrus gemacht hat, auch tun? Wir setzen an die Stelle des Kornelius eine Zirkusgruppe, eine Gastarbeiterfamilie, eine Bürgerinitiative, Leute, die allesamt nicht Mitglied einer Kirche sind. An die Stelle des Zungenredens setzen wir das Engagement für eine Zielgruppe oder einen politischen Sachverhalt. Das Gotteslob drückt sich aus in Freude, eins zu sein, miteinander berufen und ermutigt, einer Aufgabe zu dienen und Fähigkeiten einbringen zu können. An der Podiumsdiskussion nehmen teil: Priester, Pfarrerin oder Pfarrer, Vikar, zwei Mitglieder des Pfarr- oder Kirchengemeinderats, drei engagierte Gemeindeglieder. Moderator könnte der Dekan (Dechant) sein.

Wir sehen uns den Film »Meine Pfarre ist die Straße« an und teilen einander mit, was uns beeindruckt hat, was Freude bereitet, was nachdenklich, was traurig oder gar zornig gemacht hat.

Thema C: Vorreiter, Fußvolk und Lernprozesse

1. *Petrus, der Vorreiter:* Er erhält die Vision, macht den Besuch, tauft. Was geschieht, erschreckt; was Petrus tut, verwirrt. Protest wird laut. Streit entsteht.

Petrus – der Vorreiter, die Gemeinde – das Fußvolk. So begann die Kirche.

Wir gehen auf die Suche nach Vorreitern und wählen dazu den »stummen Dialog«. Die Gruppe sitzt im Halbkreis vor einer Wandtafel oder einem großen Bogen Papier. Wer ein Vorreiter-Stichwort hat, schreibt es schweigend an die Wandtafel oder auf den Bogen. Stichworte werden zusammengefaßt.

2. Danach folgt ein Gruppengespräch. Es läßt sich von folgenden Fragen leiten:

Vorreiter, paßt diese Figur in das Bild von Kirche und Gemeinde? Petrus, die Nummer 1, als Vorreiter, Öffner, Wegbereiter, Erneuerer. Der Papst ein Vorreiter, der Bischof ein Öffner! Wie erlebe ich meinen Bischof, Pfarrer, die Synode, den Kirchen-/Pfarrgemeinderat? Was erwarte ich von ihnen? Wo geschieht heute solches Vorausreiten und Öffnen? Wer sind die Leute? Wie berührt mich deren Verhalten und Auftreten?

3. Die Gemeinde – das Fußvolk: Was ist damit gemeint? Eine Masse, und wie alle Massen träge, schwer bewegbar, von dem Wunsch beseelt, alles beim alten zu lassen, weshalb das oberste Gebot für kirchliches Handeln vom Bischof bis zur ehrenamtlichen Mitarbeiterin durchgängig lautet: Unruhe vermeiden, nicht überfordern. Die Gemeinde eine Gruppe, die nicht überfordert und damit auch nie herausgefordert werden darf.

Wir denken über die Hintergründe dieses Interesses und unseres Verhältnisses zur Unruhe nach. Jede Erneuerung bringt Unruhe. Nach dieser Selbstbesinnung treten wir in Zweiergespräche ein und berichten anschließend darüber in der Gruppe oder im Plenum.

4. Ein Denk-, ein *Lernprozeß* beginnt – bei Petrus und anderen Christen der ersten Stunde. Der Lernprozeß ist Voraussetzung für die Ausbreitung des Evangeliums, das Wachstum des Wortes und seines Reichs. Wer beginnt nachzudenken, wer denkt um, wer läßt sich ein?

Wir führen darüber ein Gruppengespräch.

Wer sich senden läßt, muß umdenken. Er wird neue Erfahrungen machen und zu einer neuen Praxis kommen. Mission ist nicht Export, Gemeinde- und Kirchengründung nach heimischem Muster. Was ist Mission dann z.B. in der Familie, im Freundeskreis, in der Nachbarschaft, auf der Straße, unter Kollegen? Welcher Mittel bedient sie sich, welche Ziele hat sie, wer betreibt sie, welchen Ängsten begegnet sie, wo scheiterte sie, wo gelang sie, wo ist sie am nötigsten?

Wir führen darüber Gruppengespräche.

5. Lernprozesse werden durch *Herausforderungen* ausgelöst. Welchen Herausforderungen begegnet die Christenheit, unsere Gemeinde, unsere Kirche, begegne ich heute? Von wem werden wir nach unserer Botschaft gefragt, wer lädt uns ein? Werden die Herausforderungen angenommen, oder verweigern wir zu lernen? Wo und in welcher Form? Durch wen bzw. wodurch wird diese Verweigerung unterstützt?

Wir bilden Gesprächsgruppen, fassen die Ergebnisse zusammen und berichten danach im Plenum.

Petrus, Herodes und der Engel des Herrn

Apostelgeschichte 12,1–23

1. Zum Kapitel im ganzen

Apg 12 bietet eine dramatische Gegenüberstellung zwischen dem Führer der Urgemeinde und dem damaligen König der Juden. Sie bekommt dadurch ihren besonderen Akzent, daß beiden Männern gegenüber Gott durch seinen Engel eingreift: für Petrus rettend – für den König richtend (vgl. V. 6–10 und V. 19–23). Das eine ist eine Gebetserhörung (vgl. V. 5) – das andere ein Strafwunder, das den Herrscherkult verurteilt.
Die Bedeutung dieses Kapitels erschöpft sich jedoch nicht in seiner erbaulichen und lehrhaften Botschaft. Es ist darüber hinaus ein wichtiges historisches Zeugnis für die Verschärfung der Spannungen zwischen der christlichen Gemeinde und dem jüdischen Volk in den frühen 40er Jahren des 1. Jahrhunderts, über die wir sonst wenig wissen.

2. Zur Person und Politik des Königs »Herodes«

Der jüdische König, um den es in Apg 12 geht, wird zwar von Lukas unter dem Dynastienamen »Herodes« eingeführt, heißt jedoch in allen sonstigen Quellen *Agrippa* und wird als Agrippa I. gezählt. Sein Sohn Agrippa II. erscheint bei Lukas in Apg 25f in relativ günstigem Licht und war ein Zeitgenosse des Lukas (beides könnte der Grund dafür sein, daß Lukas die Negativgestalt von Apg 12 nicht mit ihrem eigentlichen Namen bezeichnet). Agrippa I. war zunächst ein Günstling des Kaligula und erhielt von ihm 37 n. Chr. ein begrenztes Fürstentum. Nach der Ermordung des Kaligula half er mit bei der Erhebung des Klaudius zum Kaiser. Zum Dank dafür wurde er 41 n. Chr. zum König von Judäa ernannt. Bis zu seinem Tode im Jahre 44 n. Chr. regierte er als einziger Herodesnachkomme über fast das ganze Gebiet, das sein Großvater beherrscht hatte.
Wie Herodes I. entfaltete Agrippa I. eine rege Bautätigkeit. Im übrigen hob er sich aber von jenem deutlich ab durch seine

Großzügigkeit und sein Bemühen, die religiösen Traditionen nicht nur zu schützen, sondern auch persönlich zu respektieren (vgl. Josephus, Ant. 19,331). In diesen Zusammenhang paßt auch das strenge Vorgehen gegen Führer der christlichen Gemeinde, das nach V. 3 das Ansehen des Königs in der Bevölkerung stärkte (vgl. auch V. 11). Nach einem Muster, das sich in der Geschichte häufig wiederfindet, scheint Agrippa I. durch die Verfolgung einer Minderheit die Mehrheit seiner Untertanen um so fester an sich gebunden zu haben. Das dabei angewandte politische Konzept bedeutet meistens, daß latente Spannungen durch die Staatsmacht bewußt angeheizt werden, und so könnte es auch hier gewesen sein. Auf jeden Fall müssen wir feststellen, daß die Phase der Ruhe, von der in 9,31 die Rede war, unter Agrippa I. – also Anfang der vierziger Jahre – zu Ende ging.
Agrippa I. versuchte sich auch durch den Bau einer zusätzlichen Mauer um Jerusalem verdient zu machen, weckte damit jedoch das Mißtrauen der Römer und mußte das Unternehmen abbrechen. Er scheint eine politische Rolle nach dem Vorbild seines Großvaters angestrebt zu haben, der eine Stütze der römischen Herrschaft im Nahen Osten gewesen war, gab dabei aber zugleich einem jüdischen Nationalismus Auftrieb, der nur wenige Jahre später eine immer stärker werdende Widerstandsbewegung beflügelte.

3. Zum Martyrium des Jakobus und zum Prozeß gegen Petrus (12,2–5)

Viele Forscher meinen, daß in dieser Krise nicht nur der Jünger Jakobus, sondern auch sein Bruder Johannes hingerichtet worden sei, wobei sich die Weissagung von Mk 10,39; Mt 20,22 erfüllt habe. Das ist jedoch nur eine Vermutung, für die sich keine Indizien finden.
Die Hinrichtung des Jakobus demonstriert, daß die Juden nach den Jahren der Prokuratorenherrschaft wieder das »ius gladii« besitzen, das staatliche Monopol zur ordentlichen Vollstreckung der Todesstrafe an den eigenen Bürgern. Zugleich wird hier deutlich, daß offenbar das Christsein oder eine führende Rolle in der Gemeinde als Verbrechen gegen staatliches Recht geahndet wurde. Nach V. 4 ist der Prozeß gegen Petrus als eine Art öffentlicher Schauprozeß geplant (vgl. V. 11). Daß das Volk und seine Institutionen geschlossen gegen die Jünger Jesu stehen, deutet auf eine Verhärtung der Fronten, wie sie uns sonst nur im Johannes-

evangelium begegnet, wo der Begriff »die Juden« für die Gegner Jesu und seiner Anhänger gebraucht wird. Das entspricht weder den Verhältnissen der vorösterlichen Zeit noch den ersten Jahren der Urgemeinde.

4. Zur wunderbaren Befreiung des Petrus (12,6–19a)

Das Befreiungswunder hat Parallelen in Apg 5,19–21 und 16,25ff. Ähnliche Erzählungen waren in der Antike verbreitet und beliebt. Sie lassen erkennen, daß die Justiz nicht unbedingt als Werkzeug der Götter gesehen wurde. Wenn nach V. 13–16 die Rettung des Petrus der betenden Gemeinde völlig überraschend kommt, darf man fragen, ob die Gemeinde überhaupt vorrangig um das Leben des Apostels besorgt war und nicht vielmehr um das Zeugnis, das er als Märtyrer ablegen würde. Oder will Lukas nicht ohne Humor auf eine Glaubensschwäche der Gemeinde aufmerksam machen?
V. 17 läßt Petrus an einen ungenannten Ort verschwinden. Der hier erstmals genannte Herrenbruder Jakobus, den Petrus grüßen läßt, ist von da an die führende Persönlichkeit der Jerusalemer Gemeinde geworden (vgl. 21,18ff). V. 18.19a steht in bemerkenswerter Spannung zu 16,27f.

5. Das Ende des Königs (12,19b–23)

Apg 12,19b–23 stimmt im Kern mit einem Bericht des Josephus überein, nach dem Agrippa I. in Cäsarea sehr plötzlich und unter Qualen gestorben ist, nachdem er in einer öffentlichen Versammlung ohne Widerspruch göttliche Verehrung genossen hatte (vgl. Jos. Ant. 19,343ff). Josephus läßt ihn selber dabei sprechen: »Seht, euer ›Gott‹ muß jetzt das Leben lassen, und das Schicksal macht eure verlogenen Worte zuschanden. ›Unsterblich‹ nanntet ihr mich, und doch streckt der Tod schon seine Arme nach mir aus. Aber ich muß mein Geschick tragen, wie Gott es will.« Danach hätte Agrippa die typisch hellenistische Herrscherverehrung mehr hingenommen als bejaht. Sein Tod illustriert in jedem Falle die zwiespältige Doppelrolle der Dynastie des Herodes im Spannungsfeld zwischen jüdischer Tradition und hellenistischer Staatsideologie, die zunehmend das Römische Reich prägte.
Wenn Lukas und Josephus mit dieser Erzählung dem Herrscherkult eine klare Absage erteilen, so ist das vermutlich ein riskantes und mutiges Bekenntnis gegenüber einem aktuellen Anspruch.

Beide Autoren schrieben ihr Werk in der Regierungszeit Domitians, der als Bruder und Nachfolger des Titus von 81–96 n. Chr. Kaiser war und seit 86 n. Chr. den Anspruch erhob, als »Herr und Gott« verehrt zu werden. Das widersprach nicht nur jüdisch-christlichem Denken, sondern auch altrömischer Tradition und stoischer Philosophie. Eine wachsende Opposition gegen diesen religiösen Anspruch des Kaisers wurde gewaltsam unterdrückt. Der Christ Lukas und der Jude Josephus nehmen also in dieser Zeit mit dem Bericht vom Ende des Agrippa zu einer brisanten politischen Frage Stellung und geben ein Beispiel für den gemeinsamen Auftrag von Juden und Christen, vor der Welt den lebendigen Gott der Bibel zu bezeugen.
Gotteserkenntnis hängt nach diesem Zeugnis mit Selbsterkenntnis aufs engste zusammen. Der Maßstab, an dem Gott als Gott und der Mensch als bloßes Geschöpf erkennbar ist, ist der Tod. Die eigene Sterblichkeit erkennen und anerkennen, das Sterbenlernen mitten im Leben, ist so die Wurzel der Ehrfurcht vor Gott, dem Ewigen. Von dieser Erkenntnis der eigenen Endlichkeit und des unendlichen Unterschiedes zwischen Gott und Mensch her werden die gesellschaftlichen Rangunterschiede relativiert und absolutistische Ansprüche abgewiesen (vgl. 10,25f; 14,11–15). Frömmigkeit und Mitmenschlichkeit haben also einen gemeinsamen Grund in der schmerzhaft-nüchternen Einsicht in die Grenzen, die unserem menschlichen Dasein unausweichlich gezogen sind.

Praxis

Thema A: Scheitern durch Selbstüberschätzung

Da die Szene der Befreiung des Petrus den Gesprächsteilnehmern wahrscheinlich in den Grundzügen bekannt ist, nicht aber die konkreten Umstände vorauszusetzen sind, wird es für den Gesprächsleiter nötig sein, den historischen Hintergrund von Apg 12 zu erläutern (s. Auslegung). Um der Gefahr eines rein historisierenden Verständnisses der Befreiung des Petrus zu entgehen, setzt der Vorschlag bei einer Darstellung der Person des Agrippa an. In ihm wird das Verhängnis des menschlichen Größenwahns und sein notwendiges Scheitern als Grundmodell menschlicher Selbstüberschätzung deutlich.

Der Gesprächsleiter legt bei einer Einführung in den Text den Schwerpunkt vor allem auf das in der Auslegung angesprochene Verhältnis von Gotteserkenntnis und Selbsterkenntnis. Folgender Dialog wird als Anregung vorgeschlagen:

X: Wie stehst du zu dem Satz: »Ich weiß, daß ich nichts weiß« (Sokrates)?
Y: Der Satz ist entweder eine taktische Demutsäußerung oder eine Mißachtung menschlicher Errungenschaften.
X: Welche von beiden Thesen würdest du für naheliegender halten?
Y: Daß der Satz eine Mißachtung menschlicher Fähigkeiten ist.
X: Welche Fähigkeiten bzw. Errungenschaften meinst du?
Y: Ich denke, daß der permanente Fortschritt in Naturwissenschaft und Technik dem Menschen ein Selbstbewußtsein vermittelt hat, mit dem er sich nicht zu verstecken braucht.
X: Und wie sollte sich dieses Selbstbewußtsein äußern?
Y: Ich meine, daß der Mensch das Maß aller Dinge ist und im Mittelpunkt steht und keine höhere Institution braucht, von der er sich abhängig macht.
X: Du meinst also, daß er gleichsam selber »Gott« sein soll?
Y: So etwa könnte man es ausdrücken, vielleicht besser: daß er den Gedanken an Gott überflüssig machen soll und wird.
X: Das halte ich nicht nur für anfechtbar, sondern sogar für gefährlich.
Y: In welcher Beziehung?
X: Ich meine, daß es genügend Belege dafür gibt, daß sich diese menschliche Selbsteinschätzung verhängnisvoll ausgewirkt hat.
Y: Das ist mir zu allgemein.
X: In dem Wahn, alles machen zu können, hat der Mensch doch wohl erheblich dazu beigetragen, daß unsere Welt heute in ihrer Existenz bedroht ist.
Y: Das spricht noch lange nicht gegen meine These. Immerhin ist diese Entwicklung ja gerade auch von den Religionen mitzuverantworten.
X: Das entbindet aber doch nicht von der Grundfrage, ob der Mensch nicht dann am meisten Mensch bleibt, wenn er seine Grenzen erkennt. Ob die Religion hier selbst Irrwege gegangen ist und das Wort »Gott« sich verfügbar gemacht hat, ist nicht die Frage. Ich könnte es jedenfalls nicht ertragen, ganz auf mich allein angewiesen zu sein und alles selbst zu verantworten.
Y: Kannst du dich denn mit dem Gedanken anfreunden, daß da ein Gott über allem steht und dich in der Hand hat?

Die Gesprächsteilnehmer versuchen in Gruppen, den Dialog fortzuführen und im Plenum ins Gespräch zu bringen. Der Gesprächsleiter kommt während der Diskussion – wenn die Gruppen es nicht von sich aus tun – auf die Person des Agrippa zurück und gibt Gesprächsimpulse, die im Schicksal des Agrippa den sich selbst überschätzenden Menschen aufdecken.

Thema B: Glaube in der Anfechtung

Dieser Vorschlag ist für eine Gruppe gedacht, die im argumentativen Umgang mit Texten nicht geübt ist.
Die Tatsache, daß Petrus »seinen Weggang aus Jerusalem gegenüber der Gemeinde verantwortet hat« (J. Roloff, NTD 5,187), kann die Frage nach dem Verhalten des glaubenden Menschen in der Anfechtung aufwerfen. Dazu können folgende Fallbesprechungen dienen:

1. Fall
Herr M. ist 31 Jahre alt, verheiratet und hat drei Kinder im Alter von sieben, vier und zwei Jahren. Die Familie lebt in der DDR und hat vor drei Jahren bei einem Ferienaufenthalt in Ungarn eine Familie aus der Bundesrepublik kennengelernt. Herr M. ist Schlosser. Er hätte bessere berufliche Perspektiven gehabt, wenn er nicht engagierter Katholik wäre und eine wesentliche Rolle in der kleinen verstreuten Gemeinde spielte. Dazu kommt, daß er sich in den letzten Monaten des öfteren an Friedensaktionen beteiligt hat, die von der Polizei aufgelöst wurden. Er wurde vorübergehend festgenommen, aber wieder freigelassen. Seine befreundete Familie könnte ihm in der Bundesrepublik eine gesicherte Stelle mit guten Weiterbildungsmöglichkeiten besorgen. Deshalb überlegt er, ob er für sich und seine Familie einen Ausreiseantrag stellen soll.

2. Fall
Ein junger Arbeiter in der Bundesrepublik wird an seinem Arbeitsplatz immer wieder in Konflikte gebracht. Er ist engagierter Christ und gehört zu den Trägern der Jugendarbeit in seiner Kirchengemeinde. Er arbeitet in einem Umfeld, das Glauben und Kirche aggressiv gegenübersteht. Nicht die Tatsache, daß er sich oft mit seinen Kolleginnen und Kollegen auseinandersetzen muß, setzt ihm zu, sondern daß er bewußt geschnitten wird und bei Vorkommnissen mitunter den Vorgesetzten gegenüber ins Unrecht gesetzt wird. Er könnte die Situation verändern, wenn er in Zukunft schweigen würde, wo er bisher Position bezogen hat.

Die Gesprächsteilnehmer nehmen in Gruppen die Fälle auf und suchen – nach Möglichkeit unterstützt durch andere (eventuell eigene) Erfahrungen – nach Lösungsmöglichkeiten. Der Gesprächsleiter versucht, an die Person des Petrus anzuküpfen.

Eine Gemeinde wächst über sich hinaus

Apostelgeschichte 11,19–30; 13,1–3

1. Zum Charakter der Stadt Antiochia

Antiochia am Orontes (heute Antakija im Südostzipfel der Türkei) wurde im Jahre 300 v. Chr. von Seleukos I. Nikator gegründet und nach seinem Vater Antiochos benannt. Es war die Hauptstadt des Seleuzidenreiches, des flächenmäßig größten Nachfolgestaates des Alexanderreiches, zu dem im 2. Jh. v. Chr. auch Judäa gehörte. Durch Pompeius d. Gr. wurde Syrien römische Provinz (66 v. Chr.), und in der Folgezeit entwickelte Antiochia sich zur Metropole des Ostens, vor allem als militärisches Machtzentrum, während Alexandria kulturell und wirtschaftlich bedeutender war.

Die Bevölkerung Antiochias war wie in allen derartigen Zentren gemischt. Es gab eine starke jüdische Minderheit mit klar definierten Rechten, an denen nicht einmal der fehlgeschlagene jüdische Aufstand etwas änderte, als die griechischen Bürger der Stadt versuchten, die Juden zu vertreiben (vgl. Josephus, Bell. 7,100–111).

2. Die erste ökumenische Gemeinde

Die Gemeindegründung in Antiochia war nach Apg 11,19 eine Folge der Vertreibung der Stephanusgruppe (d. h. der hellenistischen Judenchristen) aus Jerusalem. Einige von ihnen, die aus Zypern und aus Nordafrika stammten, gingen in Antiochia zur gezielten Heidenmission über (»Griechen« steht in V. 20 für Heiden; vgl. Röm 1,16). So entstand die erste Gemeinde aus Juden und Heiden, die man darum als wahrhaft ökumenisch bezeichnen kann.

Diese Entwicklung wird in Jerusalem bekannt und wird zum Anlaß einer Visitation genommen. Diese wird dem ebenfalls aus Zypern stammenden Barnabas (vgl. 4,36f) übertragen. Er bestärkt die Gemeinde in ihrem Weg und stellt sich für längere Zeit in ihren Dienst (V. 23–26). Von großer Tragweite für die Folgezeit ist, daß er Saulus (Paulus) aus Tarsus holt und zur Mitarbeit gewinnt. Nach 9,27 hatte sich Barnabas bereits dafür eingesetzt, daß die Jerusalemer Gemeinde ihre Vorbehalte gegenüber dem bekehrten Verfolger aufgab.

3. Überregionale Solidarität

Der Internationalismus der Weltstadt, an dem die Gemeinde teilhat, geht nicht auf Kosten der Verbundenheit mit der Jerusalemer Muttergemeinde. Darum kommt es zu einer Spendenaktion, als Propheten aus Jerusalem eine Versorgungskrise voraussagen (11,27–30). Lukas datiert ihr Eintreffen sehr allgemein »unter Klaudius« (d.h. ab 41 n. Chr. denkbar), womit er andeutet, daß das Auftreten der Propheten vor die Regierungszeit des Klaudius fällt. Josephus erwähnt eine Hungersnot in Judäa ab 45 oder 46 n. Chr. (vgl. Ant. 20,51f und 100), die mit der hier gemeinten identisch sein könnte. Diese Notzeit Judäas steht wohl auch hinter der Bitte um Unterstützung, die beim Apostelkonzil an Paulus und Barnabas herangetragen wurde (Gal 2,10).

4. Grenzüberschreitende Mission (13,1–3)

Schon der Entschluß, die Griechen der Großstadt Antiochia bewußt anzusprechen und zum Glauben zu rufen, war ein Schritt über eine Grenze. Diese Linie setzt sich fort, indem nach Apg 13,1–3 von Antiochia aus zum erstenmal christliche Missionare regelrecht ausgesandt werden, um in einer anderen Region zu evangelisieren. Dieser Entschluß wird auf ein Wort des Geistes, d.h. auf die Botschaft eines Propheten im Gottesdienst der Gemeinde zurückgeführt (V. 2).

Dieser geistliche Aufbruch hat freilich auch bestimmte Voraussetzungen auf der menschlich-sozialen Ebene. Die Gemeinde verfügt offenbar über ein Leitungsgremium, das eine gewisse Weltgewandtheit und Bildung aufweist (vgl. V. 1). Pioniermission erfordert besondere Kenntnisse, weshalb es auch nicht verwundert, daß das erste Ziel auf dieser Missionsreise Zypern ist, die Heimat des Barnabas.

Beachtlich ist, daß die Gemeinde zwei Fünftel ihres Leiterkreises, und dazu vielleicht die beiden Begabtesten (vgl. 11,26), für die Mission abstellt. Die Entsendung von Missionaren ist auch ein Verzicht auf Mitarbeiter im eigenen, örtlichen Bereich. Es hat von daher einen tiefen Sinn, wenn die Aussendung von Paulus und Barnabas hier zweimal – und also betont – mit einem *Fasten* der Gemeinde in Verbindung gebracht wird (V. 2f).

Praxis

Thema A: Gemeindeaufbau

1. Wir beginnen mit einem gründlichen Kartenstudium und benutzen dafür ein Dia, das das östliche Mittelmeer zeigt und die angrenzenden Länder. Aufgesucht und eingetragen werden die Orte: Jerusalem, Antiochia, Zyrene sowie die Insel Zypern. Wer schon einmal dort gewesen ist, kann erzählen und Lichtbilder zeigen. Geschichtliche Informationen aus der Exegese und persönliche Kenntnisse werden dazu gegeben (Antiochia: Hauptstadt des Seleuzidenreichs 300 v. Chr., militärisches Machtzentrum, vergleichbar in seiner Bedeutung mit Alexandria, Großstadt mit gemischter Bevölkerung). Wir lassen uns an Stephanus erinnern (durch Berichte aus dem Plenum bzw. aus der Gruppe) und an die Verfolgung der Gemeinde zu Jerusalem nach dessen Tod, die zu Auswanderungen führte.
Die folgenden Vorschläge können ausgewählt oder auf Gruppen verteilt werden:

2. In Antiochia entstand die erste ökumenische Gemeinde aus Heiden und Juden. Es ist sicher nicht zufällig, daß dies in einer Stadt und dazu noch in einer der größten geschah. Hier trafen sich Menschen verschiedener Herkunft: kulturell, sozial, sprachlich. In Städten trennen Unterschiede weniger als auf dem Land.
Eigene Erfahrungen: Wir haben diese Erfahrungen bei Gemeindegründungen und beim Gemeindeaufbau in den letzten Jahrzehnten gemacht und lassen darüber (im Plenum, wenn es nicht größer ist als 20 Personen, sonst in Gruppen) berichten. Es geht um das Gewicht von Unterschieden, um angenommen und zurückgewiesen werden, Einfluß nehmen können oder mitmachen dürfen.
Ist mir die Integration in die Gemeinde gelungen, wurde sie verhindert, habe ich sie selbst verhindert? Wie offen habe ich die Gemeinde erfahren, wie reagierte sie auf Andersartigkeit, andere Traditionen und Gewohnheiten? Wer reagierte? Gab es Unterschiede? Worin waren sie begründet? Was haben wir gelernt aus der Begegnung mit Personen anderer Herkunft?

3. Wie frei kann sich der Aufbau einer Gemeinde entwickeln? Es gibt für die Wahrnehmung von Aufgaben, für die Besetzung

von Stellen verbindliche Ordnungen. Wer kennt sie, wer legt sie aus? Wann nützen, wann behindern sie? Was hat Vorrang, wenn gegensätzliche Meinungen aufeinanderstoßen?
Zwischen Juden und Heiden gab es Probleme bei der Tischgemeinschaft und bei der Gastfreundschaft. Dahinter standen unterschiedliche religiöse Überzeugungen. Unsere Schwierigkeiten sind anderer Art. Welcher? Sind sie theologischer, sozialer, politischer oder geschmacklicher Natur?
Wir führen darüber Gespräche in Gruppen.

4. *Visitation* (11,22–24). Ein heute noch übliches Wort, das Besuch heißt und von daher als ein schönes Wort angesehen werden kann. Es hat sich aber auch Verdacht angehängt, bedingt dadurch, daß nicht immer klar ist, was derjenige, der zu Besuch kommt, im Schilde führt. Will er nach dem Rechten sehen, oder will er wiedersehen? Treiben ihn Neugier und Freude oder Mißtrauen?
Wie ist es uns mit Visitationen in der Gemeinde ergangen? Sicher, wo es um Geld geht, muß überprüft werden. Wo Eigentum in die Hand gegeben wird, muß von Zeit zu Zeit der Nachweis verantwortlichen Umgangs erbracht werden. Wie wünschen wir uns den Verlauf einer Visitation, wen wünschen wir uns als Besucher, wann soll er kommen, wie soll er vorgehen?
Wir gehen dieser Frage nach in einem Podiumsgespräch und achten darauf, daß genügend Visitationserfahrungen vertreten sind. An ihm sollten teilnehmen: 2 Kirchen-/Pfarrgemeinderäte, 3 engagierte Gemeindeglieder, Pfarrer/Pfarrerin, Vikar, Kirchenpfleger, Dekan (Dechant). Geleitet werden könnte es vom Mitarbeiter oder der Mitarbeiterin einer übergemeindlichen Dienststelle.

5. Barnabas muß ein guter Mann gewesen sein. Er wird von Jerusalem nach Antiochia geschickt. Dort sieht er die Gnade Gottes. Schade, daß uns nicht konkret gesagt wird, was er sieht. Auf alle Fälle sieht er.
Sehen ist ein guter Einstieg für eine Visitation. Am Anfang steht nicht das Sagen, Raten, Empfehlen, Belehren, sondern das Sehen.
Worin wird die Stärke, Tüchtigkeit und Größe des Barnabas erkennbar?
Wir sammeln Vorstellungen im Plenum darüber, was Barnabas gesehen haben mag und dann »Gnade Gottes« nannte.

Wir übersetzen seine Ermahnung, dem Herrn treu zu bleiben, ins Konkrete und schreiben es, allen vor Augen, auf Wandtafel oder Bögen.
In Gruppen überlegen wir, was im persönlichen Leben, in der Gemeinde oder in der Öffentlichkeit uns als Gnade Gottes erscheint, klären es nachdenkend und abwägend. Desgleichen überlegen wir, worin unser »Beim Herrn bleiben« besteht, wodurch es gefährdet und gefördert wird?

Thema B: Namensträger (11,26)

1. In Antiochia werden die Mitglieder der Gemeinde zum erstenmall Christen genannt. Der neue Name ist ein Programm. Wer ihn trägt, gibt sich als Anhänger des Mannes Jesus Christus zu erkennen. Er wird sich an ihm orientieren, zu ihm bekennen und ihn, wenn es sein muß, auch verteidigen.
In einem Zweiergespräch klären wir unsere Anhängerschaft.

- Verstehe ich mich als Anhänger Jesu? Die Bezeichnung »Christ« hat sich weltweit durchgesetzt. Wir haben sie angenommen. Stehe ich dazu, daß ich Christ bin, und was verstehe ich darunter?
- Orientiere ich mich an Jesus? Ist das überhaupt möglich?
- Grenze ich mich ihm gegenüber ab? Anhängerschaftserfahrungen kennen wir aus dem politischen Leben. Anhängerschaft meint nicht völlige Identifikation. Sie kennt auch Abgrenzung. In welcher Weise und wann grenze ich mich von Jesus ab?

2. Die Ergebnisse des Zweiergesprächs werden der Gruppe oder dem Plenum (wenn es nicht größer ist als 20 Personen) mitgeteilt. Auf ihnen kann ein offenes Gruppengespräch oder ein Plenumsgespräch aufbauen mit dem Thema: Identifikation mit Jesus und Abgrenzung von Jesus. Ist z. B. die Verklärung, Idealisierung Jesu eine Form der Abgrenzung? Der Hinweis auf mein Mensch- und Sündersein der Kunstgriff, mich von ihm nicht in Anspruch nehmen zu lassen? Das Leben eines Heiligen berührt mich wenig, denn ich bin kein Heiliger.

Thema C: Dasein für andere – Stärkung und/oder Schwächung?

In den Gemeindeaufbau hinein wirken Energien und Tendenzen, die als Schwächung aufgefaßt werden könnten, weil sie Kräfte abziehen:

- die Teilhabe an Nöten in anderen Gemeinden, das Teilen mit Ärmeren;
- das Interesse, fremden Menschen das Vertrauen in Christus zu ermöglichen und an anderen Orten Gemeinde entstehen zu lassen.

Apg 2, 42 nennt die Stücke, die dem Aufbau der Gemeinde dienen, 11,27–30; 13, 1–3 die Stücke, welche die Gemeinde Gemeinde Gottes bleiben lassen, paradoxerweise; denn das, was erzählt wird, kann auch als Abbau aufgefaßt werden.
1. *Die Spendenaktion*. Gemeinde bleibt durch Hergeben, nicht durch Einnehmen. Wer die Gemeinde stärken will, muß ihre Ausgabenseite stärken. Wir orientieren uns dazu an Jesus-Worten (Lk 6,38; 12,13–21; 16,1–9; 16,19–31; Mt 5,7; 19,21; 25,14–30) und versuchen, in Gruppengesprächen diese zu unserer Realität in Bezug zu setzen.
Christsein wurde als Existenz für andere und mit anderen definiert. Eine Gemeinde, die die Anderen nicht kennt, sollte sich ihre Hände nicht durch Investitionsprogramme binden lassen. Es besteht die Gefahr, daß daraus eine Fehlinvestition, totes, ungenutztes Eigentum wird.
2. *Die Hergabe von Mitarbeitern.* Antiochia gibt zwei her von fünf. Wie sieht Hergabe heute aus? Stellen ausschreiben für Missionare, Sozialpädagogen, Ärzte, Pfleger, Landwirte in den jungen Kirchen; in Ländern der Dritten Welt oder im eigenen Land Personen für Aufgaben freistellen, die mit der Gemeinde im engeren Sinne nichts zu tun haben, aber die großen Taten Gottes außerhalb der eigenen vier Wände (der Gemeinde, der Kirche) erkennbar machen.
Der Rosenstock der Liebe Gottes gedeiht in der Gemeinde nur, wenn außerhalb der Gemeinde Rosenstöcke gepflanzt und gepflegt werden.
Wir suchen für die biblische Wahrheit nach Bildern aus unserer Zeit und überlegen, wer aus unserer Gemeinde draußen tätig werden könnte und sollte. Empfehlungen dafür geben z. B. Mitarbeiter aus den Bereichen von Diakonie und Mission.

Den Juden zuerst!

Apostelgeschichte 13,14–52)

1. Die Anreise (V. 4–13)

Die erste Missionsreise führt Barnabas, Saulus und ihren zeitweiligen Mitarbeiter Johannes Markus (zu ihm vgl. 13,13; 16,36ff) zunächst nach Zypern, der Heimat des Barnabas, wo es eine starke jüdische Diaspora gab. Daß Lukas über die Gemeindegründungen auf dieser Insel nichts zu berichten weiß, spricht dafür, ihn mit der alten kirchlichen Tradition für einen Mitarbeiter des Paulus zu halten: Zypern gehörte nach Apg 16,39 später nicht mehr zum Paulinischen Missionsgebiet. Die Episode der Begegnung mit einem Magier am Hofe des römischen Statthalters (vgl. 8,9–13.18–24!) hat sich wohl vor allem wegen der Namensgleichheit zwischen dem Apostel Paulus und dem Statthalter Paulus dem Gedächtnis der Paulusschüler eingeprägt. Lukas benutzt die Gelegenheit, den Apostel von jetzt an Paulus zu nennen, nachdem die Benutzung seines jüdischen Namens im Kontext der Damaskusgeschichte ihre Funktion erfüllt hat. Manche Forscher haben eine familiäre Beziehung zwischen dem Apostel und dem Statthalter behauptet; das bleibt eine bloße Vermutung.
Von Zypern aus führt die Reise zielstrebig ohne nennenswerte Aufenthalte zum nächstliegenden Verwaltungszentrum im Inneren Kleinasiens, Antiochia in Pisidien.

2. Geschichte und Charakter der Stadt

Wie der Name erkennen läßt, war die Stadt eine Gründung der Seleuziden. Von 39 v. Chr. an regierte dort der letzte Galaterkönig Amyntas zunächst über Südgalatien (Pisidien und Lykaonien), dann über ganz Galatien, das bei seinem Tode 25 v. Chr. aus einem Vasallenstaat in eine römische Provinz verwandelt wurde. Antiochia wurde Militärkolonie und ein Zentrum der von Augustus energisch betriebenen Romanisierung dieser Region. Juden gab es in Antiochia vermutlich seit ca. 200 v. Chr., als Antiochos III. 2000 jüdische Familien aus der babylonischen Diaspora nach Phrygien verpflanzte, um diesen Westteil seines

Reiches zu stabilisieren. Nach Josephus genossen die jüdischen Gemeinden in vielen Städten Kleinasiens gesetzlich verbürgte Privilegien, die ihnen die Befolgung der Tora in Gottesdienst und Alltag ermöglichen sollten.

3. Der Verlauf der Missionsarbeit (V. 14–15.42–52)

Wie zuvor in Zypern (V.5) und später an anderen Orten (14,1 u.ö.) wenden sich Paulus und Barnabas an die örtliche Synagogengemeinde, wo sie als offenbar gebildete Glaubensgenossen die Gelegenheit zu einer Ansprache erhalten (V. 14f).

V. 15 ist neben Lk 4,17 das älteste Zeugnis dafür, daß im Synagogengottesdienst neben der Tora auch ein Prophetentext gelesen wird. Nach V. 16 sind außer Israeliten (d.h. Juden und Proselyten) weitere »Gottesfürchtige« anwesend und werden von Paulus angesprochen. Sie saßen wohl nicht im eigentlichen Versammlungsraum der Gemeinde, sondern in einem Vorraum oder Vorhof, in dem sie den Gottesdienst mitverfolgen konnten.

Nach V. 43 sind viele Gemeindeglieder von der Predigt des Paulus beeindruckt und lassen sich weiter belehren. Als darüber hinaus auch die heidnische Bevölkerung der Stadt zusammenströmt, um Paulus zu hören, schlägt die Aufgeschlossenheit der Synagogengemeinde in Ablehnung um (V. 44f). Vielleicht sahen die Juden die Identität ihrer Gemeinde bedroht, wenn es zu einem massenhaften Zustrom von Heiden kommen würde.

Daraufhin wenden sich die beiden Missionare demonstrativ den anwesenden Heiden zu (V. 46–48). Aus den Sympathisanten der Synagoge wird eine selbständige christliche Gemeinde, die auf die Umgebung der Stadt ausstrahlt (V. 48f).

Auch dies wurde von der jüdischen Gemeinde als eine unerwünschte oder gar gefährliche Entwicklung angesehen; denn die heidnischen Sympathisanten einer Synagoge milderten den Gegensatz zur heidnischen Umwelt und gewährten den Juden Schutz vor Unterdrückung. Die Abwanderung dieser Kreise zu einer neuen Gemeinde bedeutete eine empfindliche Verunsicherung in der manchmal ohnehin prekären Situation der Juden, deren staatlich garantierte Privilegien dem lokalen oder regionalen Patriotismus oft ein Dorn im Auge waren. So kommt es zur ersten, aber keineswegs letzten Verfolgung der beiden Missionare durch Diasporajuden, die die örtlichen Behörden zum Einschreiten gegen die christliche Mission veranlassen (vgl. 14,1–6.19; 17,5.13; 18,12–17; 1 Thess 2,16).

4. Die Predigt des Paulus (V. 16–41)

Bei einer so langen Rede (was den Gedankenreichtum betrifft) ist es wichtig, sich den Aufbau klarzumachen:

a) Israels Geschichte vom Exodus bis zu David (V. 17–22)
b) Brückenschlag von David zu Jesus (V. 23)
c) Zeitliche und sachliche Verknüpfung Jesu mit Johannes dem Täufer (dessen Wirken wohl als bekannt vorausgesetzt wird; V. 24f)
d) Rekapitulation und Deutung der wichtigsten Daten der Jesusgeschichte als Heilsbotschaft für die Hörer der Predigt (V. 26–33)
e) Schriftbeweis für die Gottes- und Davidssohnschaft des Auferweckten (V. 33–37)
f) Abschließendes Heilsangebot und Warnung vor Unglauben (V. 38–41)

Der inhaltliche Schwerpunkt der Predigt ist die Linie, die von David zu Jesus gezogen wird (V. 22f.34–36); sie begründet die Deutung des messianischen Psalmwortes vom Sohn Gottes (Ps 2,7) auf Jesus (V. 33). Das Recht zu dieser Deutung ergibt sich aus dem geheimnisvollen Wort aus Ps 16,10 von dem Frommen, den Gott nicht der Verwesung preisgibt (V. 35). Im Lichte der hier vorausgesetzten Berichte vom leeren Grab kann damit nur Jesus gemeint sein (vgl. auch 2,27.31).

Die Methode der Schriftauslegung, die Paulus hier anwendet, mag uns fremd erscheinen, hat aber Parallelen im Judentum seiner Zeit (z.B. bei den Essenern von Qumran). Aber redet hier überhaupt Paulus – und nicht nur Lukas? Der Gedanke an eine wörtliche Wiedergabe ist abwegig, schon von den technischen Möglichkeiten her, aber auch vom Umfang her, der nur eine inhaltliche Zusammenfassung in Frage kommen läßt. Hat Lukas hier vielleicht einfach die Predigtweise seiner Zeit dem Apostel in den Mund gelegt?

Im Rahmen einer verbreiteten Skepsis gegenüber dem Lukanischen Werk und besonders seinen Reden sieht man allenfalls in V. 38f eine blasse Reminiszenz an die Paulinische Rechtfertigungslehre, die keine Vertrautheit mit der Theologie des Apostels beweise. Dabei sind jedoch eine Reihe von spezifisch Paulinischen Motiven in der Rede bzw. ihrer Fortsetzung zu sehen:

1. Die christologische Kernaussage der Predigt entspricht genau der summarischen Inhaltsangabe des Evangeliums in Röm 1,3f (der Davidssohn Jesus ist durch seine Auferweckung als Sohn Gottes ausgewiesen).
2. Die Rechtfertigungsbotschaft von V. 38f steht hier im Kontext einer Judenpredigt, fehlt aber in den Heidenpredigten des Paulus in Apg 14 und 17. Dem entspricht, daß auch die Paulusbriefe nur dort die Rechtfer-

tigungslehre entfalten, wo jüdische Gesprächspartner im Blick sind (darum z.B. nicht in 1 Thess, sondern in Röm, Gal und Phil 3).
3. In V. 43 faßt der Begriff »die Gnade Gottes« die Botschaft zusammen; vgl. Röm 3,24; Gal 1,6 u.ö.
4. V. 46 erklärt die Juden zu den primären Adressaten des Evangeliums; ein wörtlicher Anklang an Röm 1,16; 2,9.
5. Die Verschlossenheit der Juden gibt geradezu den Anstoß zur gezielten Heidenmission; vgl. Röm 11,11f.15.
6. Nichtjuden treten an die Stelle der Juden, die sich für die Botschaft verschließen; vgl. Röm 11,17–24.
7. Das wird den Juden in provozierender Weise vorgehalten; vgl. Röm 11,11.14.
Die Bedeutung des ersten, zentralen Punktes wird unterstrichen durch die Tatsache, daß in der ganzen Apostelgeschichte nur Paulus Jesus als den Sohn Gottes verkündigt (9,20 und 13,33) und daß dieser Christustitel an hervorgehobenen Stellen der Paulusbriefe erscheint, vorzugsweise in Aussagen über die Verkündigung des Apostels (vgl. Röm 1,3f; 1 Kor 1,9; 2 Kor 1,19; Gal 1,15; 1 Thess 1,10).

Alles in allem: Lukas scheint das besondere Profil der Paulinischen Missionspredigt besser gekannt zu haben als manche Neutestamentler. Besonders über das Verhältnis von Judenmission und Heidenmission hat er wohl ähnlich gedacht wie Paulus im Römerbrief. Daß Lukas wahrscheinlich ganz bewußt versucht hat, den großen Gestalten der Urkirche ihr persönliches Profil zu geben, wird im übrigen auch durch ein Detail dieser Rede bestätigt: Nach Apg 13,21 ist der Benjaminit Saul von Tarsus der einzige im ganzen Neuen Testament, der den König Saul aus dem Stamme Benjamin erwähnt! (Vgl. oben S. 63 zur Damaskusvision!)

5. Die Verarbeitung des jüdischen Widerstandes (V. 46–52)

Daß sich die Mehrheit des jüdischen Volkes der Botschaft von Christus verschloß, war für die Urkirche eine ernste Anfechtung, die sich an vielen Stellen des Neuen Testaments widerspiegelt, so auch in den letzten Versen dieses Kapitels. Weithin werden jedoch hier nur die Worte von der Hinwendung zu den Heiden (V. 46) beachtet und dazu noch unzulässig radikalisiert. Man sieht dann an dieser Stelle eine grundsätzliche Absage an die Judenmission und eine ebenso grundsätzliche Aussage über den Ausschluß der Juden vom Heil. Dabei wird verdrängt, daß nach Apg 14,1 gleich am nächsten Ort der Reise wieder eine Synagoge Schauplatz einer gar nicht erfolglosen Predigt ist. Und als Paulus endlich in der Hauptstadt des Reiches angelangt ist, hat er nichts

Dringenderes zu tun, als den Vertretern der jüdischen Gemeinden Roms das Evangelium zu bezeugen (28,16ff).
In den letzten Versen von Apg 13 verdienen zwei Punkte Beachtung, die das ungebrochene Bemühen um die Juden verständlich machen können: Nach V. 48 führt Lukas den Erfolg und die Grenzen des Erfolgs missionarischer Verkündigung auf Gottes Plan zurück. Eine ablehnende Reaktion auf die Predigt des Evangeliums darf darum nicht mit persönlicher Enttäuschung und moralischen Vorwürfen gegen die Hörer quittiert werden. Ungeachtet des Faktors persönlichen Versagens – beim Prediger oder bei den Hörern! – gilt auch in diesem Zusammenhang der Grundsatz von Joh 3,27, wonach Predigterfolg nicht machbar, sondern Gottes Gabe ist.
Zweitens ist der freudige Schlußton der Erzählung zu beachten, der auf den Bericht von der Vertreibung der Missionare folgt (V. 52). Diese Freude im Leiden ist für die urchristliche Reaktion auf gewaltsame Feindschaft typisch gewesen (Mt 5,11; Apg 5,41; 1 Thess 1,6; Jak 1,2; 1 Petr 1,6; 4,13). Die spätere Kirche ist hinter diesem Vorbild oft weit zurückgeblieben, kennt aber auch bis in die Gegenwart Zeugen desselben Geistes.

Praxis

Thema: Die Kirche und ihre Verkündigung in der Welt

Die grundlegende Idee des Apostels Paulus, die Botschaft Jesu aus Palästina auch in die Heidenwelt hineinzutragen und dort zu verbreiten, dürfte bei den Gesprächsteilnehmern als bekannt vorauszusetzen sein. Die Einzelheiten des Paulinischen Weges (der Ablauf der Missionsreisen usw.) bilden zwar keine Voraussetzung für das Verständnis des hier zu bedenkenden Textes, dennoch sollte der Gesprächsleiter in kurzen Zügen das Grundanliegen und die Zielsetzung des Paulus konzentriert erläutern. Vor allem sollte er aber deutlich machen und hier jedes Mißverständnis ausschließen, daß Paulus seine Verkündigung an die Heidenwelt nicht gegen die Juden und diese ausschließend versteht, sondern das Bild einer offenen Gemeinde aus Juden und Heiden entwirft. Selbst der jüdische Widerstand gegen die neue Botschaft läßt den Paulus der Apostelgeschichte von diesem Weg nicht abweichen.

Vorschlag A: Offene Kirche

Die Kirche aus Juden und Heiden in der Apostelgeschichte ist Modell für eine offene Kirche heute.
Diesen Vorschlag kann man aufgreifen, wenn man mit einer Gesprächsgruppe arbeitet, die mit (leichteren) Problemtexten umzugehen versteht. Folgende Textauszüge empfehlen sich zur Aktualisierung der Paulinischen Heidenmission:

Wir müssen in Zukunft nicht nur eine Kirche der »offenen Türen«, sondern eine »Offene Kirche« wagen. Wir können weder im Getto bleiben, noch dürfen wir dahin zurückkehren. Wer das zweifellos gegebene, teils nicht vermeidbare, teils vermeidbare Durcheinander, das man gar nicht ableugnen soll, in der Kirche in allen Dimensionen der Lehre und der Praxis erlebt und erleidet, der ist gewiß in Versuchung, sich nach der Kirche zurückzusehnen, die wir Älteren ... bis zum letzten Konzil erlebt haben. Man ist dann versucht, ... die Kirche zu »reinigen«, möglichst rasch und eindeutig durch administrative Maßnahmen Grenzen zu ziehen, zu »restaurieren«, kurz und gut, den Marsch ins Getto anzutreten, auch wenn dann die Kirche nicht eine »kleine Herde« des Evangeliums wird, sondern im Grunde eine Sekte mit einer Gettomentalität. Natürlich wird kein ernsthafter Kirchenmann einen solchen Marsch ins Getto ... explizit vertreten ... Wenn man nun bedenkt, daß es vermutlich sehr viele Menschen gibt, die, ohne ... der Kirche anzugehören, doch dieselbe Mentalität eines positiven Verhältnisses zur Kirche bei einer bloß partiellen Identifikation mit ihr haben, ... dann wird noch deutlicher, wie schwer es ist, genau festzulegen, wo die Tür der Kirche in einem theologischen und nicht bloß kirchensoziologischen Sinne steht, wer drinnen und wer draußen ist ... Was bedeutet diese Überlegung für die Praxis? Zunächst einmal müssen durch die Verkündigung der Kirche immer neue Anstrengungen gemacht werden, diejenigen, die gar nicht voll der Kirche zugehören, obwohl wir sie, weil »Praktikanten«, als solche zu betrachten gewohnt sind, immer neu in die Kirche voll einzugliedern. Das ist heute konkret eine nie ganz und endgültig geleistete Aufgabe. (*K. Rahner*, Strukturwandel der Kirche als Aufgabe und Chance, Freiburg 1972, S. 100, 106.)

In Gruppen sollten folgende Fragen diskutiert werden:

a) Welche Parallelen und Differenzen bestehen zwischen den »Heiden« der Zeit des Paulus und den »Randchristen« heute?
b) Welche Inhalte haben für Paulus absolute Priorität besessen und welche Inhalte sind für die heutige Verkündigung faktisch maßgebend?
c) Wie hat Paulus sich zu den traditionell denkenden und glaubenden Juden verhalten und welche Kriterien sind von daher für die heutige Verkündigung zu entwerfen?

Die einzelnen Gruppen bringen ihre Ergebnisse ins Plenum ein und versuchen, ihre Überlegungen an konkreten Beispielen in der Gemeindesituation zu entfalten.

Vorschlag B: Glaube und Leben – eine Einheit?

Es geht hier um Bewußtmachung der Gemeinsamkeiten und Differenzen von Lebenszielen und Erfahrungen in der konkreten Kirche.
Der Vorschlag kann aufgegriffen werden, wenn man mit einer Gruppe arbeitet, die über den Weg der gemeinsamen Gestaltung ins Gespräch kommt. Der Kreis teilt sich in Gruppen zu je 4–6 Personen auf. Jede Gruppe bekommt die nachstehenden Worte auf kleinen Karten oder zusammen auf einem Arbeitsblatt. Aufgabe ist es für eine Gruppe, daraus ein Haus, für eine andere, eine Kirche zu bauen. Auf einem größeren Pappkarton werden Haus bzw. Kirche dargestellt und mit den entsprechenden, nach Prioritäten geordneten Begriffen versehen. Man kann so vorgehen, daß z.B. die wichtigsten Erfahrungen oder Wertvorstellungen die Grundmauern oder tragenden Wände bilden; die Fenster können das »Innenleben« oder die »Atmosphäre« sichtbar machen usw. Jugendliche werden hier besonders kreativ tätig werden.

Folgende Begriffe und Wertvorstellungen (individuell ergänzbar) könnten als Anregung dienen: Gespräch, Vergebung, Erfolg, Gewalt, Geld, Gemeinschaft, Politik, Familie, Freiheit, Gott, Alter, Sexualität, Gebet, Macht, Liebe, Frieden, Arbeit, Jugendgruppe, Ausbildung, Langeweile, Natur, Jesus, Phantasie, Hobby, Enttäuschung, Stetigkeit, Vertrauen, Gottesdienst, Pfarrer, Widerstand, Durchhalten, Krisenbewältigung, Armut, Dritte Welt.

Die Darstellung des Hauses und der Kirche werden anschließend miteinander verglichen unter dem Gesichtspunkt, wo Kirche und praktischer Alltag Beziehungen miteinander haben (sollten) und wo nicht. Anschließend wird auf dem Hintergrund des Textes die Frage gestellt, inwiefern »Glaube« und »Leben« in der Urkirche eine selbstverständliche Einheit waren. Abschließend werden Schritte überlegt, die heute zu den Ursprüngen zurückführen können.
Man kann bei diesem Vorschlag auch auf die gestaltende Darstellung verzichten und die Überlegungen nur in Gesprächsform zu entfalten versuchen.

Macht und Ohnmacht der Apostel

Apostelgeschichte 14,8–20

1. Zur Reiseroute von Barnabas und Paulus

Von Antiochia in Pisidien führt die erste Missionsreise zunächst genau nach Osten in die Stadt Ikonion, wo die Entwicklung ähnlich verläuft wie in Antiochia (14,1–6). Von dort wenden sich die beiden Missionare nach Süden, in die Städte Lykaoniens, die politisch noch zur Provinz Galatien gehörten. Von dieser letzten Station der Reise wäre eine direkte Rückkehr nach Antiochia in Syrien über Tarsus in Zilizien möglich gewesen. Paulus und Barnabas wählen jedoch die Route, auf der sie gekommen waren, wobei sie nur Zypern auslassen (V. 21–26). Das diente einem vorläufigen Abschiedsbesuch bei den neugegründeten Gemeinden – wegen der vorangegangenen Konflikte offenbar ohne erneute öffentliche Predigt, ganz im Zeichen der Jüngerunterweisung und der Stabilisierung der Gemeinden (V. 22f).

Lykaonien war ein offenbar weniger hellenisiertes Gebiet, in dem das Griechische noch nicht die Volkssprache verdrängt hatte (V. 11). Auch scheint es dort keine Synagogen gegeben zu haben; die einzigen Juden, die erwähnt werden, kommen von auswärts (V. 19). Paulus und Barnabas sehen sich erstmals einem rein heidnischen Publikum konfrontiert und müssen das Evangelium in ein durch und durch polytheistisches Milieu hinein verkündigen. Das macht diese Erzählung zu einem missionstheologischen Modellfall. Über die Entstehung der Gemeinden in diesem Gebiet erfahren wir im Grunde nicht viel, weil nur eine einzige dramatische Episode ausführlich erzählt wird (V. 8–18). Die zugrundeliegende Überlieferung könnte auf den Paulus-Mitarbeiter Timotheus zurückgehen, der aus Lystra, dem Schauplatz der Geschichte, stammte (16,1).

2. Zur Erzählung im ganzen

Der Lystra-Bericht gehört zu den Texten der Apostelgeschichte, die eine wahrscheinlich bewußte Parallelisierung von Petrus und Paulus aufweisen. Die entsprechende Petrusgeschichte steht in

Apg 3f und hat die gleiche Dreiteilung der Handlung: Heilung eines Gelähmten (3,1–11 // 14,8–13), Verkündigung (3,12–26 // 14,14–18) und Verfolgung (4,1–22 // 14,19f). Besonders auffällig ist, daß in beiden Fällen die Predigt damit beginnt, daß der Wundertäter sich gegen eine Verehrung seiner Person wendet und sein Nur-Mensch-sein betont (3,12 // 14,15).
Beachtung verdient auch, daß dies der einzige Bericht ist, in dem Lukas den Apostelbegriff für Paulus und Barnabas verwendet (V. 4.14). Lukas reserviert den Begriff sonst meistens für die Zwölf (Ausnahme: Lk 11,49). Man sollte das Vorkommen in Apg 14 nicht als Versehen betrachten, sondern als Signal dafür werten, daß diese Erzählung für Lukas den Apostelbegriff beleuchtet.

3. Das Wunder und seine Wirkung (V. 8–13)

Die Schilderung der Heilung entspricht weitgehend den Wundergeschichten der synoptischen Jesusüberlieferung, vor allem darin, daß das Wunder die Zuversicht des Kranken zur Voraussetzung hat (V. 9). Zur Verbindung von Glaube und Heilung oder Rettung (die griechische Vokabel *sōzein* erlaubt beide Übersetzungen!) vgl. Mk 5,34 Par.; 10,52 Par.; Lk 7,50; 17,19; vom »Sehen« des Glaubens spricht auch Mk 2,5. Die weitgehenden Übereinstimmungen erlauben das Fazit, daß apostolischer Dienst nach diesem Bericht eine Fortsetzung des charismatischen Wirkens Jesu in nachösterlicher Zeit ist. Es ist wohl kein Zufall, daß hier (V. 23) wie in 8,12 als Inhalt der Verkündigung der Begriff »Reich Gottes« auftaucht, der auch in der Verkündigung Jesu die Wunder als apokalyptische Heilszeichen interpretiert (Mt 12,28; Lk 11,20).
Das Staunen des Publikums, von dem in vielen Wundergeschichten abschließend die Rede ist, nimmt hier eine besondere Form an, dem polytheistischen Milieu entsprechend: Man hält die beiden Apostel für herabgestiegene Götter in Menschengestalt, nämlich Zeus und Hermes (V.12). Das erinnert an die alte phrygische Sage von Philemon und Baukis, in der Ovid (Metamorphosen VIII 618–724) für zwei phrygische Gottheiten ebenfalls die griechischen Götternamen Zeus und Hermes einsetzt.

Manche Exegeten sehen ein Problem darin, daß Paulus als der »Wortführer« mit dem Götterboten Hermes identifiziert wird; wenn doch nach Meinung der Leute der Göttervater Zeus selbst in Gestalt des Barnabas erschienen ist: wozu dann noch der Bote der Götter? Man darf jedoch die Rolle des Hermes nicht auf die des Götterboten festlegen. In bestimmten Kreisen der Spätantike avancierte Hermes geradezu zur Hauptgottheit, wovon die nach ihm benannte »hermetische« Literatur Zeugnis ablegt. Er galt dabei als der große Zauberer, dem auch Krankenheilungen zugeschrieben wurden, und konnte in diesem Zusammenhang der »Herr der Gottesworte« genannt werden. Daneben glaubte man auch von ihm, daß er vom Himmel herabgestiegen sei, um den Menschen Geheimnisse zu offenbaren. Seine Einstufung als bloßer Götterbote dürfte ein Versuch sein, ihm im »System« der Götterwelt eine untergeordnete Rolle zuzuweisen. Der jüdisch-hellenistische Autor Artapanos (ca. 100 v. Chr.) berichtet übrigens, Mose sei in Ägypten »beim Volk beliebt gewesen und von den Priestern gottgleicher Ehre für wert geachtet und Hermes genannt worden«. Das ist eine exakte Parallele zu der Verehrung, die man in Apg 14,12 Paulus entgegenbringt.

Die Reaktion der Leute von Lystra auf das Wirken des Paulus führt uns – wenn auch am begrenzten Problem des Charismatischen – die hermeneutische Problematik der Heidenmission vor Augen: Eine so neue Botschaft wird von den Hörern zunächst in den Kategorien ihres bisherigen Denkens verstanden. Verstehen bedeutet immer auch eine Integration des jeweils Neuen einer Botschaft in das bisherige Wirklichkeitsverständnis des Empfängers. Nur einschneidende »Neuigkeiten« verändern diese Weltsicht im ganzen, und auch dann braucht die dazu nötige Denkarbeit Zeit. Um verständlich zu sein, muß die Botschaft mit vorgegebenen Denkkategorien formuliert werden – auch wenn sie diese Denkkategorien letztlich aufsprengen oder verwandeln will. Darum gehört das Ausräumen naheliegender Mißverständnisse, mit dem hier die Predigt des Paulus einsetzt (V. 15), notwendig zu den Aufgaben öffentlicher Verkündigung, besonders in einem noch nicht – oder nicht mehr – von der biblischen Überlieferung geprägten Milieu.

4. Die Predigt des Paulus (V. 14–18)

Die Klarstellung, daß auch der Charismatiker nur ein Mensch ist, findet sich im Neuen Testament öfter (vgl. Apg 10,25f; Jak 5,17; sinngemäß Apg 3,12). Paulus hat sie im 2. Korintherbrief dahingehend zugespitzt, daß er gerade als bevollmächtigter und durch Wunder beglaubigter Apostel zugleich mit Krankheit und Verfolgung geschlagen ist (vgl. 2 Kor 11,16–12,13). Der Ausgang der Mission in Lystra (V. 19f) liest sich wie eine Illustration zu dieser Klarstellung.

Die scharfe Grenzziehung zwischen menschlicher Schwachheit und göttlicher Machtfülle dient hier zugleich der Hinführung der

heidnischen Hörer zu dem lebendigen Gott. Das ist die Grundentscheidung, um die es in der Heidenmission geht: weg von den nichtigen Götzen – hin zu dem einen wahren Gott. Die Botschaft von Jesus ist eine Zuspitzung des Glaubens an Gott, von der nicht in jeder Situation sofort die Rede sein muß: in Apg 14,15–17 unterbleibt diese Präzisierung in der geschilderten Situation, in Apg 17,22ff kommt Paulus ganz am Schluß einer Heidenpredigt auf Jesus zu sprechen. (Zu diesem Aufbau des Missionskerygmas vor Heiden vgl. 1 Thess 1,9f!)
Die Predigten vor Juden knüpfen durchweg an die Geschichte Gottes mit Israel an. Diese Voraussetzung ist in der Heidenmission nicht gegeben, wie V. 16 feststellt. Dafür stellt V. 17 die These auf, daß jeder Mensch als Geschöpf bereits eine Gotteserfahrung hat, die ihm nur noch nicht als solche und in ihrer Tragweite bewußt sein mag. Auch für Nichtjuden ist die Hinwendung zu Gott damit eine Antwort auf erfahrene Zuwendung. Ziel der Missionspredigt ist die Erkenntnis und Anerkennung des lebendigen Gottes, der sich in der biblischen Geschichte offenbart hat. Die in V. 17 genannten Beispiele für die Gaben des Schöpfers erinnern an Stellen im Alten Testament, v.a. an Jer 5,24 und Ps 104,13–15 (vgl. ferner Gen 8,22; Ps 104,27; 136,25; 145,15f; 146,7).
Eine Interpretation dieses Textes für heutige Leser darf die Frage nicht ausklammern, ob der Ansatz dieser Predigt heute noch nachvollziehbar ist. Das gravierendste Problem ist hier m.E. nicht die Frage, ob es recht sei, Schöpfungserfahrung als Gotteserfahrung zu deuten. Das Hauptproblem besteht vielmehr darin, daß wir nicht mehr in einer unberührten Schöpfung leben, sondern in der vom Menschen gestalteten »zweiten Natur«, die sich zunehmend als zerstörte Natur erweist. Hinzu kommt, daß »Nahrung und Freude« im Alltag großer Teile der Menschheit Mangelware sind, vor allem auf Grund der ungerechten Verteilung der Güter dieser Erde.
Für die Predigt im Sinne von Apg 14,15–17 bedeutet das: Es ist der Menschheit inzwischen gelungen, die universale Erfahrungsgrundlage für das Reden von Gott als dem Schöpfer und für ein dankbares Verhältnis zu ihm zu zerstören! Es gibt Millionen von Menschen, die ihr Leben nicht mehr als die Gabe eines gütigen Schöpfers verstehen können, sondern eher als den Fluch eines bösen Dämons!
Es fällt schwer, die Entwicklungen, die dazu geführt haben,

nicht ihrerseits als dämonisch zu betrachten. Ein großer Teil der technischen Errungenschaften, die den Haushalt der Natur zerstört haben, geht auf die Vergötzung von Reichtum und Macht zurück, der sich die meisten Staaten der Welt verschrieben haben. Die Predigt vom lebendigen Gott hat darum heute mehr denn je die Aufgabe, die destruktive Nichtigkeit der Götzen dieser Welt beim Namen zu nennen und zur Umkehr zum lebendigen Gott aufzurufen, von dessen Güte alles Leben herkommt, das den Namen Leben verdient. Zugleich ist deutlich, daß diese Predigt begleitet sein muß von dem Zeugnis der helfenden Tat, die vielen Menschen erst einmal die Erfahrung von Güte schenken muß, ehe von Gottes Güte glaubwürdig gesprochen werden kann.

Praxis

Thema A: Tat und Wort

1. Lesen Sie den Text Apg 14,8–18 und versuchen Sie, ihn zu gliedern, vor allem den Gedankengang der Rede durchsichtig zu machen:

- Evangelium verkünden
- Forderung nach Abkehr von nichtigen Göttern
- Hinwendung zum einzig lebendigen Gott
- Der Gott, der die Völker ihre Wege gehen ließ, nimmt sich ihrer an.

Was ist für die Einwohner in Lystra so sensationell? Wie verstehen sie die Tat des Paulus? Was ist dagegen Paulus wichtig?

2. Je 3–4 Personen gehen diesen Fragen nach und versuchen, in einem Zeitungsartikel für das »Abendblatt« oder den »Lystra-Boten« das Ereignis für die interessierten Leser darzustellen. Entsprechend einer »seriösen« Zeitung sollten die Zeitungsredakteure sich bemühen, ausgewogen beide Seiten zu Wort kommen zu lassen, die Sympathisanten mit den neuen Verkündigern, wie auch die Skeptiker oder öffentlichen Vertreter. Freilich wird eine bestimmte Tendenz nicht vermeidbar sein, wie das bei jedem Zeitungsartikel spürbar ist. Es dürfen auch gut aufgemachte Überschriften für den Artikel gesucht werden.

Nach maximal einer dreiviertel Stunde werden die »Artikel«

vorgelesen. Obwohl verschiedene Schwerpunkte dabei gesetzt werden, wird sicher bei allen die Frage eine Rolle spielen, wie das Zeichen, die Heilung des Gelähmten, zu deuten ist und welche Rolle die interpretierende Predigt des Paulus spielt.

3. Das Wunder an dem Gelähmten, die Tat des Paulus, kann als äußeres Geschehen je nach Hintergrund der Hörer ganz verschieden gedeutet werden. Es wird hier auch fast notwendig mißverstanden. Warum? Tat und Botschaft gehören zusammen, die Botschaft zeigt die Tat im rechten Licht, so daß der Hörer sie einordnen kann. Die Tat aber beglaubigt die Botschaft.

Fallen Ihnen dazu Beispiele von Jesus ein? Lesen Sie Lk 11,14–23 Parr., auch dort eine Fehldeutung, wenn seine Botschaft nicht mit einbezogen wird und die Tat erschließt.

4. Auch hier wird wie bei den Wundern Jesu der Glaube des Gelähmten vorausgesetzt für die Tat Gottes an ihm durch Paulus. Da für den antiken Menschen in einer solch außerordentlichen Tat die Erfahrung des Göttlichen besonders wichtig war, kommt die Verehrung dem Heiler zu. Wir sind uns heute sehr sicher, daß wir niemand solch göttliche Macht zusprechen und ihn deshalb verehren, freilich ziehen auch heute ungewöhnliche Menschen die Massen an und werden verehrt.

Nennen Sie Beispiele aus dem profanen Bereich und dem christlichen. Was ist für eine kritische Einordnung notwendig? Beachten Sie dabei auch, welche Hilfen der Text gibt, einschließlich Apg 14,19. (Paulus lehnt die Verehrung vehement ab und bezeichnet sich als »leidens«-fähigen Menschen, als wirklichen Menschen. Das erweist sich im Anschluß, als die Stimmung schnell umschlägt und er gesteinigt wird.)

Thema B: Ein lebendiger Gott

1. Paulus geht im Vergleich zu den Reden, die an Juden gerichtet sind, auf seine heidnischen Hörer anders ein; er geht von dem allgemeinverständlichen Bild des Schöpfergottes aus, um bei den Hörern verstanden zu werden. Paulus übersetzt vom jüdischen Denkhorizont in den heidnisch-griechischen.

Können Sie, ausgehend von unserer heutigen Situation einer technisierten, komplizierten Welt, in der wir leben, Kriterien für eine Verkündigung finden, die den Hörer »abholt« in seiner Lebenswelt und ihn behutsam zu der Botschaft hinführt?

Wo sehen Sie Grenzen einer solchen »Anpassung«, damit das Eigentliche nicht verlorengeht?

2. Gegenüber dem biblischen Gott, den Paulus verkündet, ist alle andere Verehrung sinnlos, nichtig. Nur in ihm existiert alles, was ist, und kann leben. Der biblische Gott zeigte sich in der Glaubensgeschichte immer wieder als der Gott des Lebens. Vor allem für uns Christen gipfelt diese Aussage in der Auferweckung Jesu aus dem Tod, die Mitte der Paulinischen Botschaft.

Welche Ereignisse aus der Glaubensgeschichte Israels fallen Ihnen ein, in denen sich Gott besonders als der zeigt, der Leben schafft oder erhält?

Spürt man es uns Christen an, daß wir einen »lebendigen« Gott haben? Warum sind wir oft so unlebendig? Wir führen darüber Gespräche in kleinen Gruppen.

3. Paulus findet den lebendigen Gott bezeugt in seiner Welterschaffung und -erhaltung, in den Wohltaten, die *uns* wiederum leben lassen. Das bedeutet für den Menschen, auch verantwortlich mit den Gütern des Lebens umzugehen. Deshalb kann hier Dank für die Schönheit der Schöpfung und Bitte um verantwortlichen Umgang mit ihr folgen.

Dias, die die Herrlichkeit der Schöpfung zeigen, finden sich in jeder Medienzentrale. Das Schöpfungslob kann auch in einem Lied gesungen werden, wie zum Beispiel »Singt das Lied der Freude über Gott« (GL 272). Je nach Schwerpunkt und Vertrautheit der Teilnehmer, kann auch eine Körperübung am Schluß stehen:

Die Teilnehmer »stellen sich aufrecht auf ihre Füße« (Apg 14,9), indem sie langsam aufstehen und bewußt stehen, Stand gewinnen, festen Halt im Boden, Festmachen, das erst möglich macht, daß im Gehen ein Bein jeweils diesen Halt aufgeben kann. So gehen die Teilnehmer ganz bewußt Schritt für Schritt, gewinnen Halt im Boden mit einem Fuß und geben ihn mit dem anderen her, ein Wechsel von Sich-Festmachen und Loslösen, Freigeben.

Glauben im Hebräischen bedeutet »sich festmachen«. Der Glaubende macht sich fest in Gott. Festmachen und sich loslassen können, sich verlassen können auf etwas anderes, auf einen anderen, auf Gott, das ist notwendig in Antiochia für die weitere Mission hin zu den Heidenchristen. Es ist notwendig für den Gelähmten, sich loszulassen und festzumachen durch seinen Glauben in Gott, der ihn heilt.

Die Teilnehmer kommen zum Stehen und spüren ihren Stand. Mit der Bitte, vor Gott »stehen« zu dürfen – ein Ausdruck der Bibel für den Glauben –, beendet der Leiter die Übung.

Eine Grundlagenkrise der Heidenmission

Apostelgeschichte 15,1–35

Im Mittelpunkt dieser Erzählung steht eine Zusammenkunft in Jerusalem, bei der eine Delegation der Gemeinde von Antiochia in Syrien mit der Führung der Jerusalemer Gemeinde über Fragen der Heidenmission verhandelt. Nach dem späteren Sprachgebrauch für bedeutende kirchliche Konferenzen wird dieses Ereignis meist als »Apostelkonzil«, »Apostelkonvent« oder als »Heidenmissionssynode« bezeichnet. Man muß dabei darauf achten, daß nicht unversehens spätere kirchenrechtliche Vorstellungen in diesen Bericht hineininterpretiert werden. Es geht praktisch um eine Verständigung zwischen der »Mutterkirche« in Jerusalem und einer Missionsgemeinde, die sich zu einer Metropole des Christentums in der Diaspora entwickelt hat und eine eigene Missionsstrategie befolgt, wovon in Apg 13f die Rede war. Das Ergebnis ist eine Anerkennung der antiochenischen Linie im Hauptstreitpunkt. Damit verbindet sich ein Zusatzprotokoll über untergeordnete Fragen (das sog. Aposteldekret), das historisch umstritten ist, weil es nur von Lukas erwähnt wird, während es im Parallelbericht des Paulus in Gal 2,1–10 fehlt. (Zum Verhältnis der beiden Berichte vgl. »Aus der Freiheit leben«, Bibelauslegung für die Praxis 23, S. 29–32.) Die Hauptteile des Lukanischen Berichts sind:

V. 1–5 Das Aufbrechen des Konflikts und das Zustandekommen der Konferenz
V. 6–11 Rede des Petrus (mit einleitender Situationsangabe)
V. 12–21 Rede des Jakobus (mit verknüpfender Einleitung)
V. 22–29 Beschluß und Wortlaut eines Sendschreibens an die Heidenchristen
V. 30–35 Ausführung des Beschlusses.

1. Entstehung und Thematik des Konflikts (V. 1–5)

Anlaß des Konflikts ist das Auftauchen einer »pressure group« aus Judäa in der Gemeinde von Antiochia. Sie erklärt die Beschneidung für heilsnotwendig (V. 1). Das bedeutet praktisch, daß die Heidenchristen zum Judentum übertreten sollen, um die

Gottlosigkeit und Verlorenheit des Heidentums wirklich hinter sich zu lassen. Nach V. 5 wird dieselbe Forderung wenig später in Jerusalem von einer Gruppe gläubig gewordener Pharisäer erneut vertreten, hier erweitert um die Pauschalforderung der Verpflichtung auf das Mosegesetz. Ob damit die Forderung von V. 1 nur interpretiert oder verschärft wird, bleibt offen.
Die Bedeutung der Beschneidung für die jüdische Propaganda war auch im Judentum umstritten. Wir kennen einen Fall aus den dreißiger Jahren, wo ein heidnischer König (Izates von Adiabene im Bereich des früheren Assyrien) durch einen jüdischen Kaufmann zum Judentum bekehrt wird. Die Beschneidung bleibt aus politischen und humanitären Gründen (Gefahr einer zu großen Provokation für die Untertanen) ausgeklammert. Später kommt jedoch ein Schriftgelehrter aus Galiläa an den Hof des Königs und überzeugt ihn von der Notwendigkeit der Beschneidung (vgl. Josephus, Ant. 20,38ff).
Die Beschneidung, deren Ursprünge im dunkeln liegen, hatte für das Judentum bekenntnishafte Bedeutung bekommen, seitdem Juden in größerer Zahl in einer Umwelt lebten, die diesen Ritus nicht praktizierte (zuerst in Babylonien, später im griechischen und römischen Raum). In der Schrift ist die Beschneidung nach Gen 17 an sich nur den Nachkommen Abrahams geboten (wobei nichtisraelitische Sklaven zur Familie zählen). Die Makkabäer leiteten daraus den Grundsatz ab, daß eigentlich alle Bewohner des Landes Israel beschnitten sein müßten. Darum wurden die Idumäer zur Beschneidung und Unterwerfung unter das Gesetz gezwungen und so judaisiert (vgl. Josephus, Ant. 13,257f).
Die Befürworter der Beschneidung in Jerusalem und ihre in Antiochia aufgetretenen Gesinnungsfreunde standen dieser Auffassung näher als der Toleranz vieler Diasporagemeinden, die die heidnischen Sympathisanten nicht zum vollen Übertritt zum Judentum drängten, wenn sie nur mit dem Götzendienst in seiner krassen Form gebrochen hatten. Diese pharisäisch geprägten Judenchristen, die in der Forschung auch abgekürzt als »Judaisten« bezeichnet werden, verstanden das Werk Christi als einen Dienst an Israel und nur an Israel, so daß der Glaube an Jesus zur Eingliederung der Heidenchristen in das jüdische Volk führen mußte. Damit folgten diese Judaisten dem damaligen Trend der Zeit, der auf eine klare Trennung zwischen Israel und den Heiden und schließlich auf eine gewaltsame Konfrontation mit der heidnischen Weltmacht hinauslief.

2. Die Rede des Petrus (V. 6–11)

Die aufgebrochene Frage wird im Leitungsgremium der Jerusalemer Gemeinde (den Aposteln und Ältesten) kontrovers diskutiert, d.h. die strengere, gesetzestreue Richtung hat auch in diesem Kreis Befürworter (V. 6f)! Petrus jedoch unterstützt mit seiner Rede nachdrücklich den Standpunkt der Antiochener, die über ihre Erfahrungen und Praxis berichtet hatten (V. 4; vgl. V. 12). (Lukas führt das nicht aus, sondern erwartet, daß seine Leser sich hier an die Geschichten von Kap. 13f erinnern.)

Die Rede hat zwei Hauptteile: einen Rückblick auf die Korneliusgeschichte als Präzedenzfall (V. 7–9) und ein daraus erwachsendes Votum zu der aktuellen Streitfrage (V. 10f). Letzteres ist wiederum zweigeteilt in Negation (V. 10) und Position (V. 11).

Die Mission des Petrus im Hause des Kornelius wird auf zwei springende Punkte hin zugespitzt: auf die souveräne Geschichtslenkung Gottes in dieser Frage und auf die Geistesgabe als eine Art Gottesurteil, das die gläubigen Heiden den Judenchristen gleichstellte. Letzteres erinnert an die Argumentation des Paulus in Gal 3,1–5.

Die Frage der »Reinheit« wird etwas anders beantwortet als in Apg 10,28: Während dort die Unterscheidung zwischen reinen und unreinen Menschen grundsätzlich abgelehnt wird, vertritt Petrus hier in V. 9 die Ansicht, daß Gott die Herzen dieser Neubekehrten durch den Glauben gereinigt habe. Das dürfte mit dem umstrittenen Thema der Beschneidung zusammenhängen, das hier zur Diskussion steht. Das frühe Judentum hat den alttestamentlichen Ausdruck der »Beschneidung des Herzens« (Dtn 30,6; Jer 4,4) als gleichbedeutend mit »Reinigung des Herzens« verstanden. Petrus meint also hier: die innere »Beschneidung« kann die äußerlich-rituelle ersetzen, und sie kann als gegeben angenommen werden, wo Menschen mit dem Geist begabt werden. (Das kommt Röm 2,28f sehr nahe!) Das sind Überlegungen, die für judenchristliche Theologie charakteristisch sind; von einer eschatologischen »Reinigung« durch den Heiligen Geist sprechen auch die Qumranschriften (vgl. u.a. Loblieder 16,11f; 17,26).

Die Deutung des Gesetzes als »Joch« (V.10) erinnert an Mt 23,4 (das Wort richtet sich ebenfalls gegen Pharisäer!) und an Gal 5,1. »Gott versuchen« oder »auf die Probe stellen« ist ein alttestamentlicher Ausdruck für die Auflehnung gegen Gott, v.a. für den Rückfall in der Wüstenzeit, als Israel im Begriff war, die Befreiungstat Gottes zu vergessen oder zu verachten (vgl. Ps 78,41f u.ö.). Damit spricht Petrus eine scharfe Warnung an die Judaisten aus, die in der Sache nicht hinter Gal 4,8–11; 5,1f zurückbleibt. Hier zeigt sich die grundsätzliche Übereinstimmung zwischen Petrus und Paulus (1 Kor 15,11; Gal 2,6–9); das inkonsequente Verhalten, das Paulus ihm einmal vorwerfen muß (Gal 2,11–14), darf nicht als Normalposition des Petrus mißverstanden werden.

3. Die Rede des Jakobus (V. 12–21)

Als Überleitung zwischen der Petrusrede und der Jakobusrede läßt Lukas noch einmal die beiden Missionare zu Wort kommen (V. 12). Ihre Berichte unterstreichen den einen Hauptgedanken der Petrusrede: in der Heidenmission ist Gott selbst am Werk. Zu diesen »Erfahrungsbeweisen« für die Legitimität der Heidenmission liefert Jakobus den »Schriftbeweis« (V. 15–18). Er ist eingerahmt von einem nochmaligen, zustimmenden Rückverweis auf die Korneliusgeschichte (V. 14) und einem konkreten Vorschlag (V. 19–21).

V. 14 ist eine Anspielung auf Dtn 14,2 oder andere Stellen, wo Israel als Gottes persönliches Eigentum bezeichnet wird (»ein Volk für seinen Namen« entspricht einer aramäischen Ausdrucksweise für diesen Gedanken). Eine Partizipation von Nichtisraeliten an der Würde des Gottesvolkes wird in Sach 2,15 geweissagt.

Das im wesentlichen aus Am 9,11f stammende Schriftzitat (V. 15–18) setzt eine alte Umdeutung des hebräischen Wortlautes voraus, die schon durch die Septuaginta bezeugt wird: Wo im Hebräischen eigentlich vom Rest »Edoms« die Rede war, las man statt Edom »Adam« (die hebräische Schrift gab ja in neutestamentlicher Zeit die Vokale meistens nicht wieder); und wo die Vokabel *jarasch* (unterwerfen) gebraucht war, las man *darasch* (suchen). So wurde aus einem Text, auf den sich die Makkabäer für ihre Unterwerfung der Idumäer (= Edomiter) berufen konnten, eine Weissagung der Heidenmission. Sie wird hiermit an die Davidverheißung angeschlossen – ein Hinweis darauf, daß man die Erwartung des davidischen Messias nicht im Sinne eines engen Nationalismus verstehen muß (vgl. auch Jes 55,3–5). Auch Paulus verbindet die Davidssohnschaft Jesu relativ eng mit seiner Bedeutung für die Heiden (Röm 1,3–5; 15,8–12). Wenn es hier in Apg 15 der leibliche Bruder Jesu ist, der auf die Davidsverhei-

ßung hinweist und deren universalistische Relevanz bejaht, so gibt gewissermaßen der derzeitige »Chef des Hauses David« eine verbindliche Auslegung dieser dynastischen Tradition.
Am 9,11f wird sonst nirgends im Neuen Testament zitiert, dafür aber zweimal in den Qumranschriften – wieder ein typisch judenchristliches Element, das Lukas im richtigen Kontext verwendet, wenn nicht auf Grund von Überlieferungen über Jakobus, dann in treffender Charakterisierung des Milieus (wozu auch die Namensform »Symeon« für Simon Petrus paßt, die der griechische Text in V. 14 bietet).
Schwierigkeiten bereitet der logische Anschluß des Vorschlags V. 19f an diesen Schriftbeweis. Er wird am ehesten verständlich, wenn man die Hauptsache in V. 19 ausgesprochen sieht: Keine Belästigung der Heidenchristen! Das bedeutet im Kontext, daß auch Jakobus die Beschneidungsforderung und die Verbindlichkeit der Tora für Heidenchristen ablehnt. Die in V. 20 vorgeschlagenen und dann auch beschlossenen Anweisungen sind demnach nicht als eine unzumutbare Belastung verstanden worden. Sie werden in V. 21 als Rücksichtnahme auf die »in jeder Stadt« vorhandenen Synagogengemeinden begründet.

4. Inhalt und Wirkung des »Aposteldekrets« (V. 20.29)

Der von der Versammlung angenommene Vorschlag des Jakobus wird von Lukas in 21,25 noch einmal im Munde des Jakobus ins Gedächtnis gerufen. Die dreimalige Zitierung muß bedeuten, daß die Sache nach Meinung des Lukas wichtig war. Er berichtet auch in 15,31 von der positiven Aufnahme des Beschlusses in Antiochia und in 16,4 von der Weitergabe der Jerusalemer Weisungen an die Missionsgemeinden in Kleinasien (letzteres geht über die Adressierung des Beschlusses in 15,23 hinaus!).
Inhaltlich geht es im sogenannten Aposteldekret, das nach 15,22 eigentlich kein Erlaß einer Kirchenbehörde, sondern eine von der ganzen Gemeinde mitgetragene Entscheidung ist, vor allem um kultische Fragen: um die Vermeidung von allem, was »unrein« macht. Daß für Christen eine weitere aktive Beteiligung am Götzendienst nicht in Frage kam, war selbstverständlich (vgl. u.a. Apg 14,15). Darum dürfte es hier um die Forderung gehen, sich auch nicht passiv in das heidnische Kultwesen verwickeln zu lassen, etwa durch die Teilnahme an Festmählern, die mit Opferhandlungen verknüpft waren. (Wie schwer die Grenzen in der Praxis zu ziehen waren, wird in 1 Kor 8 und 10 deutlich!) Die

Beachtung mosaischer Speisegebote war die selbstverständliche Voraussetzung für eine Tischgemeinschaft, an der die Judenchristen ohne Verleugnung ihrer jüdischen Sitten teilnehmen konnten. Wenn in dieser Reihe auch die Unzucht genannt wird, so muß man die enge Nachbarschaft von kultischen und sexualethischen Normen im Pentateuch als Hintergrund annehmen (Lev 17f). Auch hat die »Tateinheit« von Götzendienst und Unzucht eine reale Grundlage in der verbreiteten Praxis der Tempelprostitution. Schließlich stand das abschreckende Beispiel von Num 25 dem frühen Judentum lebhaft vor Augen (vgl. 1 Kor 10,7f). Vielen Auslegungen spürt man ein gewisses Unverständnis für die geschichtliche Notwendigkeit dieser Bestimmungen an. Das hängt natürlich damit zusammen, daß das Judenchristentum als ebenbürtiger Partner der Heidenchristen verschwunden ist. Die Judenchristen wurden im Laufe der beiden jüdischen Aufstände zahlenmäßig dezimiert; bei der Entwicklung der altkirchlichen Dogmen gerieten sie ins Abseits (worüber kritisch nachzudenken wäre); und das spätere Kirchenrecht zwang sie zur völligen Preisgabe ihrer jüdischen Sitten und Bräuche. Um so wichtiger ist es, daß die Alte Kirche jahrhundertelang das Aposteldekret bejaht und befolgt hat, jedenfalls in weiten Bereichen. Sein Zurücktreten in späterer Zeit erklärt sich teilweise aus der Ausbreitung der Kirche in Gebiete, in denen es keine Synagogengemeinden gab (vgl. 15,21), aber auch aus der inneren Distanzierung gegenüber dem Judentum.

Praxis

Thema: Gegensätze, Standpunkte, Meinungsverschiedenheiten

Vorschlag A: Juden- und Heidenchristen

1. Wenn der Gegensatz zwischen Judenchristen und Heidenchristen nicht schon aus der Beschäftigung mit den vorhergehenden Kapiteln der Apostelgeschichte bekannt ist, sollte er einleitend kurz erläutert werden:

- Die Jünger blieben nach Ostern der jüdischen Religion weiter verbunden.
- Die Jünger haben nicht sofort erfaßt, was es bedeutet, daß die Gute Nachricht von Jesus Christus allen Menschen gilt.
- In der Praxis ergaben sich Unstimmigkeiten zwischen denen, die

sich auch als Christen weiterhin nach den Vorschriften der jüdischen Religion richten wollten (und dies auch von anderen verlangten), und denen, die dies aus ihrem Verständnis des christlichen Glaubens heraus nicht für nötig hielten oder ablehnten.

2. Zunächst werden die Verse 1–21 miteinander gelesen. Dann wird zu jeder »Partei« eine Gruppe gebildet, in der die übernommene Position aus dem Text, mit Hilfe anderer Stellen in der Apostelgeschichte und nach eigener Meinung erarbeitet wird.
Die Gruppen erhalten je ein DIN A3-Blatt (aus einem Zeichenblock), auf dem (im Querformat) in der linken Hälfte in Form von Thesen, Forderungen und begründenden Argumenten der Standpunkt der Judenchristen bzw. der Heidenchristen formuliert wird. Auf der anderen Hälfte wird die gegensätzliche Auffassung aus der Sicht der übernommenen Rolle dargestellt.
Da der Standpunkt der Judenchristen aus christlicher Sicht schwerer zu vertreten ist (obwohl er der Sache nach in anderer Form immer wieder auftritt), kann dieser Gruppe Formulierungshilfe gegeben werden, z. B. mit Argumenten wie:

- Jesus war selbst Jude und hat sich an das Gesetz gehalten.
- Auch der neue Glaube muß eine gemeinsame Form haben. Warum sollen das nicht die Beschneidung und Reinheitsvorschriften sein, die sich sehr gut vom christlichen Glauben her deuten lassen?
- Nach Apg 21,20 ging die Zahl der Judenchristen in die Tausende. Sie vertreten die Tradition, aus der auch der christliche Glaube stammt. Wir können es uns nicht leisten, sie zu verlieren.
- Eine feste Form mit bestimmten religiösen Gebräuchen kann dem Christentum in der unüberschaubaren Vielfalt der Religionen einen Zusammenhalt geben.
- Sollen wir das, was wir gewohnt sind, aufgeben, ohne zu wissen, was kommt?
- Es wird in der Praxis zuviele Schwierigkeiten geben (z.B. bei der Tischgemeinschaft, bei Mischehen), wenn die Einheit nicht gewahrt bleibt.

3. Die gegensätzlichen Standpunkte werden dann in einem *Rollenspiel* (durch 2–3 Sprecher der Gruppen) vorgetragen und vertreten. Danach sollen sie eine eigene Lösung finden. (Hierzu können die Gruppen zwischendurch nochmals unter sich beraten.) Das Ergebnis wird mit Apg 15,19–21 verglichen.
4. Wenn noch Zeit ist, können die Gruppen nach dem Gespräch kurz überlegen, wie sie ihren Gemeinden das Ergebnis in einem Brief mitteilen und erläutern würden. (Dieser Brief kann mit Gal 2,21 verglichen werden, s. Vorschlag C.) Fragen

für die Auswertung: Wird darin der eigene Sieg gefeiert, der Kompromiß entschuldigt, die Gegenposition fair einbezogen und zukunftsorientiert gedacht?

Vorschlag B: Verständigung oder fauler Kompromiß?

1. Nach der Lektüre von Apg 15,1–35 wird in Untergruppen die beim »Apostelkonzil« gefundene Lösung kritisch geprüft. Dabei soll jeder Teilnehmer zunächst seine eigene Beurteilung in knapper Form aufschreiben und der Gruppe vortragen.
Es ist zu erwarten, daß jüngere Teilnehmer die damals gefundene Übereinkunft nicht einmal als Minimalkonsens oder Kompromiß anerkennen werden.
2. Die Diskussion kann im Plenum mit folgenden Fragen weitergeführt werden:
- In welcher Absicht wurde der Bericht geschrieben?
- Worin unterscheiden sich V. 1–21 und V. 22–34?
- Wie schätzen Sie die Praktikabilität der gefundenen Regelung ein?
- Welche Folgen hätte es vermutlich gehabt, wenn sich die beiden »Parteien« nicht geeinigt hätten?
- Warum waren den Juden die genannten Vorschriften so wichtig?
- Wie ist in diesem Zusammenhang die Kollekte zu beurteilen, die von Heidenchristen für die Judenchristen in Jerusalem gesammelt werden sollte?
- Worin liegt die Bedeutung dieses »Berichtes« für uns?
- Wie steht es heute mit der Verständigung über Mission(smethoden), Mitgliederwerbung, Gottesdienstbesuch, Anerkennung abweichender moralischer (insbesondere sexueller) Verhaltensweisen?
- Welche Gegensätze entsprechen heute den damaligen von Juden- und Heidenchristen?

Vorschlag C: Der blinde Fleck im eigenen Auge

Apg 15,1–35 wird mit Gal 2,1–21 verglichen. Hierzu können zwei Gruppen gebildet werden, die sich darauf vorbereiten, jeweils eine der Darstellungsweisen zu vertreten. (Welche Gründe könnte es gehabt haben, wenn auch die Darstellung des Paulus nicht ganz den Tatsachen entsprechen würde?) Ergebnis dieser Arbeit sollte sein:

Auch Christen vertreten untereinander ihren jeweiligen Standpunkt parteilich und nehmen die Auffassung anderer nur eingeschränkt wahr.
Wenn auch die judenchristliche Position später keine Rolle mehr spielte, so ist sie doch als eine Entwicklungsstufe des Christentums bzw. der christlichen Kirche zu verstehen und anzuerkennen.

Das Evangelium kommt nach Europa

Apostelgeschichte 15,36–16,40

Unter dieser Überschrift läßt sich der erste Teil der zweiten Missionsreise besprechen, der mit der ersten Gemeindegründung auf europäischem Boden – in Philippi – sein Etappenziel erreicht. Über den Weg dorthin bietet Lukas nur wenige knappe und zum Teil schwierige Nachrichten.

Die Reise führt diesmal über Zilizien direkt in den südgalatischen Raum und weiter nach Westen (15,41; 16,6f). Hier kommt es zu einem »Veto des Heiligen Geistes« gegen eine Mission in der Provinz Asien, die westlich des pisidischen Antiochia begann. Dabei ist am ehesten an ein Prophetenwort zu denken (vgl. 21,10f); doch könnte auch ein Gemeindebeschluß so bezeichnet werden (vgl. 15,28). Das Paulus-Team beugt sich der Weisung und zieht, ohne missionarisch tätig zu werden, in Richtung Mysien – Bithynien. Schließlich erhält Paulus in einer Vision die Weisung, in Mazedonien zu missionieren (16,9f).

An der Reiseroute fällt auf, daß Paulus sich nicht in der Hafenstadt Neapolis niederläßt, sondern zielstrebig zum nächstgelegenen regionalen Zentrum Philippi – und damit wieder einmal zu einer römischen Kolonie weiterreist (vgl. 13,13f).

Die Gemeindegründung in Philippi (V. 12–15)

In Philippi findet das Paulus-Team keine Synagoge vor, sondern nur eine Gebetsstätte außerhalb der Stadt. Um eine regelrechte Synagoge handelt es sich wohl deshalb nicht, weil nur weibliche Gottesdienstteilnehmer erwähnt werden, während für den Synagogengottesdienst nach jüdischem Recht mindestens zehn Männer vorhanden sein müssen. Die Angaben über die Lage der Gebetsstätte (V. 13) deuten auf ein Bogentor, das ca. 2 km außerhalb der Stadtmauer die Grenze des Stadtgebiets markierte und dessen Reste erhalten sind. Diese Lokalisierung hat religionspolitische Bedeutung: im Stadtgebiet Roms und darum auch jeder römischen Kolonie durften nur offiziell anerkannte Kulte ausgeübt werden. Die Gemeinde von Philippi entsteht also in einem gesellschaftlichen Abseits: in einer Gruppe von Frauen, die bereits als solche sozial diskriminiert waren und deren jüdische Religion von den örtlichen Behörden (und der Bevölkerung; vgl. V. 20f!) abgelehnt wurde.

Eine dieser Frauen scheint allerdings als Chefin einer Firma einen gewissen sozialen Status besessen zu haben, nämlich die unter ihrem Herkunftsnamen *Lydia* (»die Lydische«) erwähnte Purpurhändlerin aus Thyatira im kleinasiatischen Lydien (vgl. Offb 2,18ff). Dort gab es schon seit ca. 200 v. Chr. eine jüdische Diaspora. Ihr Haus wird zum Kern der Gemeinde und zum Quartier der Missionare. Das scheint eine typische Rolle bedeutender Frauen der Urkirche gewesen zu sein (vgl. Apg 18,18.26; Röm 16,3; 2 Tim 4,19 zu Priska, Röm 16,1f zu Phöbe). Zum Vorbild solcher Frauen erhob die Urkirche die Rahab von Jericho, die als Proselytin und Gastgeberin zugleich gerühmt wurde (Hebr 11,31; Jak 2,25; 1 Klemens 12,1).

Der Konflikt mit der römischen Sklavenhaltergesellschaft (V. 16–24)

Eine andere für die Entwicklung in Philippi wichtige Frauengestalt bleibt für uns namenlos. Es ist die medial veranlagte Sklavin, die ihren Besitzern durch Wahrsagerei Gewinn brachte. Die mantische Fähigkeit muß also oft genug aufgetreten sein, um daraus ein Geschäft zu machen. Daß von einer Mehrzahl von Besitzern gesprochen wird (V. 16), läßt den kommerziellen Wert dieser Sklavin erahnen, wie auch die Fortsetzung bestätigt (V. 19). Vielleicht war sie auch schon ein teurer Kauf gewesen, so daß man sich für diese Investition zusammentun mußte.

In vielen antiken Texten und auch im Neuen Testament (Kol 3,18–4,1; Gal 3,28) werden Frauen und Sklaven in einem Atemzug genannt. Weibliche Sklaven standen darum mit an unterster Stelle in der Gesellschaft. Auch die mediale Veranlagung dürfen wir nicht als ein Glück für die Betroffene mißverstehen. Daß Paulus diesem dämonischen Charisma eines Tages ein Ende setzt, ist als eine Heilung und Befreiung zu sehen (vgl. Apg 10,38), auch wenn der Bericht diesen Aspekt hier nicht herausstreicht.

Der Vorfall wird von Lukas nicht unter seelsorgerlichem Aspekt berichtet, sondern als Störung des missionarischen Wirkens in der Stadt. Man könnte fragen, wieso Paulus es nicht positiv wertet, wenn diese Sklavin aus ihrem übernatürlichen Wissen heraus öffentlich verkündet: »Diese Menschen sind Diener des höchsten Gottes, die euch einen Weg des Heils predigen« (V. 17). Aber genauso, wie Jesus die messianischen Bekenntnisse der Dämonen unterbindet (Lk 4,41 Parr.), verzichtet Paulus auf diese fragwürdige »Schützenhilfe«, zumal die Ausdrücke »der höchste Gott«

und »Weg des Heils« noch durchaus heidnisch-polytheistisch deutbar waren. Gerade auch die Frage nach dem Heil wird nicht erst durch die in biblischer Tradition stehende Missionspredigt aufgeworfen, sondern stellt sich auch aus heidnischen Denkvoraussetzungen (vgl. V. 30).

Das charismatische Machtwort des Paulus, mit dem er befreiend in das Leben dieser Sklavin eingreift, ist zugleich ein Angriff auf gesetzlich geschützte kommerzielle Belange, und das hat juristische Konsequenzen. Paulus und Silas werden auf das Forum geschleppt, wo Recht gesprochen wurde (die Übersetzung »Markt« weckt hier falsche Assoziationen). Überraschend und vielsagend ist die Formulierung der Anklage, die den kommerziellen Aspekt völlig verschweigt. Anstatt schlicht eine finanzielle Entschädigung für den erlittenen Vermögensverlust einzuklagen, schlagen die Sklavenbesitzer Alarm mit der Behauptung, daß der römische Charakter der Stadt in Gefahr sei. Das war das stärkste denkbare politische Argument gegen die christliche Mission (die hier als jüdische Mission interpretiert wird!); denn die Bürgerschaft von Philippi stammte von römischen Veteranen und umgesiedelten italischen Bürgern ab und besaß das *ius italicum*, was sich auch in den von Lukas exakt wiedergegebenen Verfassungsverhältnissen spiegelt. Die Stadt hatte den politischen Auftrag, in dieser religiös und kulturell bunt gemischten Region die römische Kultur und natürlich die römische Herrschaft zu festigen.

Daß die christlichen Missionare hier – ohne das zu dementieren – als *Juden* angeklagt, mißhandelt, verhaftet und schließlich ausgewiesen werden, wird viel zu wenig beachtet. Der Schriftsteller Lukas macht hier keinen Versuch, den in Philippi zu Wort kommenden heidnischen Antijudaismus von der Kirche abzulenken, indem er etwa den Gegensatz zwischen Judentum und Christentum unterstrichen hätte. Die fundamentale Zusammengehörigkeit der Kirche mit Israel, die er an vielen Stellen betont, ist ihm eine Leidensgemeinschaft wert – ganz im Gegensatz zur späteren Strategie der Kirche.

Will man den Konflikt in Philippi auf griffige Formeln bringen, so läßt sich sagen: Der Widerstand gegen das Evangelium formiert sich aus Kreisen des antiken Kapitalismus und operiert mit Schlagworten des römischen Nationalismus und des heidnischen Antijudaismus. Das Zusammenwirken dieser drei Faktoren in der neueren deutschen Geschichte ist also nicht ohne Vorbild.

Die Befreiung aus dem Gefängnis und die Abschiebung aus der Stadt (V. 25–40).

Der Ausgang der Geschichte ist merkwürdig gespalten. Einerseits wird ein Befreiungswunder berichtet, das die Bekehrung des Gefängniswärters und seiner ganzen Familie zur Folge hat (V. 25–34). Anderseits verfügen die Behörden am folgenden Tag die Freilassung der beiden Missionare (V. 35), was jedoch nichts daran ändert, daß sie in Philippi *personae non gratae* geworden sind (V. 39). Nicht einmal der nachträgliche Appell an ihr römisches Bürgerrecht, der ihre vorherige Mißhandlung als groben Rechtsbruch erweist, führt zur völligen öffentlichen Rehabilitierung (V. 37ff). Das zeigt, wie stark die Kräfte waren, die sich der Mission in den Weg stellten, läßt aber auch zweifeln, ob das nächtliche Geschehen so wunderhaft war, wie Lukas es schildert. Man sollte es aber nicht rationalistisch zu erklären suchen, so als ob ein ganz natürliches Erdbeben nebenbei auch die Türen (und Ketten!) des Gefängnisses aufgesprengt hätte (V. 26). Lukas meint schon ein gezieltes, in mehrfacher Hinsicht wunderbares Eingreifen des Gottes, den Paulus und Silas in ihrem mitternächtlichen Gesang lobten (V. 25). Daß das Wunder zur Gründung einer Hausgemeinde führt, läßt an sich an eine Ortstradition der Gemeinde von Philippi denken. Die Gestalt der Überlieferung erinnert jedoch in so hohem Maße an literarische Parallelen (vgl. z.B. Euripides, Bakchen 443–447), daß man der frommen Phantasie an ihrer Formung einen großen Anteil zugestehen muß.

Praxis

Vorschlag A: Nicht sitzenbleiben (15,36–41)

1. Paulus und Barnabas waren nach Antiochia zurückgekehrt. In Jerusalem fand eine Versammlung statt, bei der die Fortsetzung der Ausbreitung des Evangeliums unter Juden und Heiden geklärt wurde. Paulus und Barnabas wollen nun nach den Brüdern und Schwestern sehen, die sie in den Städten, in denen das Wort verkündet wurde, gefunden haben. Sie bereiten eine neue (Missions-)Reise vor.
Nach dem letzten Krieg wurde die Mission – im evangelischen Raum bis dahin von Missionsgesellschaften betrieben – eng

mit den Kirchen verbunden. Mission galt nicht mehr als eine Aufgabe unter anderen, die auch neben einer verfaßten Kirche wahrgenommen werden kann. Sie wird zu Dimension der Kirche erklärt. Mission und Kirche sind untrennbar. Kirche entsteht durch Mission, Mission läßt Kirche Kirche bleiben. Sie hat ihr Wesen im Gehen, in der Bewegung auf andere, Außenstehende, Ferne, Fremde zu.
Wir überprüfen, ob und inwieweit diese Beschreibung von Kirche in unser Bewußtsein eingegangen ist und wir die Bewegung in uns, in unserer Gemeinde und Kirche wahrnehmen. Dazu notieren wir Einfälle auf Zetteln oder einer Tafel im Rahmen eines »stummen Dialogs« und treten danach in Gruppengespräche ein.
2. Empfinde ich diese Bewegung nach außen, auf andere zu, als belastende Unruhe oder umgekehrt als Umsetzung von Unruhe in befriedigendes, mich tragendes Handeln? Christen haben ein großes Ruhebedürfnis, heißt es. Sie suchen Gottesdienste, Versammlungen und Kirchen auf, um Ruhe zu finden. Macht das nicht blind und taub, zu erkennen, wofür ich begabt bin, wo ich gebraucht werde, und daraus Leben zu gestalten? Trifft das auch für mich zu?
Wir lassen uns auf diese Fragen in Zweiergesprächen ein und berichten in der Gruppe oder im Plenum in der Form, daß jeder versucht, kurz wiederzugeben, was der Nachbar gesagt hat über sein Ruhebedürfnis und über seine Hoffnungen, zu einer Lebensgestaltung zu kommen, die seine Fähigkeiten und die an ihn ergehenden Herausforderungen aufeinander bezieht.

Thema B: Geist, der wehrt – Geist, der leitet (16,6–10)

1. Ausgedrückt wird in 16,6–7, daß das, was Paulus und Silas wollten, nämlich »das Wort reden«, nicht geschah, weil es nicht geschehen konnte; daß sie Ziele, die sie erreichen wollten, nicht erreichten.
Was war geschehen, was hätte passiert sein können? Mit welchen Mitteln, auf welche Weise unterbindet der Heilige Geist? In der Auslegung lesen wir: durch ein Prophetenwort oder einen Gemeindebeschluß.
Mit der Formulierung: »vom Heiligen Geist verwehrt«, wird hoch gegriffen. Bescheidener kann besser sein, weil es konkreter und damit auch klarer ist.

Wer hat es schon gewagt, den Heiligen Geist oder den Geist Jesu ganz konkret als Regisseur seines Lebens zu bezeichnen? Wer wagt es jetzt, davon etwas mitzuteilen? Wir gehen dazu in kleine Gruppen.
Eine Vision bei Nacht, ein Traum, eine Stimme (16,9–10). Schön, wer so etwas erlebt, oder auch schrecklich. Es geht um Signale, um Antworten auf wichtige Fragen, um Gewißheiten! Wie gewinne ich sie?
In Gruppen erzählen wir von solchen Erfahrungen aus unserem Leben.

Thema C: Konfliktträchtige Gemeindegründung (16,11–22)

1. Die erste Gemeinde auf europäischem Boden. Wir tragen im Plenum zusammen, was wir über Philippi erfahren, schreiben es auf Wandtafel oder Bögen, überdenken es und halten das Besondere, Eigenartige, für uns Fremde der Gemeindegründung fest. Wir sprechen aus, worin wir eine Chance und worin wir aufgrund eigener Erfahrung Schwierigkeiten für eine Gemeindegründung sehen.
2. Konflikt mit einflußreichen Geschäftsleuten – ausgelöst durch die Begegnung mit der Magd (V. 16–18).
Was fällt uns an der Frau auf, wie empfinden wir sie? Wer hat Erfahrung im Umgang mit solchen Frauen? Wer kann sagen, wie er reagiert hätte? Wie empfinde und wie beurteile ich das, was Paulus tut?
Die Frau war krank, würden wir sagen. Sie war übersensibel, könnten wir sagen. Sie hatte ungewöhnliche, überdurchschnittliche, unheimliche Fähigkeiten. Was würde ich sagen?
Auf alle Fälle lebte die Frau von diesen Fähigkeiten. Paulus heilte sie. Der Bericht verschweigt, was danach aus ihr wurde. Möglicherweise brachte die Heilung sie um ihre Existenz. Alleinstehende Frauen waren von Not bedroht. Was wäre das größere Übel? Wahrsagerin zu sein im Dienste von Zuhältern, aber versorgt, oder geheilt zu sein, aber verstoßen?
Wir führen darüber Zweiergespräche und schließen eine Pro- und Kontra-Diskussion über diese Heilung an.
3. Helfen muß gekonnt sein. Die Heilung der Wahrsagerin und das lebensrettende Verhalten des Paulus und Silas im Gefängnis machen darauf aufmerksam. Die Tonbildreihe »Eine Rose für die Bettlerin«, Laufzeit 6 Min., bringt in zarter Weise das Nachdenken darüber in Gang.

Thema D: Im Gefängnis (16,23–34)

1. Wir machen uns im Plenum oder, wenn es zu groß ist, in Gruppen Situation und Verhalten des Paulus und Silas im Gefängnis bewußt und sammeln dazu in Stichworten die Aussagen des Textes an der Wandtafel oder auf Bögen. Was uns besonders auffällt, großartig, fremd oder unvorstellbar erscheint, halten wir fest.
2. Paulus verhält sich anders als Petrus, der nach Apg 12,1–17 in eine ähnliche Situation geriet. Wir vergleichen die Situation des Petrus mit der des Paulus und das Verhalten beider Apostel.
3. Gibt es im Gefängnis einen Nächsten, wer kann es sein, wer kann es nicht sein? Es sind Geschichten über das Verhältnis zwischen Gefangenen und ihren Aufsehern, über die Beziehung von Verurteilten und Vollzugsbeamten, es sind Gespräche und Wortwechsel zwischen zum Tode Verurteilten und ihren Henkern bekannt. Die öffentlichen Bibliotheken stellen Bücher zur Verfügung, in denen das ergreifend nachzulesen ist. Wir lesen im Plenum daraus vor, versuchen uns in die Situation einzufinden und sprechen Empfindungen und Gedanken aus. (Ein solches Buch ist »Asperg, ein deutsches Gefängnis«, Wagenbach Verlag, oder »Hinter Schloß und Riegel«, Szenen aus dem Knast, Fischer-Taschenbuch.)
4. Wer sich als Nächster erlebt, wie der Kerkermeister, bekommt eine Chance, ein anderer Mensch zu werden. Christsein ist eine Existenzform, die anderen Menschen die Chance gibt, ein anderer Mensch zu werden. Pater Maximilian Kolbe gab dafür ein leuchtendes Beispiel.
Wir versuchen, in Gruppen dazu Stellung zu nehmen und formulieren weitere Sätze, die das Christsein definieren.
5. Das 16. Kapitel ist voller Bewegung. In ihm ist viel vom Gehen, Ziehen, Herausgehen die Rede. Erfahrung reiht sich an Erfahrung. Höhen und Tiefen, Loben und Leiden wechseln sich ab. Ist es das, worauf wir uns einlassen, wenn wir versuchen, Christ zu sein, und Herausforderungen annehmen, durch die hindurch wir den Ruf Gottes hören? Wer kann dazu etwas sagen? Wir bilden dafür Gruppen.

Der Apostel und die Philosophen

Apostelgeschichte 17,16–34

1. Der Kontext der Rede auf dem Areshügel (V. 16–21)

Über die Tätigkeit des Paulus in Athen besitzt Lukas nur wenige Nachrichten. Es ist von Gesprächen in der Synagoge und auf dem Forum die Rede, aber über die Reaktion der jüdischen Gemeinde erfahren wir hier nichts. Das dürfte damit zusammenhängen, daß Paulus eben in dieser Zeit allein war und sich bewußt zurückhielt, weil ihm die nötigen Mitarbeiter fehlten (vgl. 18,5); und es fehlten damit wohl die Tradenten, denen Lukas seine sonstigen Kenntnisse verdankt. Wenn der einzige ausführliche Bericht über das Wirken in Athen auf Erinnerungen eines Mitarbeiters beruht, so könnte er auf Timotheus zurückgehen, der Paulus kurz in Athen getroffen hatte, um dann noch einmal nach Thessalonich zu reisen (vgl. 1 Thess 3,1f).

Zur Zeit des Paulus war Athen längst kein politisches oder wirtschaftliches Zentrum der alten Welt mehr. Als einziger Überrest seiner früheren Größe blühten das Bildungswesen – und der Tourismus. Lukas hat mit wenigen Strichen eine meisterhafte Skizze des Athener Milieus gezeichnet: Überladen mit heidnischen Kultgebäuden – bevölkert von eingebildeten Philosophen und ihren Schülern – gierig nach Neuigkeiten aus der Welt, die sich leider nicht mehr um Athen dreht (V. 16.18.21).
Im einzelnen nennt Lukas Vertreter der epikureischen und stoischen Richtung als Gesprächspartner des Paulus. Epikur (341–270 v. Chr.) hatte eine stark diesseitig orientierte Lebenskunst verkündet, in der die Götter oder Gott keine wirkliche Rolle spielten. Das Streben nach Glück aus eigener Kraft wurde im Judentum und in der frühen Kirche zum Inbegriff von Gottlosigkeit und Egoismus, so daß der Begriff »Epikuräer« gleichbedeutend wurde mit »Freigeist« oder »Libertinist«.
Wesentlich positiver konnten jüdische und christliche Denker die Anliegen der stoischen Philosophie werten, die von Zenon um 300 v. Chr. begründet worden war. Josephus vergleicht die Stoiker einmal mit den Pharisäern (Vita 12); einmal nennt er sie in einer Reihe griechischer Philosophen, deren Gottesbild mit dem des Mose übereinstimmt (Contra Apionem II 168). In Wirklichkeit besteht freilich gerade hier ein fundamentaler Gegensatz: Die

Stoiker kennen nur die allgemeine Fürsorge Gottes für das Weltganze, das er vernünftig geordnet hat – genauer: für sie ist der Logos, der die Natur durchwaltet, göttlich. Das biblische Zeugnis vom Eingreifen Gottes in den Lauf der Dinge (die *providentia Dei specialis*) hat im stoischen Weltbild keinen Platz, weshalb die Stoiker auch kein konkretes Bittgebet zulassen. Das stoische Ethos verlangt vom Menschen, sein Leben den Gesetzen der Natur vernünftig anzupassen und alle Schicksalsschläge als naturnotwendig hinzunehmen.
In der Popularphilosophie und Literatur der neutestamentlichen Zeit gingen stoische und epikureische Gedanken vielfältige Verbindungen ein. Beiden Richtungen gemeinsam war das Akzeptieren der Endlichkeit menschlichen Lebens und der Versuch, die Schattenseiten des Lebens emotional zu bewältigen. Darum mußte die Botschaft von der Auferstehung, mit der Paulus in ihr Blickfeld tritt (V. 18 und 31), in ihren Augen illusionär erscheinen (V. 32). Doch ist die Ablehnung nicht allgemein: Lukas weiß sogar zwei Namen aus dem sich bildenden Gemeindekern zu nennen (V. 34; dem hier genannten Dionysios Areopagita wurden später Schriften zugeschrieben, die in Wirklichkeit im 5. Jh. n. Chr. abgefaßt sind).

Die Ortsangabe »Areopag« in V.19 ist doppeldeutig und daher umstritten. Sie bedeutet wörtlich »Areshügel« und bezeichnet von daher primär eine Anhöhe auf dem Weg vom Forum zur Akropolis. Es gab in Athen jedoch auch ein altes aristokratisches Gremium, das dort tagte und danach benannt wurde. Wurde Paulus vor dieses Gremium zitiert, dem nach V. 34 einer seiner Hörer auch angehört haben soll? Gerade dieser Vers spricht gegen eine solche Annahme; denn sonst wäre Dionysios nicht der einzige Areopagit unter den Hörern der Rede, und Frauen wie die hier erwähnte Damaris waren in diesem Gremium nicht vertreten.

2. Die Rede auf dem Areopag (V. 22–31)

Folgende Gliederung läßt sich diesen zehn Versen entnehmen:

1. Anknüpfung an die Situation (V. 22b–23a)
2. Angabe der Thematik (V. 23b)
3. Entfaltung der biblischen Gotteslehre bei gleichzeitiger Kritik am heidnischen Kultwesen (V. 24f).
4. Lehre von der Erschaffung und Bestimmung des Menschen (V. 26f).
5. Erneute Behandlung der Gotteslehre mit spezieller Kritik an den Götterbildern der religiösen Kunst (V. 29).
6. Aufruf zur Umkehr im Namen Gottes (V. 30).
7. Begründung des Umkehrrufs mit der Ankündigung des Weltgerichts, mit dem Gott den Auferstandenen betraut hat (V. 31).

Der Anfang der Rede spielt auf die Religiosität der Athener in einer Weise an, die von den Hörern nur als Kompliment verstanden werden konnte. Daß dem heidnischen Bemühen um die Götter die rechte Gotteserkenntnis fehlt, zeigt der Fortgang der Rede. (Zum Phänomen der Gottesverehrung ohne hinreichende Gotteserkenntnis vgl. Joh 4,22 und Röm 10,2!)
Altäre unbekannter Götter (V. 23) sind für Athen auch außerbiblisch literarisch bezeugt, nur bisher nicht in der für diese Rede rhetorisch wichtigen Singularform. Sie erlaubt dem Apostel hier, von dem einen Gott zu reden, ohne sogleich in eine Diskussion über den Polytheismus einzutreten. Bei den philosophisch geprägten Hörern kann er ohnehin eine Neigung zum Monotheismus als gegeben annehmen.
Der Einsatz bei der Erschaffung der Welt durch Gott und bei der Weltüberlegenheit Gottes (V. 24) läßt die Gotteslehre dieser Rede trotz aller Anknüpfung sofort in Gegensatz zur Kosmologie der griechischen Philosophenschulen treten, die von der Ewigkeit der Welt ausgingen und keine klare Unterscheidung zwischen Gott und Welt kannten.
Auf der anderen Seite kam die Betonung der Transzendenz Gottes (V. 24b) und seiner Bedürfnislosigkeit (V. 25) philosophischem Denken entgegen, wie es auch Josephus in seiner Wiedergabe des Tempelweihgebets aus 1 Kön 8 in Ant. 8,111–113 aufnimmt, wo es heißt:

Unmöglich können die Menschen mit Werken Gott für die erhaltenen Wohltaten danken; denn die Gottheit bedarf nichts und ist zu erhaben, als daß ihr damit vergolten werden könnte.

Die Erschaffung durch den einen Gott begründet die Einheit der Menschheit (V. 26), womit die Rede dem Kosmopolitismus der Stoiker nahekommt; das ganze Volk der Menschen soll die ganze Oberfläche der Erde bewohnen, deren Grenzen (gegenüber dem Ozean, vgl. Jer 5,22; Ps 104,9) und (Jahres-)Zeiten (Gen 8,21f) Gott festgesetzt hat (Ps 74,17). Lukas meint nicht, wie manchmal angenommen wurde, die Dauer und geographische Ausdehnung der Völker und Staaten.
Die Gaben des Schöpfers sind eine Einladung, »Gott zu suchen«, der trotz seiner Weltüberlegenheit jedem einzelnen Menschen nahe ist (V. 27; vgl. Jes 58,2). »Gott suchen« ist im Alten Testament ein bevorzugter Ausdruck für die gelebte Frömmigkeit, besonders in Abrenzungen gegenüber dem Götzendienst (Jes 65,1–10; Jer 8,2; Zef 1,6 u.ö.). Die Betonung der Nähe Gottes zu al-

len Menschen könnte noch einmal kritisch zum Tempelwesen gemeint sein, das Gott zu sehr an bestimmte Orte bindet (vgl. Josephus, Ant. 8,108).
V. 28 untermauert das mit einem heidnischen Dichterzitat (Aratos, Phainomena 5), das auch in seinem ursprünglichen Kontext die Fürsorge Gottes für die Menschen unterstreicht. Der Gedanke der »Gottverwandtschaft« ist im Munde des Paulus freilich auf keinen Fall naturhaft oder metaphysisch zu verstehen, sondern als Synonym zu Gotteskindschaft (was im Lukanischen Werk durchaus die Geschöpflichkeit des Menschen meinen kann; vgl. Lk 3,38).
V. 29 leitet daraus das biblische Bilderverbot ab (vgl. Röm 1,23), das schon im Judentum den Gegensatz zum Heidentum markierte.
V. 30 kehrt mit dem Gedanken der Unwissenheit zu V. 23 zurück, wodurch die Rede eine thematische Geschlossenheit bekommt. (Auch die Wörter für »verkünden« und »gebieten« in V. 23 bzw. 30 bilden eine Klammer, weil sie vom gleichen Wortstamm gebildet sind.) Inhaltlich bedeutsam ist, daß der heidnischen Religion durch den Aspekt der Unwissenheit jede *moralische* Schuldhaftigkeit abgesprochen wird (vgl. 14,16). Erst die Verweigerung der Umkehr, zu der *jetzt* aufgerufen wird (V. 30), wäre Auflehnung gegen Gott. Denn erst mit der Auferweckung Jesu hat Gott sich in einer Weise offenbart, die alle Menschen auf der ganzen Welt vor die Entscheidung stellt und mit dem kommenden Weltgericht konfrontiert (V. 31, vgl. 10,42).

Mit diesem Schluß ist die Areopagrede inhaltlich weiter vorgedrungen als die kürzere Heidenpredigt von 14,15–17; die eigentliche Heilsbedeutung Jesu bleibt damit noch unausgesprochen. Die Weiterführung der aufgeschlossenen Hörer darf man sich auf der Linie von 1 Thess 1,10 vorstellen. Die anderen lassen sich von der Botschaft des Paulus nicht aus der Resignation herausreißen, die das Verhältnis des spätantiken Menschen zum Tode kennzeichnet: Sie quittieren das Wort von der Auferstehung (vgl. schon V. 18) mit spöttischen Bemerkungen (V. 32) und beweisen damit, daß sie dem Evangelium viel ferner stehen als das Judentum, jedenfalls das pharisäische (vgl. 23,8).

Abschließend kann man feststellen, daß diese Rede zwar in vieler Hinsicht auf das Athener Milieu und die Geisteswelt der griechischen Philosophie eingeht, dabei aber keineswegs das biblische Zeugnis von Gott verleugnet oder verdunkelt.

Praxis

Thema A: Gott suchen

1. Uns Menschen treibt es, solange wir leben, immer voran: wir sind Suchende nach Glück, Sinn, Liebe . . .
Als Einstieg in das Thema eignet sich das Lied »Suchende sind wir« aus dem Liederheft zum Jugendkreuzweg.

42 SUCHENDE SIND WIR

2. Tastende sind wir, Herr, nach einem Grund.
Laß uns greifen hinter den Sätzen: dein Geheimnis.

3. Hoffende sind wir, Herr, auf ein Zeichen.
Laß uns lesen zwischen den Zeilen dein Antlitz.

4. Wartende sind wir, Herr, auf ein Echo.
Laß uns hören zwischen den Pausen dein Atmen.

T: A. Albrecht
M: P. Janssens aus »Ihr seid meine Lieder«, 1974, Peter Janssens Musikverlag, 4404 Telgte

2. Lesen Sie den Text Apg 17,16–34. Worin läßt sich nach der Rede des Paulus Gott finden und worin nicht?
Was ist das Göttliche? Worin können wir es erkennen? Der unbekannte Gott, wie teilt er sich mit? Für die Athener, für die Christen, für uns?
Was möchte Paulus sagen mit dem Satz: »Wir sind von seinem Geschlecht«?
3. Die zentrale Botschaft des Paulus an die Athener ist, daß Gott sich finden läßt in einmaliger Weise durch Jesus Christus, den er von den Toten auferweckt hat. Diese Botschaft verstehen die Hörer nicht in rechter Weise. Auf welche Weise läßt sich für uns als Christen Gott in Jesus und seinem Leben finden?

Besprechen Sie in Kleingruppen, was Sie den »Athenern« antworten könnten, wenn an Sie die Frage von Apg 17,32 gestellt würde: »Darüber wollen wir dich ein andermal hören?« Was würden Sie Nichtchristen sagen auf die Frage: Als wer zeigt sich Gott in diesem Jesus von Nazaret, der von den Toten auferweckt wurde?
Einer aus jeder Gruppe trägt die Rede, die sie erarbeitet hat, den anderen vor.
4. Gott ist uns näher als wir uns selbst. In Apg 17,27f wird ausgesagt, daß Gott keinem von uns fern ist, daß wir sogar ganz in ihm und aus ihm leben und sind.

Schließen Sie die Augen und spüren Sie, wie Sie da sind, wo Sie sitzen, was um Sie herum ist; Sie selbst kennen sich, Ihr Aussehen. Nicht alles an Ihnen kennen Sie, das Blickfeld ist begrenzt. Ich bin Körper und kann ihn doch nicht ganz sehen. Mein Gesicht ist mir nahe, gehört ganz zu mir, ich kenne es, sehe es im Spiegel. Ich kann es mit den Händen erspüren, wie es ist, ertasten, was zu mir gehört. Und ich merke es, daß ich kenne und doch nicht kenne.
Gott suchen, ihn ertasten und finden wollen, der uns näher ist als unser Gesicht, näher als wir uns selbst sind. In ihm leben wir, aus ihm leben wir, der das Leben selbst ist und innerste Mitte allen Lebens.
Stille Besinnung dazu.

Als Abschluß kann auch der Psalm 42 (Wie der Hirsch . . .) von F. Mendelssohn-Bartholdy gehört oder der Text von den Teilnehmern gesprochen werden.

Thema B: Bilder von Gott

1. *Bilder in uns.* Aus vielen Redewendungen, die wir im Alltag verwenden, können wir erkennen, wie sehr wir in unserem Tun und Verhalten gegenüber unserer Umwelt uns von Bildern leiten lassen, wie wichtig es für uns ist, uns von den Dingen und Menschen »ein Bild zu machen«. Der Leiter kann solche Ausdrücke in verschiedenen Zusammenhängen und Bedeutungen einfach den Teilnehmern vor Augen stellen mit einer kurzen Pause nach jeder Wendung, oder sie die Teilnehmer selbst finden lassen, z.B.:

Ich mache mir ein Bild von dir.
Ich mache mir ein Bild von der Lage im Libanon.
Ich bin über seine Machenschaften im Bilde. Mir kann er nichts mehr vormachen.
Du machst dir kein Bild, wie es bei meinem Nachbarn zugeht.

Ich mache mir ein Bild von dir.
Was mir da geboten wird, entspricht nicht meinem Bild.
Ich muß mir erst ein Bild von meinem neuen Mitarbeiter machen.
Bevor ich dir sagen kann, was da geschehen ist, muß ich mich erst selbst ins Bild setzen.
Ich mache mir ein Bild von dir.
Hast du gemerkt, sie redet fast nur in Bildern.
Erzähl mir nichts, ich bin im Bilde!
Bildschön, wie sie sich bewegt!
Als ich dich neulich im Schloßgarten getroffen habe am Springbrunnen, welch ein idyllisches Bild!
Ich mache mir ein Bild von dir.
Ich mache mir ein Bild von allen Dingen.
Ich mache mir ein Bild von den Menschen.
Ich mache mir ein Bild von Gott.

2. Wie wir uns von allen Dingen und Menschen Bilder machen, so auch von Gott. Jeder von uns hat von seinen Erfahrungen her bestimmte Vorstellungen, wie Gott ist, wie er aussieht. Schon in der Bibel ist immer mal wieder vom Auge, Mund, Ohr, Finger Gottes die Rede.
Wir erinnern uns an Bilder, die wir von Gott hatten von Kindheit an, Schwierigkeiten damit und Wandlungen des Bildes. Die Teilnehmer können auch Darstellungen aus der Kunst, der Glaubensgeschichte einbeziehen, soweit sie Eindrücke davon haben.
Der Leiter kann statt dessen auch einige Dias mit Gottesdarstellungen aus der Kunst zeigen (z. B. ein Bild von Gott, dem Schöpfer, Weltenrichter, Vatergott . . .) und einige Aspekte dieser Gottesbilder herausstellen.
In einem weiteren Schritt sollten die Teilnehmer aufgefordert werden, ihr »Traumbild« von Gott zu malen. Dazu werden Fingerfarben, Wasserfarben und Papierbogen bereitgelegt. Zeit: etwa eine halbe Stunde.
Falls der Kreis sich gut kennt, kann anschließend ein Austausch stattfinden, ansonsten ein Tischgespräch über Vorstellungen von Gott, unvollkommene Götterbilder, die Schwierigkeit, Gott auszusagen.
3. Das zweite der Zehn Gebote lautet nach Ex 20,4: *Du sollst dir kein Gottesbild machen.*
Wie können wir ohne Bilder sein, die wir in Raum und Zeit leben und Augen haben, mit denen wir alle Dinge wahrnehmen? Sind Bilder schlecht? Jahrhundertelang all die vielen Darstel-

lungen in der Kunst! Wie aus den Wendungen am Anfang hervorgeht, halten Bilder fest, betonen einen Aspekt, können auch den Zugang zu einer anderen Sehweise versperren. Können Sie sich von daher vorstellen, warum wir uns von Gott kein Bild machen sollen?

Lesen Sie Apg 17,16–34. Worauf legt Paulus Wert, wenn er von Gott spricht gegenüber allen materiellen »Götter«-bildern? Wer ist danach Gott, wie teilt er sich mit? Wodurch wissen wir von Gott? Gott, der größer ist als ein Bild und viele Bilder, der in der ganzen Schöpfung sein Bild uns gibt und doch darin nicht faßbar ist, – er ist entsprechend seinem Namen »Ich bin der ICH-BIN-DA« (Ex 3,14) noch näher erfahrbar als alle Bilder, die wir uns von einem Gegenüber machen könnten.

Wie drückt das Paulus gegenüber seinen Hörern aus? Sehen Sie darin einen Zusammenhang zu der Warnung, sich von Gott Bilder zu machen? Was ist die wesentliche Botschaft des Paulus an die Athener über diesen Gott?

4. Paulus verkündet den ganz und gar nahen Gott, der uns ganz umgibt, unser Leben ist (17,28). Zum Abschluß eignet sich eine kurze Erzählung aus einer Klosterhandschrift:

Die Fische eines Flusses sprachen zueinander: »Man behauptet, daß unser Leben vom Wasser abhängt. Aber wir haben noch niemals Wasser gesehen. Wir wissen nicht, was Wasser ist.«

Da sagten einige, die klüger waren als die anderen: »Wir haben gehört, daß im Meer ein gelehrter Fisch lebt, der alle Dinge kennt. Wir wollen zu ihm gehen und ihn bitten, uns das Wasser zu zeigen.«

So machten sich einige auf und kamen auch endlich in das Meer und fragten den Fisch. Als der Fisch sie angehört hatte, sagte er: »O ihr dummen Fische! Im Wasser lebt und bewegt ihr euch. Aus dem Wasser seid ihr gekommen, zum Wasser kehrt ihr wieder zurück. Ihr lebt im Wasser, aber ihr wißt es nicht.«

Statt dessen kann auch mit einer Besinnung abgeschlossen werden: über den Gott, der nahe ist und doch unbekannt, all unseren Bildern nicht entspricht. Meister Eckhart drückt das so aus:

»Gott ist anders als ihr denkt, weder Gott noch Geist noch Bild.
Du, Gott, wer bist du?«

Diese Aussage kann auch als Kanon gesungen werden (in: Preist unsern Gott, hrsg. von H. Tommek, Berlin, S. 179).

Korinth – ein neues Nebenzentrum der Kirche

Apostelgeschichte 18,1–17

Korinth ist der äußerste Punkt der sogenannten zweiten Missionsreise. Doch der Begriff der Reise wird hier gesprengt: Paulus kann dort im Gegensatz zu den vorherigen Stationen der Reise anderthalb Jahre wirken (V. 11). Damit wird Korinth zu einem Standort der urchristlichen Mission, der nach der Apostelgeschichte nur mit Antiochia in Syrien und mit Ephesus (Apg 19, 8–10) vergleichbar ist. Dem entspricht der Umfang der Korrespondenz mit Korinth im Rahmen der Paulusbriefe. Gemessen an dieser Bedeutung Korinths für Paulus ist der Lukanische Bericht auffallend knapp. Er ist jedoch besonders ergiebig mit Hinweisen auf die zeitgeschichtlichen Rahmenbedingungen und die Chronologie der Paulinischen Mission.

Geschichte und Charakter der Stadt Korinth

Im Gegensatz zu Athen war Korinth zur Zeit des Paulus keine traditionsreiche Stadt. Das alte Korinth war 146 v. Chr. von den Römern zerstört worden. Erst Cäsar ließ an seiner Stelle 44 v. Chr. eine völlig neue Stadt gründen, als römische Kolonie mit italischen Bürgern. Durch die Seeverbindung nach Westen und Osten, zur Adria und zur Ägäis, entwickelte die Stadt sich schnell zu einem bedeutenden Warenumschlagplatz. 27 v. Chr. kam der Status der Provinzhauptstadt von Achaia hinzu. Für die Missionsstrategie des Paulus war Korinth damit ein idealer Standort. Der gesellschaftliche und auch religiöse Pluralismus, der sich besonders aus den Handelsbeziehungen ergab, begünstigte die »Einfuhr« neuer religiöser Impulse und förderte die Toleranz der Behörden, von der Paulus dann auch profitieren sollte (V. 12ff). Aber auch die Probleme der Gemeinde, von denen die Korintherbriefe handeln, sind weitgehend in der Sozialstruktur und den kulturellen Gegebenheiten dieser Stadt begründet.

Die Verknüpfung mit der Profangeschichte

Die Erwähnung des Kaisers Klaudius in V. 2 und des Statthalters Gallio in V. 12 unseres Textes sind die einzigen Anhaltspunkte für eine Rekonstruktion der Chronologie der Paulinischen Mission. Aus einer in Delphi gefundenen Inschrift läßt sich die Amtszeit des Gallio in Korinth auf das Jahr 51–52 n. Chr. datieren (wenn nicht ein Jahr früher). Lukas sagt nicht, wie weit sich die anderthalb Jahre des Paulus in Korinth mit der Amtszeit des Gallio überschnitten (vgl. V. 11.12.18 in der Einheitsübersetzung, die hier besonders genau ist). So bleibt ein gewisser Spielraum für die von hier ausgehenden chronologischen Berechnungen.

Die in V. 2 erwähnte Judenvertreibung wird (wenn auch nach einer späten Quelle) in das Jahr 49 datiert. Man darf also folgern, daß Paulus im Jahre 50 oder 51 n. Chr. nach Korinth gekommen ist.
Über diese Judenvertreibung heißt es im Klaudius-Kapitel der Kaiserbiographie des Sueton: »Die Juden vertrieb er aus Rom, weil sie auf Betreiben von Chrestus ständig Unruhe stifteten.« Viele Forscher nehmen an, daß »Chrestus« hier fälschlich für »Christus« steht (der griechische Buchstabe *ē* [eta] konnte damals schon für ein *i* gebraucht werden, daher »Kyrēnios« für Quirinius in Lk 2,2), so daß die Anfänge der christlichen Gemeinde der Grund für Tumulte in den Synagogen Roms gewesen wären. Dann wäre die schroffe Reaktion des Gallio auf die jüdische Anklage gegen Paulus (V. 16) Ausdruck derselben Politik wie das Klaudius-Edikt. Den römischen Behörden war jegliche Unruhe in der Bevölkerung verdächtig (Apg 19,40; 24,5) und häufig genug ein Anlaß zu hartem Durchgreifen ohne Rücksicht auf die Ursachen. Diese politische Maxime konnte den Christen zugute kommen (so hier in Korinth und später in Ephesus; vgl. 19,40) oder in eine Anklage gegen sie umgemünzt werden (17,6; 24,5). Daran zeigt sich die Rechtsunsicherheit, mit der die Mission im Römischen Reich konfrontiert war, als das Christentum noch nicht als solches als staatsfeindlich eingestuft war.

Zur wirtschaftlichen Basis der Paulinischen Mission

Apg 18,3 ist die einzige Stelle im Neuen Testament, an der der »weltliche« Beruf des Paulus genannt wird. Die Bezeichnung »Zeltmacher« läßt offen, ob es sich um ein Textilhandwerk oder um Lederverarbeitung handelt. Letzteres wird in neueren Untersuchungen vorgezogen.
Paulus hat großen Wert darauf gelegt, daß er seinen Lebensun-

terhalt in der Regel selbst verdiente (Apg 20,34; 1 Kor 4,12; 1 Thess 2,9). Das ist in Korinth sogar später einmal zuungunsten des Paulus ausgelegt worden, als ob darin ein Minderwertigkeitsgefühl des Paulus zum Ausdruck käme (1 Kor 9). Paulus hat sich jedoch in dieser Frage – in richtiger Einschätzung des kulturellen Milieus – bewußt von einem Typ reisender Weisheitslehrer abgesetzt, die ihren Schülern das Geld aus der Tasche zogen. Er hat dabei sogar ein ihm bekanntes Jesuswort bewußt nicht befolgt, weil seine wörtliche Befolgung in Griechenland die Verwechslung der christlichen Missionare mit derartigen Gurus nahegelegt hätte (1 Kor 9,14).
Wir wissen allerdings, daß Paulus unter bestimmten Umständen bereit gewesen ist, finanzielle Zuwendungen von Gemeinden anzunehmen (Phil 4,10–20). Wenn es in Apg 18,5 heißt, das Eintreffen von Silas und Timotheus aus Mazedonien habe es dem Paulus ermöglicht, sich ganz der Verkündigung zu widmen, so liegt es nahe, an eine der Zuwendungen zu denken, die in Phil 4,15f erwähnt sind; 2 Kor 11,9 bestätigt diese Annahme. Wir kennen aber kein Beispiel dafür, daß Paulus sich von einer Gemeinde, in der er gerade missionarisch wirkte, freihalten ließ. Er hat daraus aber kein Gesetz für andere gemacht, sondern dies als seinen persönlichen Weg betrachtet (1 Kor 9).

Die Trennung von der Synagoge (V. 5–8)

Die verstärkten Bemühungen des Paulus, die Juden in Korinth von der Messianität Jesu zu überzeugen (V. 5), führen auch hier zu einer verstärkten Ablehnung (V. 6a). Darauf antwortet Paulus wieder mit einer demonstrativen Hinwendung zu den Nichtjuden (vgl. 13,45f). Die Geste des Ausschüttelns der Kleider hat wohl ähnliche Bedeutung wie das Abschütteln des Staubes von den Schuhen (Mt 10,14; Lk 9,5; Apg 13,51): ein Zeichen feierlicher Distanzierung.
Äußerlich war dieser Exodus freilich kein weiter Weg, wenn Paulus fortan in einem Hause predigte, das direkt neben der Synagoge lag (V. 7). Das führt sehr anschaulich vor Augen, in welcher Weise der Erfolg der christlichen Mission bei den »Gottesfürchtigen« aus dem Heidentum ein Verlust für die Synagogen bedeutet. Man kann geradezu von einer Spaltung in einem bis dahin gut eingespielten Gemeindeleben sprechen: Die jüdische »Kerngemeinde« verschließt sich, und die »Peripherie« aus heid-

nischen Sympathisanten wird zum tragenden Kreis einer neuen Gemeinde. Das räumlich enge Nebeneinander muß als eine ständige Provokation der »Altgläubigen« gewirkt haben, die den Versuch einer juristischen Abwehr der christlichen Mission psychologisch verständlich macht. Wahrscheinlich ist die Polemik des Paulus in dem in Korinth abgefaßten 1. Thessalonicherbrief (2,15f) eine Antwort des Paulus auf diesen für die Tätigkeit des Apostels gefährlichen Vorstoß.

Schwerwiegend und erläuterungsbedürftig ist die Erklärung des Paulus gegenüber den Juden: »Euer Blut über euer Haupt – ich bin rein!« (V. 6) Eine ähnliche Erklärung vor anderem Publikum gibt Paulus in seiner Abschiedsrede in Milet (20,26): »Ich bin rein vom Blute aller.« Diese beiden Erklärungen sind vor dem Hintergrund von Ez 3,16–21; 33,1.9 zu verstehen und besagen: 1. Es geht in der Botschaft des Apostels wie in der des Propheten um Leben oder Tod. 2. Der Bote Gottes haftet persönlich für das Schicksal derer, zu denen er gesandt ist. Wenn er sie vor dem Unheil, das ihnen droht, nicht warnt, lädt er Blutschuld auf sich; gehen sie zugrunde, hat er sein Leben verwirkt. 3. Die Beteuerung des Paulus besagt, daß er seine Aufgabe erfüllt hat, die Verantwortung darum jetzt ganz bei den Hörern seiner Verkündigung liegt. 4. Damit ist nicht gesagt, was in der Lutherbibel und in der Einheitsübersetzung hier (18,6) eingetragen wird: daß Paulus den verschlossen gebliebenen Hörern das Gericht *wünscht*. Im Griechischen steht hier kein Verbum, und wenn man es ergänzt, muß ein Indikativ und kein Konjunktiv wie »komme« eingesetzt werden.

Als ungewöhnlichen Erfolg der Paulinischen Mission erwähnt Lukas die Bekehrung des Synagogenvorstehers Krispus (V. 8), dessen Taufe Paulus selbst vorgenommen haben will (1 Kor 1,14). Da diese Notiz sich ohne eine zeitliche Zäsur an die Erklärung des Paulus und den Auszug aus der Synagoge anschließt, sieht Lukas hier wohl einen Zusammenhang: das ernste Wort und der provozierende Schritt des Paulus haben in diesem Falle ihre Wirkung nicht verfehlt. Das entspricht den Hoffnungen des Paulus nach Röm 11,11.14 und bestätigt unsere Annahme, daß diese demonstrativen Erklärungen des Paulus ein Mittel seines Zeugnisses vor Juden sind und keine Absage an sie oder gar Ausdruck persönlicher Resignation. (Vgl. unten zu 28,16ff.)

Die Vision des Paulus (V. 9–10)

Nach 2 Kor 12,1 gehörten Visionen zur »Innenseite« der apostolischen Existenz des Paulus. Außer der dreimal erzählten Berufungsvision bietet die Apostelgeschichte noch folgende Beispiele: eine gesonderte Aussendungsvision im Blick auf die Heidenmission (22,17–21), die Berufung nach Mazedonien (16,9), die vorliegende Ermutigung für die Arbeit in Korinth (18,9f), eine Vision nach der Verhaftung in Jerusalem, in der ihm zum Trost noch eine künftige Missionsarbeit in Rom verheißen wird (23,11), und eine Bestätigung dieser Zusage während der Seenot auf der Romreise (27,24).

Die in 18,9 und 27,24 vorkommende Wendung »Fürchte dich nicht!« findet sich in vielen Visionsberichten, aber auch in anderen Zusammenhängen, so daß man sie kaum als »Formel« bezeichnen kann und nicht auf eine einzige Bedeutung festlegen darf. In Verbindung mit der Aufforderung zum Reden erscheint die Wendung in Jes 40,9, also an einer der Stellen, die für den Gedanken der »Frohen Botschaft« grundlegend sind. Auch die Rede vom »Volk« Gottes in Korinth erinnert an alttestamentliche Zusammenhänge. (Zur Ausdehnung auf Nichtjuden vgl. Apg 15,14; s. o. S. 104.) Die Vision unterstreicht die Bedeutung Korinths für die Urkirche. Aufschlußreich für die Entwicklung der Gemeinde ist außer den Korintherbriefen des Paulus der gegen Ende des 1. Jahrhunderts von Rom nach Korinth adressierte 1. Klemensbrief.

Praxis

Thema A: Sich mitverantwortlich fühlen

1. *Einführende Information durch den Leiter:* Nach Apg 18,11 hat Paulus in Korinth 1½ Jahre gewirkt – eine lange Zeit für diesen »Wanderapostel«. Aus seinem umfangreichen Briefwechsel mit der Gemeinde dort (1 u. 2 Kor) können wir erfahren, daß es eine sehr lebendige, aber auch spannungsreiche Gemeinde war, die ihm nicht nur Freude bereitete.
Um so erstaunlicher ist es, daß Lukas nur sehr wenig von dieser Zeit berichtet; es sind vorwiegend einige Notizen zur Person des Paulus aus der Anfangszeit in Korinth, zu seinem Beruf, seiner Verkündigungstätigkeit und seiner »seelischen Verfassung«. Immerhin hält er es für wichtig genug, in diesem Zusammenhang ein Ehepaar zu nennen, das offensichtlich eine wichtige Rolle in der Missionsarbeit des Anfangs spielte, da es

noch öfter erwähnt wird: Aquila und Priszilla (oder Priska). Sie waren vor Paulus in Korinth und sind seine Quartiersleute. Waren sie vielleicht sogar die ersten christlichen Missionare dort, die Gründer der korinthischen Gemeinde? (Vgl. noch Apg 18,18; 1 Kor 16,19; Röm 16,3.) Offensichtlich war Paulus nicht der einsame, heroische und überragende Einzelkämpfer, für den man ihn oft hält. Es lohnt sich, einmal der Frage nach seinen Mitarbeitern/Mitarbeiterinnen nachzugehen. Es werden immerhin in den Briefen und der Apostelgeschichte nicht weniger als 16 namentlich als Mitarbeiter erwähnt. Dazu kommen noch rund 40 Personen, deren Mitarbeit sich aus dem Zusammenhang ergibt. Es gab also viele solche »Aquilas« und »Priszillas« in den Paulinischen Gemeinden. Wir begegnen ihnen vor allem in den Grußlisten am Ende der Briefe.

2. *Textarbeit in der Gruppe:* Versuchen Sie, ein Bild von der Zusammensetzung des Mitarbeiterkreises des Paulus zu gewinnen, indem Sie vor allem 1 Kor 16,15–19; Röm 16,1–23; Phil 4,1–3; Kol 4,7–17 nachlesen, dazu Apg 13–14; 16; 18. Was ergibt sich aus ihnen hinsichtlich der Religionszugehörigkeit (Juden–Heiden), Aufgaben in der Gemeinde, Beruf, soziale Stellung, Anteil von Männern und Frauen?

Fragen Sie – in Kleingruppen – nach den Ursachen der verbreiteten Passivität der meisten Gemeindemitglieder heute (Amtsstrukturen, delegierte Aufgaben, Bürokratie . . .). Welche Aufgaben könnten, sollten von Gemeindegliedern übernommen werden?

Was bedeutet für Sie »Mission« und missionarische Gemeinde heute?

Nach etwa einer halben Stunde können die wichtigsten Punkte im Plenum zusammengetragen werden.

Thema B: Der kleine Beginn – Hausgemeinden

1. Nach Apg 18,7 wechselte Paulus in das Haus des gottesfürchtigen Titius Justus über, und in 1 Kor 16,19 grüßt Paulus wieder einmal Aquila und Priska mit ihrer ganzen Hausgemeinde. Solche Hausgemeinden oder einfach »Häuser« werden in der Apostelgeschichte und den Paulusbriefen noch öfter erwähnt.

Lesen Sie nach: Apg 2,42–46; 10,7.22.44–48; 11,3; 12,12–17; 16,15.31–34; 17,5; 20,7.11.20; 1 Kor 5,4; 10,16.

Was kann man aus diesen Angaben entnehmen: 1. hinsichtlich der Bedeutung und 2. der Funktion der Hausgemeinden in der frühen Kirche? Was geschieht in ihnen?

– Gründungszentrum
– Stützpunkt – Quartier für reisende Apostel
– Versammlungsstätte für Gottesdienst (Taufe, Eucharistie)
– Treffpunkt für das Gebet
– Ort für den katechetischen Unterricht

2. Nach einem solchen textlichen Überblick über das Wirken der Christen in Hausgemeinden könnte das in einem *Rollenspiel* »farbig« werden. Es wäre vorstellbar, die Christen treffen sich kurz nach dem Konflikt mit den Juden im Haus des Titius Justus gleich neben der Synagoge (vgl.18,3).
Neben dem Hausvater sind anwesend Paulus, Priszilla und Aquila, der ehemalige Synagogenvorsteher Krispus und weitere Korinther entsprechend der Teilnehmerzahl.
Vergegenwärtigen Sie zunächst die einzelnen Personen mit dem, was Sie von ihrem »Werdegang« aus dem Text wissen:

Priszilla und Aquila: die Weitgereisten, die in Rom Verfolgten, die Handwerker, die Christen, die am Ort ein erstes christliches »Missionszentrum« sind . . .
Krispus: sein früheres Amt, sein Jude-Sein, seine Ernsthaftigkeit in der Suche nach Gott, seine Isolierung, als er vom Christentum angezogen wird, sein Ausgeschlossenwerden, sein Hinstehen-Müssen, Stellung Beziehen zu Jesus Christus, Konflikte, Zweifel und Durchringen . . .
Paulus: der unermüdliche Prediger, Arbeiter, der sich nicht leicht entmutigen läßt, der begeistert reden kann . . .

Im Haus des Ttitius Justus, beim gemeinsamen Treffen, steht die Auseinandersetzung mit den Juden der Synagoge im Mittelpunkt; sie können diese Christen nicht verstehen.
Verbunden mit diesem Thema kann auch gefragt werden, was diese Anwesenden an Jesus Christus überzeugt und anzieht.
3. Ist die Hausgemeinde damals ein Modell auch für uns? Infolge der großen anonymen Gemeinden ist das Bedürfnis nach kleinen überschaubaren Kreisen, in denen wir unseren Glauben zur Sprache bringen können, gewachsen.
Was für Anregungen könnten von der Apostelgeschichte in dieser Richtung ausgehen? Wie können Sie sich so eine Hausgemeinde vorstellen? Was wäre für Sie dabei wichtig?
Als *Abschluß* des Abends bietet sich vielleicht ein schlichtes Agape-Mahl an mit Brot und Wein, das geteilt wird als Zeichen der Einheit am einen Tisch, in einem Haus.

Ephesus – Tumult im Theater

Apostelgeschichte 19,21–40

Ephesus war zur Zeit des Paulus die größte Stadt Kleinasiens und die viertgrößte im Römischen Reich, Hauptstadt der Provinz Asia und Hafenstadt. Im Gegensatz zu Korinth war hier die griechische Kultur in ungebrochener Tradition lebendig. Der Tempel der Artemis galt als eines der sieben »Weltwunder« (Kolossalbauten).

Nach Apg 19,8–10 wirkte Paulus hier über zwei Jahre lang, also noch länger als in Korinth, wobei seine Tätigkeit weit ins Hinterland ausstrahlte (V. 10). Der Verlauf seines Wirkens stellt sich im Bericht des Lukas weniger schematisch dar als anderswo. Schon in 18,19–21 ist von einem kurzen Besuch des Paulus in der Synagoge von Ephesus die Rede, die ihn mit Interesse anhört. Auch Priszilla und Aquila, die mit Paulus aus Korinth gekommen waren (18,18), werden in 18,26 als Synagogenbesucher erwähnt. Später soll Paulus ganze drei Monate in der Synagoge gewirkt haben, bis er vor jüdischem Widerstand in einen (wohl gemieteten) Hörsaal ausweichen mußte (19,8–10).
Eine Besonderheit im Ephesusbericht ist auch die Begegnung des Paulus mit einer Gruppe von Täuferjüngern, die er zunächst für versprengte Mitchristen hält (V. 2), bis ein Gespräch ergibt, daß sie weder christlich getauft sind noch die Geistbegabung erlebt haben (V. 2f). Lukas, der auch über den Täufer selbst besser informiert war als die anderen Evangelisten, scheint diese Kreise gekannt zu haben, vielleicht auf Grund seiner eigenen Herkunft. Die Episode zeigt, daß es auch in der Zeit der Urkirche Grauzonen gab, in denen nicht auf den ersten Blick erkennbar war, ob ein Mensch christgläubig war oder nicht. Sogar der in Ephesus und später in Korinth wirkende Schriftausleger Apollos ist nach Apg 18,24–28 in einem mehrstufigen Lernprozeß zum eindeutigen Verkündiger des Evangeliums geworden.
Auf derselben Linie liegt die Nachricht, daß einige jüdische Exorzisten den – vergeblichen – Versuch machen, unter Berufung auf Paulus im Namen Jesu Heilungen zu bewirken, ohne daß sie selber an Jesus glauben oder zur Gemeinde gehören (19,13–16).

Ephesus steht für das Phänomen des antiken Synkretismus, in dem Jüdisches und Heidnisches, Griechisches und Orientalisches sich mischen und die merkwürdigsten Verbindungen miteinander eingehen. Um so bedeutsamer ist es, daß es zu einer klaren Unterscheidung zwischen christlicher Charismatik (V. 11f) und heidnischer Magie kommt (V. 17–20). Mit einer öffentlichen Verbrennung von Zauberbüchern wird ein unübersehbares Zeichen gesetzt (V. 19).

Der Aufruhr der Silberschmiede: Alarm um die Arbeitsplätze (V. 23–40)

Es entspricht dem erzählerischen Charakter des Lukanischen Werkes (und einem gewissen Unterhaltungsbedürfnis auch des antiken Lesers), daß Lukas dem dramatischsten Ereignis im Wirken des Paulus in Ephesus eine breite und anschauliche Darstellung widmet. Wie schon früher in Philippi (16,16ff) geht es um einen Zusammenstoß mit kommerziellen Interessen. Doch diesmal ist nicht nur eine kleine und zudem fragwürdige Firma betroffen, sondern ein volkswirtschaftlich bedeutsamer Bereich der heimischen Industrie, nämlich das religiöse Kunsthandwerk, das seine Blüte dem Ansehen des Artemistempels verdankt. Dieser Gewerbezweig fühlt sich vom Erfolg der christlichen Mission bedroht und schlägt eines Tages Alarm. Zum Sprecher der Betroffenen macht sich ein gewisser Demetrius, Inhaber einer größeren Firma (V. 24). Er mobilisiert seine Belegschaft und die ganze Berufsgenossenschaft und hält eine Rede (V. 25–27), in der er den Niedergang von Ephesus an die Wand malt. Es kommt daraufhin zu einer spontanen Bürgerversammlung im Theater (einer Freilichtbühne mit über 24000 Plätzen), wo die ganze Versammlung in Sprechchören für die große Göttin Artemis von Ephesus demonstriert (V. 28 u. 34).

Gerade mit dieser wilden Demonstration setzen die Silberschmiede sich jedoch politisch ins Unrecht. Die Versammlung wird von einem Beamten der Stadt aufgelöst, nachdem er auf den ordentlichen Rechtsweg verwiesen hat. Den Mitarbeitern des Paulus, an denen sich der Volkszorn hatte entladen wollen (V. 29), wird dabei bescheinigt, daß sie sich keines Sakrilegs gegen den Kult der Artemis schuldig gemacht haben (V. 37).

Das macht auf gewisse Grenzen aufmerksam, die der jüdischen und christlichen Polemik gegen den heidnischen Götzendienst durch das antike Rechtsempfinden gezogen waren. Schon das hellenistische Judentum hatte Ex 22,27 (»Du sollst Gott nicht lästern«) pluralisch verstanden (so die Septuaginta: »Du sollst Götter nicht lästern«) und dies als Selbstbeschränkung im Verhältnis zur heidnischen Religion bejaht (vgl. Josephus, Contra

Apionem II 237). Apg 19,37 zeigt, daß sich auch die Urkirche dieser Grenzen bewußt war. Was andern heilig ist, darf nicht verächtlich gemacht werden, auch wenn es im Lichte der biblischen Offenbarung nichtig und schädlich ist. Es steht außer Frage, daß es in dieser Sache um ein hohes Maß an Feingefühl geht, damit die notwendige Auseinandersetzung um die Wahrheit Gottes und das Heil von Menschen geführt wird und doch die religiösen Gefühle der Andersgläubigen nicht verletzt werden.

Die Abreise des Paulus und der Abschied von Kleinasien (Apg 20)

Nach 20,1 hat Paulus Ephesus unmittelbar nach diesem Vorfall verlassen. Möglicherweise hat Lukas hier die Ereignisse stark vereinfacht; jedenfalls geht aus 2 Kor 1,8–11 hervor, daß Paulus in dieser Zeit einmal ernsthaft in Lebensgefahr war.

Auf der letzten Jerusalemreise des Paulus kommt es noch einmal zu einer Begegnung des Apostels mit den Ältesten der Gemeinde von Ephesus, die er zu diesem Zweck nach Milet kommen läßt, wo er Station macht. Lukas legt dem Paulus bei dieser Gelegenheit eine große Abschiedsrede in den Mund (20,18–35). In V. 25 und 38 wird dies als der endgültige Abschied des Paulus von seinem kleinasiatischen Missionsgebiet interpretiert. Die Martyriumsbereitschaft des Apostels, die dabei zum Ausdruck kommt (V. 22–24), wird meistens als Hinweis auf das innerhalb der Apostelgeschichte nicht mehr berichtete Lebensende des Paulus in Rom verstanden.

Die Ermahnung der Ältesten, die in V. 28 als vom Heiligen Geist eingesetzte »Bischöfe« (= Aufseher) und Hirten angesprochen werden, erinnert mit ihrer Warnung vor Irrlehrern (V. 29–31) und Verpflichtung auf das Vorbild des Apostels (V. 33–35) an die Pastoralbriefe. Solche Abschiedsreden oder Testamente großer Gottesmänner waren in der Antike eine sehr beliebte literarische Gattung, die in aller Regel nicht auf historischen Erinnerungen beruhte oder einzelne Abschiedsworte in großer schriftstellerischer Freiheit ausbaute.

Praxis

Thema: Beunruhigung durch die Botschaft

Einstieg: Information über Ephesus

Wir suchen die Stadt auf einer Landkarte und folgen dem Weg, den Paulus seit Beginn seiner dritten Reise von Antiochia (18,23) nach Ephesus genommen hat. Wir benutzen dafür eine große Landkarte, am besten mit Hilfe eines Dias auf eine Leinwand projiziert. Wer den Weg oder Teile des Weges kennt, wer

die türkische Westküste und Ephesus kennt, erzählt und zeigt Lichtbilder, falls die Zeit dafür da ist.
Informationen über Ephesus werden vermittelt (aus der Auslegung oder anderen Quellen): größte Stadt Kleinasiens, viertgrößte Stadt des Römischen Reichs, Hafenstadt, Tempel der Artemis, eines der sieben Weltwunder.
Eine bunte Stadt nicht nur in folkloristischer, auch in religiöser Hinsicht. Wir sammeln die Fakten aus dem 18. und 19. Kapitel:

Apollo, Jude aus Alexandrien, sehr beredt, schriftkundig, mit der Lehre Jesu vertraut, kennt nur die Taufe des Johannes (18,24–28).
Zwölf Jünger, Mitglieder der Gemeinde; sie kennen den Heiligen Geist nicht (19,1–7).
Jüdische Exorzisten, die sieben Söhne des Hohenpriesters Skevas; sie treiben im Namen Jesu böse Geister aus und werden selbst befallen (19,13–16).
Gemeindeglieder, es muß eine größere Zahl gewesen sein; sie haben Zauberei getrieben und sich dabei der Literatur bedient; sie bringen die Bücher, verbrennen sie und stellen fest, daß ein Wert von 50 000 Silbergroschen damit vernichtet wurde.

Wir versuchen in Gruppen, uns in diese Umwelt einzufühlen, und vergleichen sie mit unserer Umwelt. Gibt es Gemeinsames, worin bestehen die Unterschiede?

Vorschlag A: Die beunruhigende neue Lehre

1. Wo sie verkündet wird, entsteht Unruhe. Unruhe durch Verkündigung!
Wir denken in stiller Selbstbesinnung darüber nach, machen uns unsere Predigterfahrung bewußt und weiten das Nachdenken auf Erfahrungen aus, die wir abgesehen vom Gottesdienst mit der Vermittlung der biblischen Botschaft gemacht haben, schreiben auf, was uns einfällt: Wann, wo, in welcher Form bin ich der Botschaft begegnet? Wie hat sie auf mich gewirkt? Wie und wo am stärksten, wie und wo am schwächsten? Und warum?
Die Ergebnisse dieses Nachdenkens, in Stichworten auf Zetteln festgehalten, bringt jeder in das folgende Gruppengespräch ein.
2. Das Neue Testament berichtet von Predigtwirkungen sehr häufig in den Evangelien und der Apostelgeschichte. Wir sammeln diese in Stichworten auf einer Wandtafel oder großen Bögen, allen vor Augen, und vergleichen diese Aussagen mit den zuvor festgestellten eigenen Erfahrungen.

In offenen Gruppengesprächen gehen wir der Frage nach, ob alle Verkündigung (d.h. in jedem Fall) oder ob sie von Fall zu Fall beunruhigen soll, und sammeln dafür Beispiele. Wo beunruhigt heute die Verkündigung und warum beunruhigt sie?

Statt offener Gruppengespräche kann eine Podiumsdiskussion geführt werden über diese Fragen. Für die Zusammensetzung des Podiums werden vorgeschlagen: Jugendliche, Frauen, Kirchengemeinderäte, Pfarrerin, Pfarrer oder Vikar, jemand, der aus Enttäuschung über die Kirche aus ihr ausgetreten ist.
Einen Einstieg in das Gespräch über die Botschaft, die Beunruhigung auslöst, können folgende Filme verschaffen:
Friedhöfe des Himmels, Laufzeit 30 Min.
Dom Helder Camara, Laufzeit 30 Min.
Martin Luther King: Dann war mein Leben nicht umsonst . . . Der Marsch auf Washington, Laufzeit 25 Min.
Ein Schriftentisch wird aufgebaut, Teilnehmer bringen Bücher mit, in denen ihnen die Botschaft als Unruhestifter begegnet ist.

Vorschlag B: Die Botschaft trifft einen Wirtschaftszweig

1. Das Wirken des Paulus in Ephesus hatte wirtschaftliche Folgen. Ob faktische oder befürchtete, sei dahingestellt. Jedenfalls wird ein Zusammenhang gesehen. Predigen, Lehren, das Hören des Wortes und das Befolgen des Wortes wirkt sich wirtschaftlich aus.
Sind für uns solche Zusammenhänge erkennbar zwischen Predigt, Kirche überhaupt und Vorgängen im Wirtschaftsleben?
Die Völker, die die Botschaft der Apostel aufnahmen, Kirchen in die Mitte ihrer Städte und Dörfer setzten, den Sonntag zum Ruhetag machten, Kinder taufen, Paare trauen und Verstorbene kirchlich bestatten ließen, die Häretiker verbrannten oder verbannten, wurden reich. Sie entwickelten sich zu den Mächtigsten der Welt. Zwischen Wirtschaftswachstum, Wohlstandsmehrung und Machtgewinn bestehen direkte Beziehungen. Ist der Kapitalismus, die Wettbewerbsgesellschaft, der freie Markt auf die Botschaft des Evangeliums gegründet?
Wir führen darüber ein Plenumsgespräch, um festzustellen, ob diese Zusammenhänge gesehen werden und die christliche Erziehung und Verkündigung Einfluß hat auf unser Verhalten als Hersteller und Verbraucher.
2. Die Verkündigung des Paulus ruiniert einen Wirtschaftszweig bzw. droht ihn zu ruinieren. Gibt es Parallelen in unserer Zeit? Gegen welchen Wirtschaftszweig, gegen welche Berufsgruppe

richtet sich die Spitze der biblischen Botschaft heute? Darf sich Verkündigung überhaupt gegen einen Wirtschaftszweig und damit gegen eine Gruppe von Menschen richten?
In offenen Gruppengesprächen gehen wir diesen Fragen nach und bedenken Folgen, die es haben würde, wenn sich die Verkündigung gegen einen Wirtschaftszweig (z.B. die Herstellung von Waffen, die Geld- und Zinsspekulation, die Herstellung von Gewalt, Krieg und Prostitution verharmlosender oder gar verherrlichender Literatur) wendete. Einbezogen werden müßte auch die Frage, ob wir willens, bereit und fähig sind, Folgen auf uns zu nehmen, und was gegebenenfalls getan werden müßte, um diese Fähigkeit zu erreichen.

Vorschlag C: Demonstrationen – Reaktion und Beteiligung

1. In Ephesus kommt es zu wilden Demonstrationen. Zwei Mitarbeiter des Paulus werden ergriffen. Es gibt keine Verwundeten und Toten. Häuser, Fahrzeuge und Marktstände werden nicht angebrannt.
Dennoch, wir versuchen uns in diese Situation einzufühlen und gehen der Frage nach: Was hätte ich an diesem Vormittag als Mitglied der Gemeinde in Ephesus getan aufgrund des Verhaltens, das ich bisher bei Demonstrationen und Zusammenrottungen an den Tag gelegt habe?

Wir bilden ein Podium, besetzen es gemischt mit Jugendlichen, mit Frauen und Männern aus verschiedenen Berufen, Ausbildungsphasen, sozialen Situationen, Parteien, Altersstufen; ein Polizist sollte dabei sein, der oder die Angestellte einer Gemeindeverwaltung, Leute, die Demonstrationserfahrungen haben, und solche, die an diesen Tagen ruhig zu Hause geblieben oder ihrer Arbeit nachgegangen sind.
Zwei Filme zur Einstimmung des Gesprächs über Demonstrationserfahrungen und -ablehnung: »Kaiseraugst«, Laufzeit 25 Min.; »Meint ihr, damit könnt ihr den Fortschritt aufhalten?«, Laufzeit 25 Min. Es genügt, aus beiden Filmen Demonstrationsszenen vorzuführen, die die Frage nach der emotionalen Belastbarkeit aufwerfen.

2. Was sind die Gründe, daß der Aufruhr in Ephesus, der angstmachende Formen angenommen hatte, so verlief, daß offenbar weder Personen noch Sachbeschädigungen erfolgten?
Einfluß auf meine Beurteilung von und Beteiligung an Demonstrationen haben Empfindlichkeiten und Ängste. In Ephesus waren Tausende auf der Straße, sicher auch deshalb, weil es dort etwas zu erleben gab. Zwei Stunden lang wurde von der Masse geschrien: »Groß ist die Artemis von Ephesus!«

Wir lassen uns in Zweiergesprächen auf diese Fragen ein. Die Auswahl trifft das Gesprächspaar und berichtet danach im Plenum oder in der Gruppe.
Durch das Aufdecken von Empfindlichkeiten und Ängsten bekommen unsere Beurteilungen und Verhaltensweisen einen anderen Stellenwert. Sie lassen sich dann nicht mehr ohne weiteres mit meinem Glauben, mit Überzeugungen oder ethischen Normen begründen.

Vorschlag D: Toleranz, eine Taktfrage?

1. Glaube zeigt Takt – Respekt vor den religiösen Überzeugungen anderer. Der Kanzler von Ephesus bescheinigt dem Paulus und seinen Mitarbeitern, daß sie weder Tempelräuber noch Lästerer der Göttin Artemis sind. Nobel oder feige? Wozu verpflichtet mich mein Glaube aus Wahrheitsgründen? Wie gehe ich mit den religiösen Überzeugungen anderer um?
Wir sammeln an der Wandtafel in Stichworten andere religiöse Überzeugungen, denen wir begegnet sind bzw. denen wir immer wieder begegnen, vielleicht sogar in der Familie, in der Nachbarschaft, im Verein.
2. Es werden *Gruppen* gebildet, Verhaltensweisen im Umgang mit Personen anderer religiöser Überzeugungen zur Sprache gebracht, erklärt, auf ihre Berechtigung bedacht; es werden Alternativen und Veränderungen dieses Verhaltens erwogen.
3. Wie spreche, verkehre ich mit Leuten, die sich auch als Christen bezeichnen, aber entweder Mitglieder einer anderen Kirche sind oder religiöse Überzeugungen haben, die von meinen abweichen? Wie spreche und verkehre ich mit Zeugen Jehovas, Angehörigen von Jugendsekten, den Anhängern Bhagwans, den Mormonen, mit Atheisten? Wann, wie und wo stellt sich mir die Taktfrage?

Wir bilden für dieses Gespräch ein *Podium* und besetzen es so, daß Personen verschiedener religiöser Überzeugungen (auch aus den eigenen Reihen!) am Tisch sitzen. Taktverletzungen erkennt der Verletzte immer schneller und klarer als der Verletzende. Es käme darauf an, Taktverletzungen auszusprechen.
Ein *Film*, der Szenen enthält vom Umgang zweier Personen verschiedenen Glaubens: »Ich bin ein Christ und ich ein Muselman«, Laufzeit 30 Min. Es genügt, einige Dialogszenen vorzuführen.

Die Passionsgeschichte des Paulus (I)

Apostelgeschichte 21–23

Der letzte Besuch des Paulus in Jerusalem läßt sich unter ein Wort aus dem Römerbrief stellen, den der Apostel kurz vor der Abreise nach Jerusalem geschrieben hat. Gegen Ende dieses Briefes bittet Paulus die römischen Christen, die er bald besuchen möchte, um ihre Fürbitte: »daß ich vor den Ungläubigen in Judäa gerettet werde und daß mein Dienst in Jerusalem von den Heiligen dankbar aufgenommen wird« (Röm 15,31). Apg 21–23 zeigt, daß dieser Wunsch des Paulus nur teilweise in Erfüllung gegangen ist. Vor allem bestätigt der Lukanische Bericht, wie berechtigt die Sorgen des Paulus waren, die er in Röm 15 andeutet. Der Bericht läßt sich wie folgt gliedern:

1. Anreise und Begrüßung in Jerusalem (21,1–26)
2. Anschlag auf Paulus im Tempel durch Eingreifen der Römer vereitelt (21,27–40; 22,1–29)
3. Verhör vor dem Hohen Rat (22,30–23,11)
4. Verschwörung gegen Paulus und Verlegung nach Cäsarea (23,12–35).

Im folgenden sollen die wichtigsten Aspekte des Geschehens erläutert werden.

1. Paulus und die Gemeinde von Jerusalem

Der Zweck dieser Jerusalemreise ist die Überbringung der Spenden für die Muttergemeinde, die Paulus in einer großangelegten Kollektenaktion in den Missionsgemeinden gesammelt hatte (vgl. 24,17). Diese Spendenaktion entsprach einer Vereinbarung beim »Apostelkonzil« (Gal 2,10) und war von Paulus energisch betrieben worden (1 Kor 16,1–4; 2 Kor 8f). Röm 15,31 läßt jedoch erkennen, daß Paulus unsicher ist, ob dieser Dienst (vgl. V. 25–28) der Jerusalemer Gemeinde gelegen kommt. Das deutet auf große Spannungen zwischen der Jerusalemer Gemeinde und dem Missionswerk des Paulus.

Zur Erklärung dieser Spannungen wird gewöhnlich auf die theologischen Fragen verwiesen, die zwischen Paulus und den Jerusalemern umstritten waren (vgl. Apg 21,20ff). Mindestens ebenso wichtig ist die Tatsache, daß es im Judentum dieser Zeit umstritten war, ob Juden von Heiden

Gaben annehmen dürften. Von Rabbi Jochanan ben Zakkai wird der Ausspruch überliefert: »Seitdem (in Israel) diejenigen sich mehrten, die Almosen von den Heiden annahmen, fingen die Heiden an, sich zu mehren, und Israel, sich zu vermindern.« Besonders in den Kreisen, die den Aufstand gegen die Römer propagierten, wurde die Forderung vertreten, von Heiden keine Gaben anzunehmen; darum kam es im Jahre 66 n. Chr. zu dem Beschluß, im Tempel nicht mehr wie bis dahin im Namen und auf Kosten des Kaisers Opfer darzubringen (vgl. Josephus, Bell. 2,408f). Das Schicksal des Paulus in Jerusalem zeigt, wie stark diese Kräfte schon gegen Ende der 50er Jahre waren.

Paulus rechnet also nach Röm 15,31 damit, daß die Jerusalemer Gemeinde aus ideologischen oder politischen Gründen die Annahme der heidenchristlichen Spenden verweigern könnte. In Apg 21 wird auch nicht deutlich, wie die Entscheidung Jerusalems schließlich ausgefallen ist.
Bei der Begrüßung des Paulus durch den Herrnbruder Jakobus kommt in erstaunlicher Offenheit zur Sprache, daß die Christen in Judäa (die inzwischen erheblich zugenommen haben) dem Apostel äußerst reserviert gegenüberstehen. Sie sind »Eiferer für das Gesetz« und haben über Paulus gehört, er predige den Abfall vom Judentum (21,20f). In anderen Worten: Das Judenchristentum in Judäa ist im Grundsatz, wenn auch sicher nicht in allen praktisch-politischen Konsequenzen, vom Fieber der zelotischen Bewegung erfaßt, die im Geist der Makkabäer eine Erneuerung Israels und seine Befreiung vom heidnischen Joch anstrebte.

Diesen Kreisen innerhalb und außerhalb der christlichen Kirche mußte der Heidenapostel eine *Persona non grata* sein, und vor diesem Hintergrund muß man wohl auch fragen, ob die Warnungen vor einem Jerusalembesuch des Paulus (21,4.10–14) nur von der Sorge um seine Sicherheit diktiert sind. Es gibt zu denken, daß Jakobus dem Apostel ein demonstratives Opfer im Tempel empfiehlt, obwohl es diese Prophetenworte gab, die von Gefahr für sein Leben sprachen (21,23f). Mußte Jakobus nicht schon als Kenner der Stimmung im Volk voraussehen, daß Paulus dabei seinen erbittertsten Feinden in die Hände fallen konnte? (Vgl. V. 26!) Bedenkt man, daß im anschließenden Prozeß gegen Paulus von keinerlei Fürsprache der Gemeinde für den angeklagten Apostel die Rede ist, so erscheint die Jerusalemer Gemeinde in diesem letzten Bild, das Lukas von ihr zeichnet, in einem äußerst fragwürdigen Licht.

2. Paulus wird von seiner eigenen Vergangenheit eingeholt

Der entscheidende Satz über den Tumult im Tempel, bei dem Paulus um ein Haar getötet worden wäre, steht in der Verteidigungsrede (22,3): »Ich war ein Eiferer für Gott, wie ihr alle es

heute seid.« Die Leute, die ihn als Volksfeind und Tempelschänder (21,28) anklagen und spontan umbringen wollen, handeln nach genau denselben Grundsätzen, nach denen der junge Paulus einst zum Christenverfolger geworden war. Der Unterschied: Er war damals ein Avantgardist, in seinem Eifer den Altersgenossen voraus (Gal 1,14); jetzt ist der Eifer für Gott zur stärksten Kraft im Volksleben geworden.
Beachtung verdient, daß der unmittelbare Anstoß zum Vorgehen gegen Paulus von Diasporajuden ausgeht (V. 27) – auch dies eine Gemeinsamkeit mit Paulus selbst und eine Analogie zur Verfolgung des Stephanuskreises (6,9ff). Sie werfen ihm vor, den Heidenchristen Trophimus in den inneren Tempelbezirk mitgenommen zu haben (womit eigentlich nur Trophimus selbst und nicht auch Paulus sein Leben verwirkt hätte).
Besonders wichtig ist die Gemeinsamkeit mit dem Stephanusmartyrium, die darin besteht, daß die Gegner sich für »diesen heiligen Ort« ereifern (vgl. 6,13f). Darauf antwortet – unter Bezugnahme auf das Stephanusmartyrium! – der Schluß der Verteidigungsrede (22,17–20) mit dem Bekenntnis des Paulus, gerade hier im Tempel den Auftrag zur Heidenmission bekommen zu haben. Möglicherweise standen die Gegner auf dem Standpunkt, daß nach Jes 52,1 alle Unbeschnittenen nicht nur im Tempel, sondern auch in der »Heiligen Stadt« im ganzen unerwünscht seien (vgl. dagegen Gal 2,3).
Die Rettung seines Lebens verdankt Paulus in dieser Situation erstens dem Umstand, daß seine Feinde ihn mit Rücksicht auf die Heiligkeit des Tempels nicht im Heiligtum selber umbringen wollen (21,30), und zweitens der Tatsache, daß die römische Besatzung, die unmittelbar neben dem Tempel in der Burg Antonia kaserniert war, das Geschehen im Tempel ständig kontrollierte. Nach dem Eingreifen dieser Wachttruppe und besonders nach dem Appell des Paulus an seine Rechte als römischer Bürger (21,31ff; 22,24ff) ist die unmittelbare Gefahr für Leib und Leben des Apostels zunächst gebannt – um den Preis einer Gefangenschaft, aus der Paulus vielleicht nie mehr entlassen wurde.
(Zum biographischen Inhalt der Verteidigungsrede vor dem Volk vgl. die Erläuterungen zu Apg 9.)

3. Der Apostel und die Fraktionen im Hohen Rat (23,1–10)

Der gegen Paulus erhobene Vorwurf der Entweihung des Tempels (21,28) forderte eine Untersuchung; denn nach Josephus (Bell. 6,124 bis

126) hatten die Römer den Juden das Recht zugestanden, jeden Heiden hinzurichten, der in den nur für Juden bestimmten Bezirk des Tempels eindringen würde. Warnungen vor dem Überschreiten dieser Schranke waren in mehreren Sprachen an verschiedenen Stellen des Tempels angebracht, und zwei dieser Inschriften sind bei archäologischen Grabungen aufgefunden worden. Aber auch andere Sakrilege wie die Verbrennung einer Torarolle durch einen römischen Soldaten sind von den Römern gelegentlich mit der Todesstrafe geahndet worden (Jos. Bell. 2,229–231). Es ist von daher denkbar, daß eine Untersuchung, wie sie in Apg 23,1–10 geschildert wird, stattgefunden hat, wenn auch die förmliche Einberufung des Hohen Rates auf römischen Befehl hin unwahrscheinlich anmutet.

Der Verlauf der Verhandlung erinnert an die Szene von 5,34ff, in der der Pharisäer Gamaliel sich gegen die Sadduzäer für eine gewisse Toleranz gegenüber den Aposteln ausspricht. Es scheint Lukas wichtig gewesen zu sein, daß es im Judentum verschiedene Richtungen gab, die sich auch in ihrer Haltung gegenüber der Urkirche unterschieden. Daß die schärfste Feindschaft gegenüber der Urgemeinde von den Sadduzäern ausging, läßt auch Apg 4f erkennen. Eine größere Nähe der Pharisäer zu Jesus und seinen Jüngern spricht auch aus den Berichten, die Jesus als Gast im Hause von Pharisäern zeigen (Lk 7,36ff; 14,1ff). Für die Zeit des Lukas ist dabei bedeutsam, daß die Priesterpartei der Sadduzäer mit dem Untergang des Tempels von der Bühne der Weltgeschichte abgetreten war, während die Rabbinen das Judentum aus den Wurzeln pharisäischer Traditionen neu formierten. Es ist also das sozusagen reaktionäre Judentum, das nicht einmal die Prophetenbücher als kanonisch anerkannte, von dem das schroffe jüdische Nein zum Evangelium ausging; das Judentum, dem die Zukunft gehörte, hat eine größere gemeinsame Basis mit dem Christentum. Im Dienste dieses Denkanstoßes läßt Lukas den Apostel auf seine pharisäische Herkunft verweisen und sich zur pharisäisch verstandenen jüdischen Eschatologie bekennen (dazu mehr in der Besprechnung von Apg 26,6ff, s. u.).

4. Ein neuer Anschlag gegen Paulus und seine Verhinderung (23,12–35)

Der Bericht über die Umstände, die zur Verlegung des Paulus nach Cäsarea führten, entspricht der Lage unter dem damaligen Statthalter Felix, wie Josephus sie schildert (Bell. 2,254–257):
»Kaum war das Land gesäubert, da wuchs in Jerusalem eine neue Gattung von Räubern empor, die sogenannten Sikarier [vgl. Apg 21,38!]. Am hellichten Tag und mitten in der Stadt mordeten sie Menschen; be-

sonders an den Festen mischten sie sich unter die Menge und stachen mit kleinen Dolchen, die sie unter ihren Kleidern verborgen hatten, ihre Gegner nieder. Brachen diese dann zusammen, so verwandelten sich die Mörder in einen Teil der aufgebrachten Menge, schienen sie doch allenthalben auf Grund ihrer Biederkeit völlig unverdächtig. Ihr erstes Opfer war der Hohepriester Jonathan, nach ihm wurden täglich viele umgebracht; aber noch schlimmer als die Mordfälle selbst war die Furcht davor . . . Trotz allen Argwohns und aller Vorsichtsmaßnahmen geschahen Morde, so rasch handelten die Meuchelmörder und so wohl verstanden sie, verborgen zu bleiben.«

Wenn Paulus die Bewahrung vor einem solchen Anschlag einem Verwandten verdankt, so ist es unwahrscheinlich, daß es sich um ein Glied der Gemeinde handelt; seine Familie wird nirgends in eine positive Beziehung zum christlichen Glauben gebracht. Das Vorgehen des Militärtribuns zum Schutze des Paulus ist historisch plausibel, da es um die Sicherheit eines römischen Bürgers geht. (Vgl. V. 27, wo der Offizier sich als Retter eines römischen Bürgers ausgibt, obwohl der wirkliche Hergang etwas anders aussah; vgl. 22,24–29. Der Tribun empfiehlt sich selber damit für die in einem solchen Falle übliche Auszeichnung mit dem Eichenkranz, der *corona civica!*)

Das »Ermittlungsergebnis« des Offiziers (V. 29) wird später durch das – verspätete – Urteil des Statthalters Festus bestätigt (25,25; 26,31). Damit stellt Lukas für seine Leser dreimal klar, daß der spätere gewaltsame Tod des Paulus – wenn überhaupt Ergebnis dieses Prozesses – nicht das verdiente Ende eines Staatsfeindes oder die Strafe für ein angebliches Verbrechen gegen die jüdische Religion war.

Praxis

Thema: Leiden durch Feinde und Freunde

Die Rückkehr des Paulus nach Jerusalem war von vielen Problemen überschattet, denen sich der Apostel mutig stellte, obwohl er die Schärfe der Konflikte schon vorher ahnte. Eigentlich hätte er einen herzlicheren Empfang, mehr Dankbarkeit für seine Spendenaktion und mehr Rückendeckung durch die Jerusalemer Christen im Streit mit den Juden verdient gehabt: Über zehn Jahre lang war er als erfolgreicher Missionar unterwegs gewesen in Kleinasien und in Griechenland.

Vorschlag A: Anderen helfen – sich helfen lassen

1. Einführend erläutert der Leiter den Hintergrund der Spendenaktion für die Jerusalemer Gemeinde (Apg 24,17 und weitere Belege s. Auslegung). In den zehn Jahren seit dem Apostel-

konzil im Jahre 48/49 hatten sich die schon damals sichtbaren Konflikte noch verschärft, was dazu führte, daß die Jerusalemer Christen das von Paulus bei den nichtjüdischen Christengemeinden gesammelte Geld nicht annehmen wollten. Der Leiter zitiert die entsprechenden Bibelstellen (Gal 2,10; Apg 11,29); ferner berichtet er über die kritische Entwicklung der Beziehungen zwischen Paulus, der Jerusalemer Gemeinde, dem jüdischen Hohen Rat und den Vertretern der römischen Machthaber (Apg 21–23).

2. In den sich spontan bildenden Gruppen (2–3 Personen, die nebeneinander sitzen) sprechen die Teilnehmer über folgende Frage (ca. 10 Min.): Wie geht es mir, wenn ich Menschen helfe, die Hilfe brauchen? – Dazu sollen in der Gruppe Erfahrungen, Gefühle und Assoziationen ausgetauscht werden.

3. Im Plenum berichten einzelne Teilnehmer über ihre Einsichten und Erfahrungen. Der Leiter faßt die Beiträge zusammen und verweist auf das von Lukas überlieferte Jesuswort: »Geben ist seliger als Nehmen« (Apg 20,35).

4. In den kleinen Gruppen der ersten Gesprächsphase sprechen die Teilnehmer jetzt über die Frage (ca. 15 Min.): Was mache ich, wenn ich selbst Hilfe brauche?

5. Im Plenum können Teilnehmer die wichtigsten Gesprächsergebnisse mitteilen; dabei werden auch Ursachen benannt werden, die es uns schwer machen, selbst um Hilfe zu bitten. Dazu bringt der Leiter biblische Aspekte ein, die deutlich machen, daß Christen ihre Ohnmacht, Armut und Not einander bekennen können und es ein Schritt des Gehorsams in der Nachfolge Jesu ist, solchen Menschen zu helfen (Lk 10,25ff; Gal 6,10; 2 Petr 1,7). Abschließend kann der Leiter auf kirchliche Einrichtungen hinweisen, die aus der genannten Motivation heraus entstanden sind (Beratungsstellen, Telefonseelsorge); er wird aber auch die eigene Bereitschaft zum Gespräch und zur Beratung ausdrücken.

Vorschlag B: Spannungen in der Gemeinde

1. In der Einführung wird die Situation der religiösen Gruppen in Jerusalem beschrieben (s. die Auslegung zu Apg 21–23). Paulus hatte von den Juden Widerstand und Feindschaft erwartet. Aber auch für die Christen kam er unerwünscht. Welches waren die Ursachen? Es waren die alten Streitfragen, die

eigentlich nach dem Apostelkonzil geklärt schienen. Das unterschiedliche theologische Verständnis führte zu Spannungen und zur Distanzierung (emotional und das Verhalten betreffend).
Ähnlich spannungsvoll war übrigens das Klima unter den Juden im Hohen Rat, bedingt durch unterschiedliche Lehrmeinungen zwischen Pharisäern und Sadduzäern. Paulus nützte diese Spannung rhetorisch und gruppendynamisch klug kalkulierend aus, indem er sich mit den Pharisäern solidarisierte und prompt von diesen unterstützt wurde (23,6ff); von den Christen um Jakobus wird nichts derartiges berichtet.
2. In Arbeitsgruppen (ca. 6 Personen) sprechen die Teilnehmer über die Frage: Welche Spannungen bzw. Spaltungen lähmen uns heute in der Gemeinde/in der Kirche, und welche Schritte können uns zu mehr Gesprächsbereitschaft und zum gegenseitigen Verstehen helfen? – Ein Teilnehmer notiert sich die wichtigsten Aspekte und berichtet darüber im folgenden Plenum.
3. Im Plenum wird aus den Gruppen berichtet, und die Spannungen sowie die Schritte, die zu einer Überwindung führen könnten, werden benannt und auf Plakaten in Stichworten festgehalten. Gemeinsam werden dann erste, realistische Schritte geplant, die einzelne oder die ganze Gruppe gemeinsam unternehmen wollen. Einerseits wird der Leiter vor einem Harmonie-Modell von »Gemeinde« und »Kirche« warnen; auch nicht jede Spaltung muß schlecht oder falsch sein (viele Gemeinschaften haben sich abgespalten und sind eigenständige, nicht mehr wegzudenkende Gruppierungen geworden). Andererseits wird er verdeutlichen, daß mehr Gemeinschaft und mehr Gemeinsamkeit in und zwischen den christlichen Gemeinden möglich wäre, wenn wir die Liebe Gottes, die Bereitschaft zur Vergebung und den Verzicht auf feste Etikettierungen praktizieren sowie die Hoffnung nicht aufgeben, daß Gott auch in unseren Gemeinden und Kirchen Wunder tut, wenn wir damit rechnen, darauf vertrauen und danach leben.

Die Passionsgeschichte des Paulus (II)

Apostelgeschichte 24–26

Nach den tumultuarischen Ereignissen in Jerusalem, die zur Verhaftung des Paulus und seiner Verlegung nach Cäsarea geführt haben, findet der eigentliche Prozeß gegen Paulus dort vor dem Prokurator für Judäa statt. Für den Apostel ergibt sich daraus eine lange Untersuchungshaft und zuletzt die Notwendigkeit, an den Kaiser zu appellieren. Der Bericht gliedert sich in drei Teile:

1. Die Verhandlung vor dem Statthalter Felix (Kap 24)
2. Die Verhandlung vor dem neuen Statthalter Festus (25,1–12)
3. Die Hinzuziehung des Königs Agrippa II. (25,13–26,32)

Zur ersten Verhandlung (24,1–27)

M. Antonius Felix war ein Freigelassener und Günstling des Kaisers Klaudius. Von diesem im Jahre 52 n. Chr. zum Prokurator Judäas ernannt, wurde er 54 n. Chr. von Nero in diesem Amt bestätigt. Er führte einen teilweise erfolgreichen Kampf gegen die Widerstandsgruppen im Lande, konnte aber nicht verhindern, daß der Terror sich in die Metropole Jerusalem verlagerte (Jos. Bell. 2,252–257). Nach der Zerschlagung der Bewegung des in Apg 21,38 erwähnten Ägypters soll der Widerstand sich erneut in den ländlichen Gebieten formiert haben (ebd. 261–265).
Angesichts dieser Wirren ist der Anfang der Anklagerede, die ein Berufsanwalt im Namen des Synhedriums vor dem Statthalter hält, eine verlogene Schmeichelei (V. 2). Allenfalls von »gewissen Fortschritten« hätte man aus der Sicht der Priesteraristokratie sprechen können, der das patriotische Bandenwesen ebenso unheimlich war wie den Römern.
Inhaltlich ist die Anklage gegenüber 21,28 modifiziert: Der am ehesten strafbare Vorwurf der Tempelschändung ist vorsichtshalber zum bloßen Versuch reduziert, weil er sich anders nicht halten ließ; man konnte eben keinen Heiden(christen) namhaft machen, der in den Vorhof der Israeliten eingedrungen war. Dafür verlagert sich die Anklage auf den Tatbestand der Unruhe, für die Paulus als »Rädelsführer« der »Sekte« der Nazoräer (= Nazarener) verantwortlich sein soll. Das zielt offenbar ab auf den

Präzedenzfall des Klaudiusedikts, über den Felix bestens informiert sein mußte (vgl. Apg 18,2 und dazu s. o. S. 125). Auch der Vorwurf, Paulus predige den Abfall vom Judentum, bleibt unerwähnt, weil er dem Statthalter gleichgültig sein konnte.
Die Apologie des Paulus verzichtet auf jede unwürdige Schmeichelei (V.10). Sie betont die Zurückhaltung, die sich Paulus bei seinem Besuch auferlegt hat, indem er sich aus Diskussionen und Menschenansammlungen heraushielt. Damit schiebt er die Rolle des Unruhestifters seinen Anklägern zu bzw. den von ihnen gedeckten Fanatikern. Gegenüber dem Vorwurf der Sektenbildung betont der Apostel die Treue gegenüber der jüdischen Heiligen Schrift (der er mit den Pharisäern gegen die Sadduzäer mit »Gesetz *und Propheten*« umschreibt; vgl. V. 14f), insbesondere in der Frage der Eschatologie, von der die Ethik eine über innerweltliche Gründe hinausgehende Dringlichkeit bekommt (V. 15f). Im übrigen insistiert die Verteidigung des Paulus auf den tatsächlichen Vorgängen im Unterschied zu den Entstellungen der Anklage (V. 17–21).
Für den Statthalter reduziert sich der Fall auf den einzigen justitiablen Vorwurf, daß Paulus im Tempel gegen die Ordnung verstoßen oder Aufruhr gestiftet haben könnte; darum schiebt er sein Urteil hinaus, um bei Gelegenheit noch einmal den Offizier Lysias zur Sache zu hören (V. 22). In Wirklichkeit verschleppt er jedoch den Prozeß in der Hoffnung, die christlichen Gemeinden, deren Spenden Paulus nach Jerusalem überbracht hatte, würden sich die Haftentlassung ihres Wortführers etwas kosten lassen (V. 26).
Die Gespräche, die der Statthalter samt seiner jüdischen Frau Drusilla (eine Tochter Agrippas I.) mit Paulus führt (V. 24/26), werden von Lukas wohl als Zeichen für die Bildung und den sozialen Status des Paulus erwähnt. Die Aufgeschlossenheit des Felix endet freilich bei den ethischen Konsequenzen der Christusbotschaft, aus denen Paulus nicht einmal in dieser für ihn prekären Situation ein Geheimnis macht (V. 25).

Zur zweiten Verhandlung (25,1–12)

Die Ablösung des Felix stand in zeitlichem und vielleicht auch sachlichem Zusammenhang mit Auseinandersetzungen zwischen dem jüdischen und dem heidnischen Teil der Bürgerschaft von Cäsarea. Felix hatte dabei vor allem gegen die Juden hart durchgegriffen und wurde deshalb von ihnen in Rom angeklagt (Jos.

Bell. 2,266–270; Ant. 20,182). Es paßt in diesen Kontext, wenn Felix nach Apg 24,27 bei den Juden damit Pluspunkte zu ernten versucht, daß er bei seinem Abschied keinen Schlußstrich unter den Fall Paulus zieht.
Ebenso paßt es in die politische Situation nach dem Amtsantritt des neuen Statthalters, daß Porzius Festus in dieser Sache dazu neigt, den Juden entgegenzukommen (25,9). Während er zunächst auf Cäsarea als dem Ort des Prozesses bestand (V. 3–5), zeigt er sich später bereit, die Verhandlung nach Jerusalem zu verlegen. Ob das im Sinne eines »Lokaltermins« gemeint ist oder eine Verlagerung auf die Ebene der innerjüdischen Rechtsprechung impliziert, wie V. 10f verstanden werden kann, bleibt unklar. Auf jeden Fall ist die Sicherheit des Paulus mit einer Verlegung nach Jerusalem nicht mehr gewährleistet, wie der Statthalter aus der Vorgeschichte wissen müßte (vgl. 23,12ff und 25,3). Damit zeichnet sich ab, daß der Apostel das Opfer politischer »Gefälligkeiten« werden könnte, mit denen die Römer nach Jahren der Rücksichtslosigkeit die Stimmung in der Provinz aufbessern wollen (vgl. 24,27; 25,3.9.11). In dieser bedrohlichen Lage bleibt Paulus zu seiner Rettung nur der Appell an den Kaiser persönlich, als dessen juristischer Vertreter der Statthalter einer imperatorischen Provinz wie Judäa Recht zu sprechen hatte (V. 11). Das Recht zu einem solchen Appell ergab sich aus dem römischen Bürgerrecht, das Paulus besaß (16,37; 22,25–29). Mit diesem Appell erzwingt Paulus die Reise nach Rom, die ihm seit langem am Herzen gelegen hatte (Apg 19,21; 23,11; Röm 1,9–15), freilich in einer Form, die er sich nicht freiwillig ausgesucht hätte.

Zur dritten Verhandlung (25,13–26,32)

Nach einiger Zeit (nicht: »nach einigen Tagen« o.ä.!) treffen Agrippa II. und seine Schwester Berenike zu einem Höflichkeitsbesuch bei dem neuen Statthalter ein. Agrippa II. verwaltete im Auftrag der Römer einige unbedeutende Gebiete in Nordost-Palästina und Peräa, fungierte aber auch als eine Art Patron des Tempels in Jerusalem. Er setzte sich wiederholt bei römischen Kaisern für die Belange der Juden ein, stand aber im jüdischen Krieg fest auf seiten der Römer. Zur Abfassungszeit des Lukanischen Werkes lebte er (bis zum Ende des 1. Jh.) in Rom, wo Josephus ihm ein Exemplar seines *Bellum Judaicum* schenkte und sich auf sein anerkennendes Urteil über das Werk berief. Agrip-

pa II. war also politisch wie literarisch so etwas wie ein »Sachverständiger in jüdischen Angelegenheiten«. In dieser Rolle zeichnet auch Lukas ihn (26,3.26f).
Die ausschließlich an Agrippa adressierte erneute Verteidigungsrede des Paulus enthält – neben einer weiteren Nacherzählung der Damaskusgeschichte (vgl. oben zu Apg 9) – besonders feierliche Beteuerungen der Treue zur jüdischen Religion. Im Vordergrund steht dabei wieder (vgl. 23,6; 24,15.21) das Bekenntnis zur Hoffnung Israels (26,6), das hier betont archaisch als das »Zwölfstämmevolk« bezeichnet wird (26,7), womit wohl auf die erhoffte Heimkehr der »verschollenen« zehn Stämme oder jedenfalls auf die Wiedervereinigung des getrennten und zerstreuten Volkes angespielt ist. Wenn diese Hoffnung hier als zentraler Inhalt jüdischen Gottesdienstes hingestellt wird, so ist wohl an bestimmte Gebete eschatologischen Inhalts gedacht, vor allem wohl an das Achtzehnbittengebet. In ihm findet sich auch die Verbindung zwischen der messianischen Hoffnung auf Wiederherstellung des Volkes im Lande der Verheißung und der Erwartung der Auferstehung der Toten.
Schon vor der eigentlichen Entstehung der Auferstehungshoffnung in Israel hatte man bildhaft von der »Auferstehung« oder »Wiederbelebung« des Volkes Israel sprechen können (Hos 6,1f; Ez 37,1–14; Esra 9,8f). Dann aber kam es zum Durchbruch der Hoffnung auf eine wirkliche Totenauferstehung (Jes 25,8; 26,19; v.a. aber Dan 12,1f), womit die messianischen Hoffnungen auf eine Heilszeit für das Volk Israel keineswegs verdrängt, sondern gerade vertieft wurden. Eben darum ist für die Urkirche die Auferweckung Jesu das eschatologische Heilszeichen, mit dem Jesus als der verheißene Messias ausgewiesen war, mochte auch sein messianisches Werk noch größtenteils in der Zukunft liegen. Eben darum fragen die Jünger, deren Hoffnungen für Israel mit Jesus gestorben waren (Lk 24,21), nach Ostern den Auferstandenen nach dem Zeitpunkt der Wiederaufrichtung Israels (Apg 1,6).
Es ist also keine künstliche Gedankenverbindung und schon gar nicht, wie gelegentlich behauptet wurde, ein bloßer apologetischer Trick, wenn Paulus nach dem Bericht des Lukas den christlichen Glauben an die Auferstehung (Jesu, aber nicht nur Jesu) mit der Hoffnung Israels verknüpft. Hier liegt vielmehr ein wirklicher Sachzusammenhang vor, der nur im Zuge einer Leugnung des apokalyptisch-jüdischen Erbes in der Botschaft der Urkirche

bestritten werden kann. Gewiß waren die Sadduzäer, die ihren diesseits-orientierten Pragmatismus als »religiös konservativ« verbrämten, gegen die Weiterentwicklung der prophetischen Tradition zu messianischen und anderen eschatologischen Hoffnungen (vgl. 4,2; 23,6–8). Aber die längst tonangebende Richtung des Judentums, der Pharisäismus, teilte die Denkvoraussetzungen der Urkirche. Nur an der Frage, ob Jesus *wirklich* vom Tode auferweckt und damit von Gott beglaubigt worden war, mußten sich die Geister scheiden (26,23).
Der Statthalter (26,24) und der König (26,28) weichen freilich dem Pathos der zur Predigt gewordenen Apologie des Paulus aus, worauf der Apostel ernst und zugleich elegant zu antworten versteht (26,25f.29). Am Ende steht eine förmliche Beratung mit dem Ergebnis, daß nur die inzwischen erfolgte Appellation an den Kaiser einer Freilassung des Paulus im Wege steht (26,31f). Das impliziert, daß Paulus mit denkbar günstigen Begleitschreiben an das kaiserliche Gericht nach Rom gekommen sein müßte. Leider berichtet weder Lukas noch sonst eine historisch brauchbare Quelle über den Fortgang und Ausgang des Prozesses.

Praxis

Vorschlag A: Bei der Wahrheit bleiben

1. Der Leiter schildert die Situation des Paulus in Cäsarea: Die zweijährige Untersuchungshaft, die drei Verhandlungen und die unbegründeten Beschuldigungen haben den Missionar scheinbar lahmgelegt. Wo immer Lukas über das Verhalten des Paulus während dieser Zeit berichtet, wird deutlich, daß Paulus trotz der ungerechten Behandlung immer bei der Wahrheit blieb und nicht ausfällig wurde (24,10–21; 25,8.10–12; 26,1–29). Für Paulus war dies eine Prüfung für seinen Glauben und für sein Vertrauen auf Gott. Dabei versuchte er nicht, sich Vorteile zu verschaffen durch Schmeicheleien oder Lügen.
2. In kleinen Gesprächsgruppen sprechen die Teilnehmer (ca. 15 Min.) über ihre Erfahrungen zu der Frage: »Welche Situationen reizen uns zur Lüge?« (Zur Über- oder Untertreibung, zum Sich-selbst-gut- und Andere-schlecht-machen, zum Abstreiten von Fehlverhalten, z.B. im Straßenverkehr, zum offenen oder verdeckten Lügen.)

3. Im Plenum berichten Teilnehmer über ihre Entdeckungen. Dann zitiert der Leiter die Aussage des Paulus: »Ich bemühe mich, jederzeit ein unverletztes Gewissen zu haben vor Gott und den Menschen« (24,16) und erarbeitet zusammen mit den Teilnehmern, was auch uns dazu helfen kann. Grundlegend erscheint die Gewißheit, daß Gott mit jedem Menschen seinen Weg geht und jedem das gibt, was er braucht. Wer aus Dankbarkeit gegen Gottes Güte in einen Tag hineingeht, der kann darauf verzichten, sich durch Lügen, Tricks und Schmeicheleien besser darzustellen, als er ist, und er kann auch darauf verzichten, sich auf zweifelhafte Art Vorteile zu verschaffen.

Vorschlag B: Sich zu Jesus bekennen

1. In seiner Einführung beschreibt der Leiter die Situation des Paulus in Cäsarea (s. Vorschlag A 1) und macht deutlich, wie sich dieser auch in seiner Gefangenschaft zu Jesus bekennt.
2. In Arbeitsgruppen (je ca. 4 Personen) sprechen die Teilnehmer über die beiden Fragen:

a) In welchen Situationen gelingt es mir leicht, mich zu Jesus zu bekennen?
b) In welchen Situationen fällt es mir schwer, mich als Christ zu bekennen?

Nötigenfalls kann der Leiter eigene Erfahrungen dazu vorgeben (was leicht fällt: Gottesdienstbesuch . . .; was schwer fällt: Trauernden beistehen, Resignierten helfen, für Gottes Gebote eintreten . . .). Die Teilnehmer sollen in den Gruppen sich je auf eine Situation zu b) einigen und sie so weit vorbereiten, daß sie diese dann im Plenum als Rollenspiel vorspielen können; dabei ist es gleichgültig, ob der im Rollenspiel zum Bekennen herausgeforderte Teilnehmer sich als Christ bewährt oder nicht.
3. Im Plenum beginnt eine Gruppe mit ihrem Rollenspiel, und anschließend sprechen alle darüber. (Was war besonders schwierig? Was gelang? Was könnte man anders machen?) Eventuell erklären sich auch andere Teilnehmer bereit, das Rollenspiel noch einmal zu spielen mit neuen Varianten. Anschließend bringt die nächste Gruppe ihr Rollenspiel ein, usw. – bis dann alle Rollenspiele besprochen sind. Den Abschluß gestaltet der Leiter mit Gedanken zu der Verheißung Jesu: »Wer mich bekennt vor den Menschen, den wird auch der Menschensohn bekennen vor den Engeln Gottes« (Lk 12,8).

Das Zeugnis vom Reich Gottes im Zentrum des Weltreiches

Apostelgeschichte 27,18–28,31

1. Die Reise (27,1–28,15)

Bedenkt man, wie frühzeitig Lukas seine Leser auf Rom als das Ziel seiner Handlung hinweist (19,21; 23,11), so staunt man über die Breite, in der dann die Hindernisse und Aufenthalte der Reise geschildert werden. Lukas gibt hier seinem erzählerischen Können freien Lauf; denn die Breite wird ja nicht durch Langweiligkeit erkauft, sondern dient gerade der Erhöhung der Spannung. Der Bericht von der Seereise, in dem die Wir-Form begegnet, könnte auf Augenzeugenschaft des Verfassers oder Erinnerungen eines Paulusbegleiters beruhen und verrät auf jeden Fall genaue Kenntnisse der antiken Seefahrt.

Paulus wurde für die Überführung nach Rom einer Wachttruppe übergeben, die mit den anvertrauten Häftlingen Schiffe der Handelsflotte benutzte, zuletzt ein aus Alexandrien kommendes Getreideschiff, das relativ spät im Jahr noch nach Rom unterwegs war. Die Zeitangabe nach dem jüdischen Kalender in 27,9 meint die Zeit nach dem Jom Kippur, dem Großen Versöhnungstag; dieser fällt nicht immer in den für die Seefahrt gefährlichen Zeitraum, doch für das Jahr 59 n. Chr. würde das zutreffen.

Die Schilderung der verschiedenen kritischen Situationen der Reise dient wohl vor allem zwei Zielen: Sie will die Bewahrung durch Gott illustrieren (27,23–25; 28,1–6) und sie zeichnet Paulus als den erfahrenen Reisenden (vgl. 2 Kor 11,25f), der Gefahren rechtzeitig erkennt (27,9f.21.31), die Zuversicht bewahrt und die Mitreisenden ermutigt (27,25.34). Zweimal stellt Lukas fest, daß der römische Offizier Paulus zuvorkommend behandelt (V. 3) und um seine Sicherheit bemüht ist (V. 43); auch dies wohl als Hinweis auf die persönliche Ausstrahlung des Apostels.

Als Leitmotiv durchziehen den Reisebericht Wörter für »Rettung« (*sōzein in 27,20.31; diasōzein* in 27,43.44; 28,1.4; *sotēria* in 27,34). Vielleicht deuten sie die Handlung als Beispiel dafür, daß der Fromme, den Gott vor dem Unheil bewahrt, dabei zugleich anderen zum Retter wird.

Die Seereise endet in Puteoli nördlich von Neapel, das damals noch nicht von dem unter Klaudius angelegten künstlichen Hafen Portus bei Ostia überflügelt worden war. Hier trifft Paulus auf Christen, die die Reisegesellschaft bewirten und dafür sorgen, daß die Gemeinde von Rom den Apostel würdig empfängt (28,11–15). Die Einholung durch Delegationen, die dem Erwarteten weite Strecken entgegenreisen (hier 65 und 50 km), entsprach dem Begrüßungszeremoniell bei hohen Staatsbesuchen! Um so erstaunlicher ist es, daß in der Fortsetzung (28,16ff) nicht mehr von der Gemeinde in Rom die Rede ist, obwohl 28,30f von einer längeren unbehelligten Predigttätigkeit spricht.

2. Die Situation des Paulus in Rom und der Ausgang seines Prozesses

In Rom unterlag Paulus den Haftbedingungen der *custodia militaris*, die ihm eine private Unterkunft ermöglichte. Er mußte ständig einen Soldaten als Bewacher bei sich haben und jederzeit der Justiz zur Verfügung stehen. (Fluchtversuche wurden als Schwerverbrechen bestraft.) Nach 28,23.30 hatte Paulus in Rom eine Hotelunterkunft oder Mietwohnung, in der er Gäste empfangen konnte. Manche Exegeten übersetzen in V. 30: »Er lebte von seinem eigenen Einkommen.« Das ist sprachlich möglich und würde bedeuten, daß Paulus als Lohnarbeiter sein Handwerk ausgeübt hätte, paßt aber weniger in den Kontext von V. 30f; denn nach 18,3–5 hätte die weltliche Berufstätigkeit die Möglichkeiten missionarischer Verkündigung doch eingeschränkt.

Daß Paulus darin »ungehindert« wirken konnte, bedeutet primär freilich, daß die Verkündigung ihm nicht von Staats wegen verboten wurde. Da dieses »ungehindert« im Urtext das letzte Wort der Apostelgeschichte ist, dürfte es für Lukas wichtig gewesen sein: Was immer aus Paulus geworden ist, die Predigt des Evangeliums war jedenfalls nicht das Delikt, das ihm vorgeworfen wurde; denn sonst hätte er sie nicht noch als Häftling ausüben dürfen. So muß erneut der Prozeß gegen Paulus die juristische Unbedenklichkeit der christlichen Mission unterstreichen. Allerdings ist nicht von *öffentlicher* Verkündigung die Rede!

Über den Ausgang dieses Verfahrens sind wir nicht unterrichtet. Gelegentlich wird die Zeitangabe »volle zwei Jahre« (28,30) im Sinne einer Verjährungsfrist verstanden, für die es einige schwache Hinweise gibt. Dann wäre der Prozeß nach diesen zwei Jahren eingestellt worden, weil die Ankläger nicht in Rom erschienen waren. Auf der anderen Seite starb der Statthalter Festus ca. 60 n. Chr., und während der damit entstandenen Vakanz in der Verwaltung der Provinz maßte sich der amtierende Hohepriester das Recht zu Kapitalprozessen an und initiierte eine Christenverfolgung, der der Herrenbruder Jakobus zum Opfer fiel (vgl. Jos. Ant. 20,197ff). Ist es denkbar, daß der Hohe Rat in diesen Jahren in der Verfolgung des Paulus nachließ? Wir kommen jedoch über Vermutungen nicht hinaus. Die Tradition, nach der Paulus (wie Petrus) in Rom Märtyrer wurde, ist alt und glaubwürdig (vgl. Euseb, Kirchengeschichte II 25,5.8; III 1,3).

3. Das Zeugnis des Paulus vor den Vertretern der Juden in Rom (28,16–31)

So wichtig dem Verfasser der Apostelgeschichte die politische Unbedenklichkeit der christlichen Verkündigung und die zeitweilige Toleranz der Behörden gewesen sein mag: was er am Ende seines Werkes mit Pathos unterstreicht, ist nicht die Verfassungstreue der Kirche, sondern ihre Treue zu Israel, personifiziert in Paulus, der vor den Vertretern der örtlichen Judenschaft ein Bekenntnis zu seinem Volk, seinen Traditionen und seiner Hoffnung ablegt (V. 17.20).

In erster Linie bezieht sich die Erklärung des Paulus auf den Prozeß, durch den er als Häftling nach Rom gekommen ist. Der von ihm angestrebte Freispruch hätte seine Ankläger ins Unrecht gesetzt und möglicherweise harte Strafmaßnahmen gegen sie zur Folge gehabt. Falsche Anklagen wurden oft mit der Strafe geahndet, die dem Angeklagten für den Fall seiner Verurteilung drohte, und Paulus war immerhin römischer Bürger und genoß damit nach römischem Recht mehr Schutz als ein Provinzler ohne diesen Rechtstitel. Die Ankläger waren aber in diesem Falle Amtsträger der jüdischen Selbstverwaltung, und so konnte der Eindruck entstehen, als klage Paulus beim Kaiser gegen den Hohen Rat und damit gegen sein eigenes Volk (V. 19). Gegenüber diesem Mißverständnis stellt Paulus klar, wie es zu seiner Appellation an den Kaiser kam.

Auffällig ist hier der Ausdruck »die Juden« (oder »Judäer«) in V. 19, wo es um die Ankläger des Paulus geht, im Unterschied zu »das Volk« in V. 17 oder »Israel« in V. 20. Hier liegt derselbe Sprachgebrauch wie im Johannesevangelium vor, wenn dort »die Juden« für die offiziellen Gremien und führenden Kreise steht, die Jesus ablehnen, während das Volk eher für Jesus aufgeschlossen ist, sich aber vor »den Juden« fürchtet (vgl. Joh 7,12f; 19,38).

Daß die Juden Roms noch keine Informationen oder gar Instruktionen für den Prozeß gegen Paulus bekommen haben (V. 21), ist historisch plausibel, wenn Paulus im Herbst gerade noch vor dem Ende der Schiffahrt bis Malta gekommen ist und von dort gleich nach dem Winter weiterreisen konnte. Er war damit früher in Rom als etwaige Prozeßbeauftragte des Hohen Rates, die sich nach der Abreise des Paulus wohl erst nach der Winterpause eingeschifft haben können. Paulus ist ja nach Lukas offensichtlich bemüht, keine Zeit zu verlieren (V. 17).
Aus der Klärung der Prozeßhintergründe ergibt sich eine Gelegenheit, die christliche Botschaft zu entfalten (V. 22), wofür eine gesonderte Zusammenkunft vereinbart wird (V. 23ff). In deren Mittelpunkt stand nach V.23 die Botschaft vom Reich Gottes und die Deutung der Jesusgeschichte im Lichte der heiligen Schriften (hier wie in 24,14 und 26,22: Gesetz und Propheten).
Die Reaktion der Gesprächspartner ist gespalten, keineswegs überwiegend ablehnend (V. 24). Trotzdem konfrontiert der Apostel seine Hörer schon zu diesem Zeitpunkt mit der Tatsache der Heidenmission und mit dem Hinweis auf die Aufgeschlossenheit der Heiden (V. 28) – eine Herausforderung, mit der Paulus in anderen Szenen erst auf mehrheitliches Nein der Synagogengemeinde reagiert (Apg 13; 18; 19). In diesem Zusammenhang steht an dieser Stelle das Zitat aus Jes 6,9f, das auch in Mk 4,12 Parr. und Joh 12,40 dazu gebraucht ist, das Rätsel der Ablehnung Jesu durch das Volk Gottes verständlicher zu machen. Mit dieser Erinnerung an die Situation des Propheten Jesaja wird die Einsicht nahegelegt, daß Gott schon immer seine Not mit diesem Volk gehabt hat. Christliche Exegese hat daraus immer wieder das Urteil herausgelesen, daß damit die Heilsgeschichte Israels zu Ende sei; doch dann hätte sie schon bei Jesaja zu Ende sein müssen, der doch gerade der Prophet großer messianischer Weissagungen war (Jes 9,1ff; 11,1ff u.ö.)! Das Jesajazitat macht dagegen die Ablehnung Jesu nicht zum Ende, sondern zu einem typischen Phänomen *innerhalb* der Geschichte Gottes mit Israel.
Der letzte Vers der Apostelgeschichte nennt noch einmal die beiden Themen, um die es nicht nur in dieser letzten Szene (V. 23), sondern in der ganzen Verkündigung des Paulus in Rom ging:

»Er verkündete das *Reich Gottes* und trug die Lehre von dem *Herrn Jesus Christus* vor.« Das Reich Gottes war der zentrale Inhalt der Predigt Jesu vor Ostern gewesen, den auch der Auferstandene nach Apg 1,3 noch einmal seinen Jüngern bekräftigt hatte. Und daß Jesus der *Kyrios* war, der erhöhte Herr, das war das Fazit der Osterereignisse und das Vorzeichen der nachösterlichen Glaubenserfahrung und Verkündigung (vgl. 2,36).
Der Begriff »Reich Gottes« ist der Inbegriff der Hoffnung für die Welt, die schon dem Volk Israel gegeben war, das Symbol für eine Neuordnung aller Dinge nach dem Willen Gottes und zum Wohl der Menschen. Der Kyriostitel als Ausdruck der Würde und des Auftrags Jesu ist das Proprium des Evangeliums, das in Israel und in der ganzen Welt umstritten ist und für das die Kirche Zeugnis abzulegen hat (vgl. 1,8; 10,36 u. ö.). Mit diesen beiden Themen ist das Ganze der christlichen Botschaft umrissen. Beide gehören auch notwendig zusammen: Reich-Gottes-Erwartung ohne den Glauben an den Gekreuzigten und Auferstandenen könnte bloße Apokalyptik sein und in zelotischer Auslegung zu einer Diktatur der Gläubigen führen. Christusglaube ohne Reich-Gottes-Erwartung dagagegen wäre eine von Jesus selbst, seiner geschichtlichen Gestalt und Botschaft, losgelöste Frömmigkeit, die alle möglichen mystischen oder gnostischen Inhalte in sich aufnehmen könnte und »Christus« zur Chiffre für jede neue religiöse Mode machen würde.
Das Begriffspaar »Reich Gottes« und »Jesus Christus der Herr« ist darum eine prägnante, katechismusfähige Zusammenfassung der christlichen Botschaft. Alles andere kann als Auslegung dieses Doppelthemas verstanden werden. Diese »Summa« sollen die Leser des Lukanischen Werkes nach dem Willen seines Verfassers als letztes Wort im Ohr behalten.

Praxis

Thema A: Nur ein spannender Reisebericht? (27,1–28,15)

Die Schilderung der Schiffsreise nach Rom will nicht nur anschaulich berichten, sondern der gleichen Absicht wie die ganze Apostelgeschichte dienen: an der Ausbreitung des Evangeliums von Jesus Christus seine Bedeutung und Kraft zu zeigen. Das kann auch in dem vorliegenden Abschnitt entdeckt werden.

1. Die Geschichte wird den Teilnehmern langsam vorgelesen mit der Bitte, sie danach mit eigenen Worten und nach eigenem Verständnis in einer Kurzfassung zu erzählen. Sie können sich hierfür Notizen machen und einige Minuten darüber nachdenken, wie sie die Geschichte bringen wollen. Auch kleinere Ausgestaltungen sind möglich.
Redegewandten Teilnehmern kann freigestellt werden, sich einen bestimmten Zuhörer(kreis) vorzustellen (z.B. Kinder verschiedener Altersstufen, Jugendliche, einen Angehörigen einer anderen Religion, einen Arbeitskollegen, der sie noch nicht kennt . . .). Zu betonen ist, daß es nicht darauf ankommt, wie gut oder vollständig die Geschichte erzählt wird. Die Teilnehmer sollen aber beim Zuhören darauf achten, ob der/die Erzählende eigene Akzente setzt.
2. Wenn die »Freiwilligen« ihre Fassung der Geschichte erzählt haben, wird gemeinsam überlegt, worauf jeweils der Akzent gelegt wurde.
Zum Vergleich wird nochmals der Text herangezogen und gefragt, was Lukas darin hauptsächlich zeigen wollte, z.B.:

Ausbreitung des Evangeliums trotz großer Schwierigkeiten / sein Vordringen weit über das Ursprungsland hinaus bis an die Grenzen der Erde, in die Hauptstadt des römischen Weltreichs / Unterstützung der Verbreitung auch durch Nichtchristen / Zusammenhalt der Christen in aller Welt / Überlegenheit des Apostels Paulus / Verkündigung in allen Lebenslagen / Bewahrung des Apostels bzw. eines Missionars in großen Gefahren / Erklären, wie die Gute Nachricht bis zu uns gekommen ist / Was nachteilig schien, erweist sich als förderlich für die Ausbreitung des christlichen Glaubens / zeigen, was sogar ein Gefangener tun kann / . . . . /).

Bei Gruppen, die nicht an eigene Aktivität gewöhnt sind, können diese Möglichkeiten unterschiedlicher Intentionen auch als Raster vorgegeben werden mit der Frage, welche davon die Teilnehmer selbst in der Geschichte finden.

Thema B: Christen und Juden (28,16–31)

1. Der Abschnitt kann zum Anlaß genommen werden, nochmals das Verhältnis des Paulus bzw. der Christen zu den Juden zu überlegen. Einige Fragen zur Einleitung:

- Warum wendet sich Paulus, trotz früherer Erfahrungen und eigener Vorurteile (die er auch in Rom bestätigt findet, wie V. 25 zeigt), doch zuerst und hauptsächlich an die Juden?
- Hat Paulus jetzt – im letzten Teil seines Lebens und seiner Missions-

tätigkeit – mehr Abstand zu dem Volk und der Religion gefunden, aus der er selbst hervorgegangen ist?
- Warum schmerzt es ihn immer noch so stark, daß viele Juden seine Botschaft ablehnen, nachdem er sie doch schon zu vielen Nichtjuden bringen konnte?
- Versteht und benutzt Paulus das Jesaja-Zitat als Beweis dafür, daß Gott sich von seinem Volk abgewendet hat?
- Wie stehen wir als Christen zu dieser (die Apostelgeschichte abschließenden) Resignation gegenüber den Juden?

2. Sollte das Gespräch auf das Problem der Judenmission kommen, so können hierzu kurze Texte vorgelegt, besprochen oder zur weiteren Beschäftigung mitgegeben werden z. B.:

1. Gott hat das Volk Israel zu seinem Eigentumsvolk berufen. Durch diese Berufung werden alle Völker dazu gelangen, Gott zu erkennen und zu lieben und Anteil an seinem Heil zu gewinnen.
2. Das jüdische Volk und die christliche Kirche sind darum beide von dem einen Gott berufen, seine Zeugen in der Welt zu sein. Wo sie gemeinsam Zeugnis ablegen können, sollten sie das mehr als bisher tun.
3. Die Loslösung der Kirche aus Juden und Heiden vom Volke Israel und die daraus folgende verhängnisvolle Verdrängung, Isolierung und Gefährdung des jüdischen Volkes stellt für die Kirche heute ein belastendes Erbe dar. Die Kirche ist deshalb dazu aufgerufen, ihr Selbstverständnis im Licht der fortdauernden Berufung Israels zu formen und Israel im Namen des Gottes Israels, der der Vater Jesu Christi ist, nicht wie einem Fremden zu begegnen.
5. Die bleibende Berufung und Sendung Israels verbietet es der Kirche, ihr Zeugnis ihm gegenüber in derselben Weise wie ihre Sendung (Mission) zu allen anderen Völkern zu verstehen.
6. Die Existenz der Kirche in ihrer Sendung zu den Völkern ist als Werk des Gottes Israels Zeichen für Israel. Die Kirche schafft diesen Tatbestand nicht selbst, sie kann ihn aber durch ihr Versagen gegenüber Israel verdunkeln.
(Aus: Thesen zur Erneuerung des Verhältnisses von Christen und Juden, durch Beschluß entgegengenommen von der Landessynode der Evangelischen Kirche im Rheinland im Januar 1980. Gekürzt.)

Durch Jahrhunderte wurde das Wort »neu« in der Bibelauslegung gegen das jüdische Volk gerichtet: Der neue Bund wurde als Gegensatz zum alten Bund, das neue Gottesvolk als Ersetzung des alten Gottesvolkes verstanden. Diese Nichtachtung der bleibenden Erwählung Israels und seine Verurteilung zur Nichtexistenz haben immer wieder christliche Theologie, kirchliche Predigt und kirchliches Handeln bis heute gekennzeichnet. Dadurch haben wir uns auch an der physischen Auslöschung des jüdischen Volkes schuldig gemacht.
(Aus der Erklärung der Rheinischen Landessynode, Januar 1980.)

Literaturhinweise

Neuere Kommentare zur Apostelgeschichte

E. Haenchen, Die Apostelgeschichte. KEK. Göttingen [7]1977
J. Kürzinger, Die Apostelgeschichte. Geistliche Schriftlesung 5, Teil 1 u. 2. Düsseldorf 1965/1970
J. Roloff, Die Apostelgeschichte. NTD 5. Göttingen 1981
G. Schille, Die Apostelgeschichte des Lukas. ThHK 5. Berlin 1983
W. Schmithals, Die Apostelgeschichte des Lukas. ZBK NT 3,2. Zürich 1982
G. Schneider, Die Apostelgeschichte. HThK V, 1 u. 2. Freiburg 1980 u. 1982
A. Weiser, Die Apostelgeschichte. Kapitel 1–12. OETK 5/1. Gütersloh 1981

Zur Auslegung der Apostelgeschichte

Bis ans Ende der Erde. Sieben Texte aus der Apostelgeschichte. Zur 47. Bibelwoche 1984/85. Bearbeitet von H. Flender. Neukirchen 1984
Eine Botschaft für die Welt. Sieben Texte aus der Apostelgeschichte. Ökumenisches Arbeitsheft für die Bibelwoche Nr. 20. Deutsche Bibelgesellschaft Stuttgart 1984
W. Elliger, Paulus in Griechenland. Philippi, Thessaloniki, Athen, Korinth. Stuttgarter Bibelstudien 92/93. Stuttgart 1978
G. Geiger, Kirche entsteht. Ein Arbeitsheft zum ersten Teil der Apostelgeschichte. Und: Kirche unterwegs (zum 2. Teil). Gespräche zur Bibel Nr. 10 u. 13. Österreichisches Katholisches Bibelwerk Klosterneuburg 1980 u. 1981
M. Hengel, Zur urchristlichen Geschichtsschreibung. Stuttgart 1979

Abkürzungen

Ant. Antiquitates Judaicae (Jüdische Altertümer)
Bell. Bellum Judaicum (Jüdischer Krieg)
Jos. Flavius Josephus
Par(r). Parallele(n) innerhalb der synoptischen Evangelien

Die Autoren

Klaus Haacker, Ordentlicher Professor für Neues Testament an der Kirchlichen Hochschule Wuppertal

Anneliese Hecht, Referentin beim Katholischen Bibelwerk e.V., Stuttgart

Günter Hegele, Professor für Praktische Theologie und Jugendarbeit an der Evangelischen Fachhochschule Rheinland-Westfalen-Lippe, Fachbereich III, Düsseldorf

Rudolf Hoppe, Referent beim Katholischen Bibelwerk e.V., Stuttgart; vorher Religionslehrer im gymnasialen Schuldienst

Peter Neumann, Studienleiter an der Freizeit- und Bildungsstätte Bernhäuser Forst, Stetten/Fildern (Leinfelden-Echterdingen 3)

Werner Ullrich, Leiter der Abteilung Kirchliche Bildungsarbeit und Pfarrer im Evangelischen Gemeindedienst für Württemberg, Stuttgart

Bibelauslegung für die Praxis

Herausgegeben vom Evangelischen Bibelwerk
und vom Katholischen Bibelwerk e.V.

Diese Reihe verbindet die wissenschaftlich fundierte Bibelauslegung und die Praxis der Bibelarbeit auf neuartige Weise. Der Ertrag der theologischen Forschung am biblischen Text wird in allgemein verständlicher und übersichtlicher Form dargeboten. Weiterführend und ergänzend treten daneben jeweils Anleitungen zur Erschließung des Textes im Bibelgespräch einer größeren oder kleineren Gruppe. Der Pfarrer, der einen Gemeindeabend veranstaltet, findet hier ebenso Anregung wie der Kreis, der sich spontan und ohne theologischen Leiter trifft.

Bisher sind folgende Bände lieferbar:

Band 8: *Sehnsucht nach dem lebendigen Gott* – Ijob
Band 11: *Licht der Völker* – Jesaja
Band 14: *Der aufhaltbare Untergang* – Hosea, Joël, Amos, Micha
Band 16: *Die bessere Gerechtigkeit* – Matthäus
Band 18: *Jesus zwischen arm und reich* – Lukas
Band 20: *Wege des Wortes* – Apostelgeschichte
Band 22: *Gemeinde im Lernprozeß* – Korintherbriefe
Band 23: *Aus der Freiheit leben* – Briefe an die Galater, Thessalonicher und an Philemon

Im Herbst 1985 erscheint Band 1 mit der Auslegung des Buches Genesis.